臺城
대성

강 위에 비 흩뿌리고 강가의 풀은 가지런한데
육조의 영화는 꿈과 같고 새만 부질없이 울고 있다
무정한 것은 궁성에 늘어진 버드나무이건만
변함없이 연기처럼 십 리 제방을 감싸고 있다

江雨霏霏江草齊
六朝如夢鳥空啼
無情最是臺城柳
依舊煙籠十里堤

풍류비공

風流飛功

— 바람의 비기 —

풍류비공 5

지화풍 新무협 판타지 소설

초판 1쇄 찍은 날 § 2006년 4월 19일
초판 1쇄 펴낸 날 § 2006년 4월 29일

지은이 § 지화풍
펴낸이 § 서경석

편집장 § 문혜영
편집책임 § 유경화
편집 § 심재영

펴낸곳 § 도서출판 청어람
등록번호 § 제1081-1-89호
등록일자 § 1999. 5. 31
어람번호 § 제2-0889호

주소 § 경기도 부천시 원미구 심곡1동 350-1 남성B/D 3F (우) 420-011
전화 § 032-656-4452 팩스 § 032-656-4453
http://www.chungeoram.com
E-mail § eoram99@chollian.net

ⓒ 지화풍, 2006

ISBN 89-251-0083-5 04810
ISBN 89-5831-918-6 (세트)

풍류비공

風流飛功 | 바람의 비기 |

Fantastic Oriental Heroes

지화풍 新무협 판타지 소설

5

탈혼광랑(奪魂狂狼)

도서출판 청어람

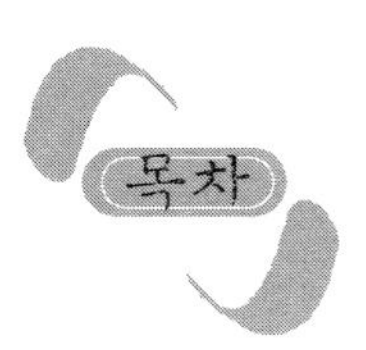

|第一章|

마사회(魔社會)

자욱한 연기.

뿌연 흙먼지가 시야를 가린 전장(戰場). 여기저기서 신음이 들려오고 코끝으로는 매캐한 화약 냄새가 진동한다.

꾸우우우어……!

전장에는 전혀 어울릴 것 같지 않은 짐승들의 흐느끼는 소리가 간간이 주위로 울려 퍼진다.

"만수관이 손 한번 써보지 못하고 이렇게 전멸하다니… 이것이 화약의 위력인가?"

몸뚱이의 반이 날아간 코끼리의 사체 위에 선 장도는 참혹한 전장을 물끄러미 둘러보며 중얼거렸다.

빙월마궁과 만수관의 교전이 벌어진 지 삼 일. 상대적으로 우세한 전력이었던 만수관은 빙월마궁의 화포와 진천뢰(震天雷)에 큰 피해를 봤다. 극심한 소음과 진한 화약 냄새를 맡은 맹수들이 통제 불능 상태가 되어 전장을 피아가 구분되지 않는 아수라장으로 만들었기 때문이다. 이에 만수관은 물론 빙월마궁에서도 수많은 사상자가 났고, 이를 숨죽여 지켜보던 벽력문이 삼 일 만에 등장해 싸움터를 정리해 갔다.

무심한 눈으로 주변을 살피던 장도는 빠르게 다가오고 있는 한 인영을 향해 슬쩍 고개를 돌렸다.

"만수관인들과 맹수들은 빙월마궁에서 설치한 폭약에 궤멸됐고, 오직 만수왕만이 살아남아 도주했습니다."

장도를 향해 정중히 허리를 숙이는 사내는 가슴 정중앙에 번개 문양이 새겨진 무복을 입고 있었다.

"음!"

장도는 짧게 고개를 끄덕이며 다시 입을 열었다.

"빙월마궁의 본진도 사부님에 의해 정리가 되었을 터. 이제 남은 것은 빙후! 그녀의 종적은?"

"빙후는 수하 몇을 데리고 만수관주의 뒤를 쫓고 있습니다. 그 뒤를 본 문의 좌우호법들께서 추격하고 계시지요. 하지만 문주님의 지시를 받으셨으니 직접 맞부딪치시는 일은 없을 겁니다."

"그럼, 그자는 어떻게 됐소?"

"냉혼검 담우택은 본 문의 문도들에 의해 제압당했으나 지시하신 대로 아직 죽이지는 않았습니다."

"수고했소! 그럼 가봅시다!"

"어디로……?"

"상처 입은 범이 더 거친 법이니 만수관주와 빙월마궁주는 그대로 놔두는 것이 피해를 줄이는 길이오. 어차피 서로 죽고 죽이는 원수지간이 됐으니, 뇌두면 자연 둘 중 하나는 죽을 테고, 그때 가서 남은 하나를 잡도록 합시다. 지금은 옛 빚을 청산해야겠소. 후후후!"

그동안 어떤 기연이라도 얻은 것일까? 피식 웃으며 발걸음을 떼는 장도에게는 이전과는 사뭇 다른 기도가 느껴진다. 또한 그의 표정에서는 힘을 지닌 자만이 지닐 수 있는 여유가 묻어 나오고 있다.

'휴우! 마주 서 있는 것만으로도 오금이 저리다니.'

장도에게 보고를 했던 사내의 얼굴 옆 선을 타고 식은땀이 삐질 흘러내렸다. 장도가 입을 열 때마다 뿜어져 나오는 뇌전기에 온몸이 덜덜 떨리는 것을 간신히 참고 있었기 때문이다.

'그 미친 짓을 할 때부터 알아봤지만 하여간 대단한 인간이라니까.'

사내는 장도의 뒤를 따르며 속으로 설레설레 고개를 저었다.

장도는 구양극호와 중원에 다녀온 뒤 두문불출하며 특별 연무장에서 내려올 생각을 하지 않았다.

그렇게 반년이 흘렀고, 장도는 아합랍달합택산에 엄청난 위력의 번개가 친 다음날, 온몸이 새까맣게 그을린 채로 구양극호의 등에 업혀 하산했다.

그때의 구양극호의 얼굴이란. 제자는 다 죽어가는데도 기뻐 날뛰는 그의 모습에 벽력문의 전 문원들은 모두 고개를 절레절레 저었다.

그 후로 장도는 몰라보게 달라졌다. 전신에서 뻗어 나오는 뇌전기를 통해 펼치는 벽력칠권은 이전과는 비교도 할 수 없을 정도로 엄청난 위력을 발휘했고, 번개를 한 번 맞아봐서인지 웬만한 일에는 눈 하나 깜짝하지 않는 더욱 용맹하고 듬직한 성격으로 변해갔다. 그리고 이번 만수관과 빙월마궁의 대접전 틈에서 양측을 오가며 신출귀몰한 무위를 뽐낸 그는 어느새 벽력호(霹靂虎)라는 별호로 불리기 시작했다.

'생각보다 빨리 보게 됐군!'

장도는 부지런히 걸음을 놀렸다. 지금 만나보려는 자는 자신에게 두려움과 분노를 동시에 체험하게 해준 인간이었다. 그리고 이에 걸맞은 뛰어난 무공 실력까지 갖춘 무인. 장도는 한시라도 빨리 그를 만나보고 싶었다.

'담우택! 이 장도를 수하로 두고 싶다고 했었나? 어디 그럴 실력이 있는지 한번 봐주지!'

장도는 담우택을 생각하자 투지가 들끓어올랐다. 물론 예전에 겪어봤던 이혈검법의 위력을 모르지는 않았지만, 담우택의 무공에 대한 두려움은 일지 않았다.

그는 뇌전권 구양극호의 직전제자 벽력호 장도였다.

*　　　　*　　　　*

"서라 했다!"

은강후는 짧은 외침을 터뜨리며 좌수를 갈고리처럼 만들어 앞으로 뻗었다.

째째애액!

순간 그의 손바닥에서 튀어나온 두 자루 비도(飛刀)가 눈부신 광채를 내뿜으며 쏘아졌다. 하지만 그것들은 실제 비도가 아니라 유형화된 강기의 응집체로 야왕 은강후의 성명절기인 탈수환비(脫壽丸飛)였다.

탈수환비는 비도 형상을 한 강기환(罡氣丸)을 날려 백 장 밖의 적을 한 줌 진토로 만든다는 절세무공으로 야문 문주들의 비전절기다.

은강후가 날린 그 강기환은 삼십 장 앞의 혈매화의 등을 향해 거침

없이 날아갔다.

퍽!

전력을 다해 허공을 밟으며 앞으로 쏘아져 가던 혈매화의 신형이 크게 휘청거렸다.

“기어코 손을 쓰게 만드는구나! 고얀 녀석!”

뒷짐을 진 채 다가온 은강후가 수염을 쓸어내리며 전면에 시선을 고정했다.

가쁜 숨을 몰아쉬는 혈매화의 등이 들썩인다. 그리고 혈매화의 등이 움직일 때마다 은강후의 탈수환비에 격중당한 그녀의 양어깨에서 꾸역꾸역 피가 흘러나왔다.

“이리 오너라!”

“…….”

혈매화는 은강후의 부름에 답하지 않고 흠칫 몸을 떨었다. 은강후의 음성을 듣자 마치 감전이라도 된 사람마냥 그녀의 양손이 덜덜 떨렸다. 그녀는 지금 당장 도망치고 싶은 생각뿐이다. 하지만 도무지 발길이 떨어지지 않았다. 등 뒤에서 자신을 노려보고 있는 은강후의 성난 얼굴만 생각하면 도무지 다리가 움직이지 않았다.

“그동안 무얼 하고 지낸 게냐?”

은강후가 천천히 한 발을 내디뎠다.

“가, 가까이 오지 마!”

혈매화가 하얗게 질린 얼굴로 다급히 외쳤다. 하지만 은강후는 보란 듯이 다시 한 걸음을 내디디며 입을 열었다.

“허허! 그동안 기연이라도 얻은 게냐? 이럴 줄 알았다면 진즉에 손을 쓸 것을 그랬나 보구나.”

혈매화의 등을 노려보던 은강후의 얼굴에 씁쓸한 미소가 머금어졌다. 그녀의 뒤를 추격하며 소모한 시간이 너무 길었고, 그 때문에 은강후는 크게 놀라고 있었다.

은강후는 혈매화를 직접 가르쳤기에 그녀의 솜씨를 훤하게 꿰뚫고 있다. 그래서 아무리 혈매화가 남다른 자질과 무공을 지녔다고는 하나 자신이 이토록 오랜 기간을 허비하며 뒤쫓을 정도로, 더구나 탈수환비까지 써서 잡아야 할 정도는 아니라고 생각했었다. 하지만 결과는 보다시피 그의 예상과 전혀 달랐다.

'그렇다면 순찰단을 포기한 보람은 있는 셈인가?'

은강후는 비릿한 미소를 머금었다. 그동안 야문 순찰단이 사비에 의해 모두 도륙났다는 보고도 받았고, 순찰단과 더불어 천독문의 여검수들 역시 궤멸했다는 보고도 받았다. 이에 대노한 은강후는 당장이라도 화평으로 되돌아가 사비를 쳐 죽일 생각을 했었으나 생각을 고쳐먹었다. 사비가 화평을 떠나 귀주에 있는 운무산으로 향하고 있다는 보고를 받았기 때문이다. 운무산은 현재 화양마부와 흑화일심대의 일대 접전이 펼쳐지고 있는 곳. 이에 은강후는 혈매화를 잡는 쪽으로 결심을 굳혔다.

'어차피 네놈은 야문의 이목에서 벗어날 수 없다! 뭐, 화양마부인들에게 죽으면 더 좋고. 후후후!'

은강후는 눈가에 미소를 지우지 않고 혈매화를 향해 천천히 입술을 뗐다.

"이번 일의 책임은 묻지 않겠다."

핑!

은강후가 오른손을 들어 엄지와 검지를 튕기자, 그의 손가락에서 지풍이 발산됐다.

"하지만 순찰단을 포기하고 너를 택한 만큼 앞으로는 조금 바빠질 게다. 후후후!"

픽!

은강후의 지풍에 맞은 혈매화가 그 자리에 털썩 무릎을 꿇고 주저앉았다. 이를 본 은강후가 피식 웃으며 그녀를 향해 느릿느릿 다가왔다.

"일단은 본 문으로 복귀해 네 머리부터 말끔히 치료한 뒤에 시작하자꾸나. 후후후!"

혈매화의 등을 돌아 그녀와 정면에 마주 선 은강후는 천천히 자리에 쭈그리고 앉으며 혈매화의 두 눈을 지그시 바라봤다. 이전과는 전혀 다른 흐릿한 눈빛이다.

'역시 그 녀석들에게 제압을 당해 이지를 상실했나 보군. 하지만… 어떻게 그런 놈들이 혈매화를……? 모를 일이군.'

은강후는 고개를 갸웃거렸다. 사비와 화무영의 무공이 아무리 뛰어나다고 해도, 혈매화를 수족처럼 부릴 정도의 실력은 아니라는 생각이 들었다. 어쩌면 자신의 짐작과 달리 혈매화는 제압을 당했던 것이 아니라 주화입마에 빠졌을지도 모른다. 하지만 어떤 이유도 은강후를 완전히 수긍시키지는 못했다.

'아무튼 지금은 네 정신을 회복시키는 게 우선. 다른 것들은 나중에 알아도 늦지 않지! 일단은 너를 찾았으니 그것으로 됐다.'

은강후는 혈매화를 바라보며 속으로 중얼거렸다. 그만큼 혈매화에 대한 신뢰감은 컸다. 야문의 핵심 전력이랄 수 있는 순찰단을 모두 잃더라도 아를 일시에 만회할 수 있다는 확신이 들 정도로. 하지만 그 확신을 현실로 만들기 위해서는 우선 혈매화의 정신을 회복시키는 것이

급선무였다.

"녀석, 그동안 얼마나 찾았는지 아느냐?"

"누구……?"

혈매화가 창백한 얼굴을 힘겹게 들어올렸다. 은강후의 다정스런 눈과 마주하자 그녀의 얼굴에 감돌던 두려움이 조금씩 걷히기 시작했다.

"고얀 놈! 사부다! 얼마나 됐다고 사부 얼굴도 몰라보는 것이냐?"

은강후의 음성이 더욱 다정해졌다. 하지만 속으로는 꽤나 놀란 눈치. 혈매화가 탈수환비를 맞고도 멀쩡히 입을 열었기 때문이다.

탈수환비는 지닌 위력과 더불어 상대의 진기를 흩뜨려 놓는 묘용이 있다. 비록 혈매화가 부상을 당할까 염려하여 많은 내력을 싣지는 않았지만, 이렇게 멀쩡한 모습으로 대화를 나눌 만큼 어설픈 강도는 아니었다.

"이제 좀 쉬어라. 너무 오랫동안 돌아다녀 힘이 들었을 게다."

"당신은 누구……?"

"본좌는 야왕. 넌 야문의 꽃, 혈매화다. 눈을 감아라!"

"……."

은강후가 잦아드는 목소리로 중얼거렸다. 하지만 혈매화의 귀에는 그 어떤 소리보다 선명하고 달콤한, 그리고 엄마 품처럼 편안한 목소리였다. 마음 한쪽 구석에서는 이래서는 안 된다고, 깨어나야 한다는 목소리가 메아리치고 있었지만, 그 절규 어린 목소리는 잠시 뒤 들린 은강후의 음성에 의해 혈매화의 마음 깊은 곳으로 점점 사라져 갔다.

"죽음을 부르는 어둠의 꽃. 혈매화여! 이제 쉴지어다."

"나는… 혈매화……!"

혈매화는 나직한 목소리로 중얼거리며 스르륵 두 눈을 감았다.

암전. 이와 동시에 그녀를 깨우기 위해 그토록 처절히 부르짖던 목소리도 검은 그늘로 자취를 감췄다. 그녀의 마음 저편으로 사라져 간 목소리의 주인은 화무영이었다.

*   *   *

수많은 용이 한데 어우러져 여의주를 다투는 듯 줄기줄기 뻗은 산자락을 타고 휘도는 구름이 산의 영험함을 대변해 주고 있다.

그 위치가 정확하게 알려져 있지 않은 신비 도문이 있는 곳으로 유명한 곳, 곤륜산(崑崙山)이다.

"우습군! 이곳이 무덤인 줄도 모르고 불나방처럼 날아오다니!"

산 언저리에 서서 밑을 내려다보며 중얼거리는 백의장삼의 사내는 신도원이다.

추밀원주의 명으로 곤륜의 협조를 얻고자 온 그는 곤륜에 들르기 전에 먼저 할 일이 있었다. 하지만 그것은 추밀원 요원으로서의 임무가 아니라 흑천의 소천주로서 해야만 하는 일이었다.

시이이……!

멀리서 들려오는 미미한 파공음에 신도원은 씁쓸한 미소를 머금었다. 솔직히 그의 마음 한쪽 구석에는 지금 이곳으로 신법을 전개해 오고 있는 사람과 마주치지 않았으면 하는 바람이 있다. 상대가 두렵다거나, 살인을 하고 싶지 않다는 이유는 아니었다.

"중원의 눈이 지켜보는 가운데 당당히 죽이고 싶었는데……."

신도원이 아쉬운 목소리로 입을 여는 사이 마른 체구의 한 노인이 그의 눈앞으로 날아 내렸다.

"마궁 소속이냐?"

"빙월마궁 소속이냐고 물으시는 거면… 아니라고 대답하겠습니다."

노인의 창노한 음성에 신도원이 피식 한줄기 미소를 머금었다.

"그럼……?"

"현재 추밀원 요원으로 있는 신도원이라고 합니다."

신도원은 정중한 어조로 말하며 노인을 향해 천천히 걸음을 옮겼다.

"추밀원이라면 백천맹?"

"그렇습니다."

신도원이 고개를 끄덕이자 노인의 얼굴에 일순 반가움이 스쳤다. 노인 역시 백천맹과 깊은 연관이 있는 인물이었기 때문이다.

어느새 노인 앞에 이른 신도원이 허리를 숙이며 입술을 뗐다.

"빙후의 추격을 피해 이곳까지 오신 노력에 먼저 감사 말씀부터 드리겠습니다."

"음! 노부가 빙후의 추격을 받는다는 건 어찌 알았느냐?"

만수왕 남경홍의 눈이 차갑게 가라앉았다. 신도원의 담대한 얼굴을 보자 의심했던 마음이 조금 걷히기는 했으나, 아직까지는 완전히 마음을 놓을 수는 없다.

빙월마궁과의 싸움으로 회생 불가능의 타격을 입고 만수관으로 돌아가던 남경홍은 만수관이 벽력문에 점령당했다는 소식에 부득불 발길을 돌려 곤륜으로 향했다. 근방에서 벽력문이나 빙후의 추격을 막을 만한 힘을 지닌 세력은 곤륜뿐이 없었기 때문이다. 게다가 자신처럼 벽력문에 의해 빙월마궁의 본진을 잃은 빙후의 추격까지 받고 있었다. 그녀는 천하에 두려울 것이 없다고 자부하는 자신으로서도 감히 경시할 수 없는 상대. 그러던 차에 곤륜의 초입에서 신도원을 만난 것이다.

“남 관주님을 기다리라는 상부의 지시를 받았습니다.”

“흠! 공 맹주는 도대체 무슨 생각으로 자네를 혼자 보냈단 말인가?”

남경홍의 얼굴에는 불쾌한 기색이 역력했다. 신도원을 혼자 이곳으로 보낸 공황식의 저의가 무엇인지 짐작이 가지 않았다. 공력을 끌어올려 슬쩍 주변의 기척을 감지해 본 바로는 분명 신도원 외에는 아무도 없었다.

“혼자서도 충분히 할 수 있는 일이니까요.”

신도원은 남경홍의 의심스런 눈초리에 피식 미소를 머금고 다시 말을 이어갔다.

“그리고 저를 보낸 분은 공 맹주가 아니십니다.”

“그럼 누구……?”

파앗!

남경홍의 눈앞으로 하얀 빛이 번쩍였다. 입을 열던 그의 눈에 핏발이 섰고, 신도원의 검은 어느새 그의 목에 닿아 있었다. 창졸간에 벌어진 단 일 초의 공격. 하지만 남경홍은 설령 자신이 미리 알고 있었다고 해도 결코 이 검을 막을 수 없으리라 직감했다. 인간의 눈으로는 쫓을 수 없는 빠름. 사상지경에 오른 만수왕 남경홍의 눈으로도 결코 담을 수 없는 빛의 빠름이었기 때문이다.

‘이것은……?’

그의 두 눈이 점점 의혹으로 물들어갔다.

낯익은 기운, 하지만 지금은 결코 느낄 수도, 느껴서도 안 되는 기운이 느껴진다.

그는 사십 년 전 단 한 번 겪어봤던, 하지만 평생에 걸쳐 단 한시도 잊지 못했던 치명적인 위력의 무공을 떠올렸다.

"그렇습니다. 정령신공의 진기를 담아 펼친 광명비검입니다. 당신과는 좀 더 대화를 나누고 싶었지만, 시간을 끌다가 빙후를 만나는 불상사는 피해야 하기에 이렇게 서둘러 끝냅니다. 이해하십시오. 후후후!"

신도원은 빙긋이 웃으며 천천히 몸을 돌렸다.

'어찌, 어찌 이런 일이……?'

신도원의 뒷모습을 바라보는 남경홍의 눈가로 미미한 경련이 인다. 그리고 그의 목 중앙에서 맺히기 시작한 붉은 핏방울이 점점 커진다.

"……."

아무 생각이 없었다. 이에 남경홍은 아무 생각이라도 떠올리기 위해 발버둥 쳤다. 하지만 그의 바람과 달리 머릿속은 점점 하얗게 탈색되어 갔다.

잠시 후 그의 귓가로 신도원의 잔잔한 음성이 아련하게 들려왔다.

"제게 명을 내린 상부는 흑천이라는 곳입니다. 사십 년 전 당신을 비롯한 육패에 의해 어둠 속으로 침몰해 들어가야만 했던 신도세가의 다른 이름이지요. 물론 머잖아 신도세가라는 이름을 되찾게 될 것입니다. 그 앞에는 천하제일가, 아니, 고금을 통틀어 가장 위대한 가문이라는 수식어가 붙겠지요."

"……."

남경홍은 천천히 고개를 내려뜨렸다. 신도원이 남기고 간 말이 메아리치듯 멀어져 간다. 그리고 서서히 확대되어 가는 그의 동공.

쩌, 쩌어억!

남경홍의 몸이 좌우로 갈라지며 피분수가 숏구쳤다. 썩은 고목나무처럼 양쪽으로 갈라진 남경홍의 양분된 몸 사이로 한가로이 걸음을 옮기는 신도원의 하얀 등이 보였다.

"하하하! 식기 전에 들게."

신도원에게 차를 권하는 궁명 도장의 얼굴에는 웃음이 떠나지 않는다. 궁명 도장은 곤륜검문의 계승자이자 현 곤륜의 장문인으로 운허 도인의 제자다. 그는 그동안 끊어져 노심초사하던 사부의 소식을 듣게 되어 무척 기뻤다.

"그래, 사부님의 진전은 어느 정도나 이었는가?"

"제자가 불민하여 사부님의 가르침을 채 일 할도 얻지 못했습니다."

"곤륜의 무학이 어찌 하루아침에 얻을 수 있는 쉬운 것이겠나? 앞으로 용맹정진하면 좋은 결과가 있을 게야."

신도원이 송구스럽다는 듯 고개를 숙이자 궁명 도장은 잔잔한 미소를 머금고 그의 얼굴을 물끄러미 바라봤다.

'더 이상 제자를 거두지 않으신다던 사부님께 상청무상신공, 상청무상겹, 상청인, 상청무상검법까지 모두 전수받았다! 이는 곤륜검문의 다음 대를 염두에 두신 사부님의 뜻일지도……'

궁명 도장이 되뇐 곤륜검문의 사대비전은 한 가지를 익히는 데도 최소 반 갑자의 세월이 걸린다는 곤륜의 최고 절학들로 곤륜검문의 계승자가 아니라면 구경조차 할 수 없다. 그런데 신도원은 궁명 도장과 만난 직후 그 앞에서 직접 그 무학들을 시전해 보였다.

'분명 상청인과 상청무상검법에 상청무상신공의 기운을 담았었다!'

궁명 도장으로서는 의심의 여지가 없었다. 강기공인 상청무상겹을 펼치지는 못했지만 신도원처럼 젊은 나이에 이 정도만 하는 것도 대단한 일이었다. 더욱이 상청인은 모르지만 상청무상검법만큼은 일견하기에도 자신에 비해 크게 떨어지지 않아 보였다.

'곤륜의 비상이 눈앞에 보이는군!'

신도원을 바라보는 궁명 도장의 입가에 환한 미소가 머금어졌다. 그는 보면 볼수록 신도원이 마음에 들었다. 헌앙하고 준수한 외모에 겸손한 몸가짐, 그리고 자신이 직접 겪으며 놀랐던 무공 실력까지. 이에 궁명 도장은 굉천자가 했던 말 때문에 걱정하던 마음까지 모두 일시에 사라짐을 느꼈다.

"궁명아! 내가 곤륜검이 다가 아님을 보여준다고 말했었지? 내가 결국 해냈다. 요놈아! 곤륜선문의 전인. 아니지! 장차 곤륜을 이끌어가고 선계에 입적할 놈을 제자로 삼았단 말이다! 기억해라. 그놈 이름이 사비다. 사비!"

궁명 도장이 입가에 안도의 미소를 새기는 사이 신도원이 천천히 입술을 뗐다.

"비록 익히지는 못했으나 사부께서 전해주신 무학들은 모두 외우고 있습니다. 지금 생각해 보니 소제의 자질이 우둔함을 알아보신 사부님께서 사형을 뵈면 전해 드리라는 의도로 시키신 일이 아니었나 하는 생각이 듭니다."

"하하하! 사제는 지나치게 겸손하군. 사제가 지닌 실력이면 곤륜에서도 열 손가락 안에는 들 텐데 우둔하다니. 그럼 우리가 그렇게 우둔한 인간들의 모임이라는 말인가?"

궁명 도장의 말에 신도원의 얼굴에 일순 당황한 기색이 엿보였다. 신도원은 궁명 도장이 주변 사람들을 가끔 곤혹스럽게 만들 정도로 솔직담백한 성격이라는 사실을 미처 모르고 있었다.

“그럼 앞으로 자네에게 신세를 좀 져야겠군.”

“신세라니요?”

“곤륜의 앞날을 위해 밑천 좀 풀어놓으라는 말일세.”

“그거야 제자의 당연한 도리가 아니겠습니까?”

“하하하! 역시 화통해서 좋군! 사형제지간이라 그런지 벌써부터 마음이 참 잘 맞는걸.”

신도원의 흔쾌한 승낙에 궁명 도장이 호탕하게 웃으며 다시 말을 이었다.

“그래, 자네도 부탁하고 싶은 게 있을 테지? 그게 뭔지 툭 터놓고 얘기해 보게.”

“송구스럽게도 그럴 일이 있습니다.”

그제야 궁명 도장의 솔직한 성격을 간파한 신도원은 더 이상 시치미를 떼지 않았다.

‘운허 도장을 사부로 모시고 난 후, 곤륜으로 오기까지 걸린 시간이 너무 길다고 생각했나 보군. 내가 본래는 오지 않으려다가, 부탁할 일이 생겨 왔음을 눈치챈 게지.’

신도원은 궁명 도장이 장문인으로서의 심계도 전혀 부족하지 않다는 생각을 하며 천천히 입술을 뗐다.

“제가 이곳에 온 이유는 백천맹에 곤륜의 힘을 보태달라는 부탁을 드리기 위해서입니다.”

“백천맹?”

신도원의 말에 궁명 도장은 일순 어리둥절해졌다. 이런 부탁일 줄은 미처 예상치 못했던 것이다.

신도원은 유쾌한 기분으로 집무실을 나섰다. 조만간 백천맹으로 곤륜의 고수들을 보내겠다는 궁명 도장의 확답을 들은 터라 모처럼 마음이 가벼웠다. 이로써 한때나마 자신을 의심했던 공황식의 시선을 바꿔 신뢰감을 심을 수 있는 계기를 만든 것이다.

'표화탄공수, 선운비뢰장, 건천일지공, 적양공, 도룡신공… 뭐 이 정도면 되겠지?'

신도원은 머릿속으로 궁명 도장에게 전해줄 무공들을 정리해 보며 느릿느릿 걸음을 옮겼다.

'운허 도인! 내게 처음으로 광명비검을 쓰게 만들었었지.'

신도원이 처음으로 죽였던 사람이 바로 운허 도인이었다. 물론 그전까지도 신도원과 비무를 벌인 이들은 모두 죽었다. 하지만 그것은 흑살조에 의해서였지, 신도원의 손에 의한 죽음은 아니었다.

운허 도인은 신도원에게 있어 그 의미가 남다른 상대였다. 그에게 가전무공을 쓰게 만들 정도로 뛰어난 실력을 지닌 무인이었고, 그로 인해 어쩔 수 없이 죽여야만 했던 고수였다. 이 때문에 신도원은 운허 도인이 사용했던 곤륜 무공들을 연구하기 시작했고, 그 수련에도 심취했었다. 그리고 지금 이 무공들이 아주 유용하게 쓰이고 있었다.

"요사스런 놈이로고!"

정면에서 들려온 목소리에 신도원의 얼굴이 급격히 굳어졌다. 굳은 얼굴로 주변을 돌아본 그는 자신이 어느새 곤륜파의 도관에서 멀리 떨어진 울창한 숲으로 들어섰음을 깨닫고 살짝 눈썹을 찌푸렸다.

"누구십니까?"

신도원의 차분한 목소리에 우거진 수풀 사이로 한 노인이 모습을 드러냈다. 약초를 캐고 있었는지 그의 왼손에는 기화요초가 담긴 바구니가 들려 있었다.

"노부는 굉천자라 한다!"

"그렇다면……."

신도원은 굉천자의 소개를 들으며 사비를 떠올렸다. 그때는 흘려들었지만, 사비는 그때 분명 굉천자라는 이름을 입에 담았었고, 그가 물어볼 정도라면 필시 깊은 인연을 지닌 인물일 터. 이에 신도원은 최대한 정중한 어조로 입을 열었다.

"운허 도장의 제자 도원이 삼가 사숙조님을 뵈옵니다."

"운허?"

굉천자가 일순 어리둥절한 표정으로 고개를 갸웃거리자 신도원이 입가에 엷은 미소를 머금고 천천히 입술을 뗐다.

"인연이 닿아 곤륜의 무공을 약간 전수받았을 뿐입니다. 감히 제자라고 말씀드렸다가 자칫 사부님의 명성에 누가 될까 염려될 따름이옵니다."

"흐음! 운허라……?"

굉천자가 한 손으로 수염을 쓸며 천천히 다가왔다. 그의 눈에 서린 의혹 어린 기운에 신도원은 일순 불안한 마음이 일었다. 하지만 겉으로는 굉천자의 날카로운 시선을 마주 받으며 한줄기 미소를 머금었다.

"운허와 인연을 맺었다니 정말 뜻밖이구나. 그래, 그 인연이라는 게 언제 적 얘기냐?"

"칠 년 전이옵니다."

신도원이 공손히 머리를 조아리며 대답하자 굉천자는 그의 주변을 한 바퀴 돌며 나직이 중얼거렸다.

“칠 년 전이라. 그렇다면… 운허가 죽을 때 곁에 있었다는 말이냐!”

슈아악!

굉천자가 싸늘한 일갈을 토하며 양손을 앞으로 뻗었다. 이와 동시에 그가 들고 있던 바구니가 허공으로 날아오르며 담겨 있던 기화요초들이 사방으로 흩어져 내렸고, 그 직후 풀잎의 그윽한 향기가 두 사내의 코끝으로 번졌다.

“무슨 말씀이신지?”

자신을 습격한 굉천자에게 보란 듯이 운룡대구식을 펼치며 피해 보인 신도원은 여전히 공손한 어조로 물었다.

“흥! 상청무상신공에 운룡대구식이라! 운허가 장문제자도 아닌 너에게 그 무공들을 가르쳤다는 걸 날더러 믿으란 말이냐?”

“뭔가 큰 오해를 하고 계신 것 같습니다. 사손이 불민하여 사숙조님의 화를 풀 길이 없으니 어찌해야 좋을지 모르겠습니다.”

신도원은 안타까운 표정으로 고개를 가로저으며 천천히 뒷걸음질을 쳤다.

“칠 년 전이면 운허의 천기가 다하여 내 직접 천도제를 지내주었던 때다! 이래도 발뺌할 셈이냐?”

“사숙조께서 천기를 읽으시는 능력이 있다는 말씀은 사부님께 익히 들어 알고 있습니다. 하나 지금은 뭔가 단단히 착각을 하고 계시는 것 같습니다.”

“허허! 오냐. 내 잠시 착각을 해서 살아 있는 운허를 죽은 사람으로 치고, 이제는 노망이 나 운허의 제자 녀석까지 죽이려 하고 있구나. 참으로 미안하게 됐다.”

“아닙니다.”

굉천자의 음성이 한풀 수그러지자 신도원이 무심한 얼굴로 고개를 저었다.

"그래, 그럼 넌 무슨 심법을 익혔는고?"

"좀 전에 보셨듯이 상청무상신공을 익혔습니다."

"호오! 그래? 그렇다면… 상청무상신공을 익힌 네 녀석이 지닌 정령의 기운은 어찌 설명할 것이냐?"

쉬익!

굉천자의 좌수가 학의 부리로 변하며 신도원의 얼굴을 향했고, 그의 우수는 용의 발톱이 되어 그의 어깨를 움켜잡았다.

턱!

"헛! 이놈이 끝까지!"

굉천자의 노안이 부들부들 떨렸다. 신도원의 방어 초식은 종학금룡수였다.

"후후후! 안타깝습니다. 차라리 입을 다물고 모르는 척하셨다면 서로가 편했을 터인데. 죄송하게 됐습니다, 사숙조!"

신도원의 입가로 싸늘한 미소가 걸렸다.

"살기가 골수까지 밴 놈이로구나!"

수아악!

굉천자는 속으로 아차 싶었으나 버럭 고함을 치며 양팔을 교차시켜 신도원의 가슴을 찍어갔다. 하지만 신도원은 피하지 않았다. 그의 입가에 걸린 미소가 더욱 짙어졌을 뿐이다.

슈칵……!

굉천자는 눈앞으로 스치는 하얀 빛줄기를 보며 가슴이 철렁 내려앉았다.

'광명비검(光明飛劍)! 역시 신도세가의 후예였던가?'

생각도 잠시, 굉천자는 불에 덴 듯 화끈거리는 통증에 눈앞이 아찔해 왔다. 온몸의 피가 밖으로 빠져나가는 느낌에 정신이 몽롱해졌다. 그리고 그런 느낌은 사실이었다.

"정말 죄송합니다."

허리를 숙이는 신도원의 눈가에는 눈물이 고여 있다. 그의 눈에 굉천자의 손목에서 떨어져 나온 양손이 투영되고 있었다.

뚝뚝!

좀 전까지만 해도 콸콸 흐르던 피는 굉천자의 손목에 맺힌 채 방울져 떨어지기 시작했다.

'천지의 모든 기운을 수(水)의 기운으로 바꾸니, 이는 정령신공 구성의 경지. 사비가 지닌 화류패기와는 천적이로구나……!'

굉천자는 자꾸 눈꺼풀이 감겨왔다. 앞에서 자신을 바라보고 있는 신도원의 얼굴이 사비의 모습으로 변해간다.

"허허! 녀석에게 아직 사부 소리도 들어보지 못했는데……."

점점 목소리가 꺼져 들어가던 굉천자가 서서히 무너져 내렸다. 그렇게 굉천자의 머리가 땅에 닿을 무렵 신도원은 슬며시 몸을 돌렸다.

풀썩!

"사부였나? 사비의 사부였단 말이지?"

신도원은 실성한 사람처럼 중얼거렸다. 이제 자신은 사비와 같은 하늘 아래 살 수 없는 원수가 되어버린 것이다. 아버지는 자신의 부친과 숙부에 의해 죽고, 사부는 자신의 손에 죽었으니 이보다 더한 원한이 어찌 있으랴.

"배는 멈추고 싶어하는데, 강은 정처없이 흘러가는구나."

신도원은 씁쓸히 읊조리며 천천히 고개를 들었다. 붉은 노을이 그의 동공을 핏빛으로 채워가고 있었다.

*　　　*　　　*

사비와 화무영은 엄청난 속도로 귀주 지방을 벗어났다. 사비는 풍류비공을 통해 새롭게 개발한 신법을 유감없이 발휘하며 화무영의 승부욕을 부채질했고, 이에 자극받은 화무영도 전력을 다했다.

그렇게 앞서거니 뒤서거니 중경 지방에 들어선 둘은 어깨를 나란히 하고 걸으며 잠시 숨을 돌렸다.

그들의 전면으로 바라보이는 산이 바로 마사회의 본관이 있는 곳으로 유명한 비파산(枇杷山)이었다.

"정도(正道)란! 아녀자와 약자를 보호하고, 노인을 공경하며, 협의를 중시하는 사람들의 모임을 일컫는 단어입니다. 이 중 무공 실력이 뛰어나고 자타가 공인할 수 있는 커다란 협행을 쌓은 이들을 가리켜 대협이라 부르지요."

"또 설교냐?"

사비는 피식 웃으며 물었다. 하지만 표정으로 보아 그리 듣기 싫은 기색은 아니다. 화무영은 싸늘하게 생긴 인상과 달리 말을 꽤 재미있게 하는 사람이었고, 설령 그렇지가 않더라도 그동안 화무영을 통해 얻은 바가 적지 않았기에 사비는 가능한 화무영이 하는 말은 경청을 하기 위해 애썼다.

그리고 그중에서도 무림이나 무공과 관련된 얘기가 나오면 사비의 눈은 특히 더 빛이 난다. 화무영은 이를 알기에 되도록 무림과 연관을 지어 자신이 하고 싶어하는 말을 전달했고, 지금도 그런 것을 염두에 두고 입을 열고 있었다.

"대협(大俠)은 돈을 벌기 위해 사람을 죽이는 살수나, 강자들에게 대항하기 위해 집단으로 뭉친 흑도들과는 전혀 다른 의미로 검을 드는 사람입니다. 그래서 대협이라 불리는 이들은 스스로에 대한 자부심이 대단하지요. 그리고 그런 자부심은 종종 다른 세계, 다른 질서를 지닌 이들을 향한 무시로 나타납니다."

"무시?"

"네! 무인, 무도라는 말을 쓸 수 있는 곳은 오직 정도라는 얼토당토 않은 말을 부르짖으며 그들의 울타리에서 벗어난 이들은 모두 무시하지요."

"지랄들 하는군!"

사비의 이죽거림에 화무영은 웃음기가 감도는 얼굴로 다시 말을 이었다.

"하하하! 하지만 지금은 아닙니다. 평생을 낭인으로 사시면서도 천하제일의 자리를 지키셨던 사부님을 넘어선 사람이 없었으니까요. 또한 사부님과 비슷한 시기에 등장한 이들 때문이기도 하지요."

"그게 누군데?"

"마사회(魔社會)입니다."

"가만! 거기는 공손천량이 두목으로 있는 데잖아? 지금 장난해?"

사비의 얼굴에 불쾌한 기색이 역력하자 화무영이 재빨리 말을 이어갔다.

"이들의 등장으로 위축됐던 마도는 중흥을 꾀할 수 있었습니다. 비록 적은 인원이지만 이 마사회에는 어느 누구도 무시할 수 없는 무인들이 존재하지요. 그들은 마검사(魔劍士)라 불립니다. 팔백 명 정도밖에 안 되는 인원이지만 정도인들도 감히 무인이 아니라는 말을 함부로 하지 못하는 자들이 바로 마검사들입니다."

"혹시 내가 마사회 소장로들하고 앵화루에서 한번 붙었었다는 얘기 안 해줬나? 그런 인간들이면 안 봐도 뻔한 거 같은데?"

"물론 마사회가 약자나 아녀자를 보호하는 선한 인간들이 모인 단체는 아닙니다. 누구보다 잔인하고, 악랄한 심성을 지닌 자들이 태반인 곳이 바로 마사회라는 것은 무림인이라면 모두 알고 있는 사실이지요. 하지만 마사회는 살수나 흑도와는 차별화된 뭔가가 있습니다."

"흠! 혹시 너처럼 싸우기 전에 중얼중얼하면서 온갖 생지랄은 다 떠는 걸 말하는 거야? 지난번에 보니까 전륜화검하고 창혈빙검이라는 작자들 하는 품도 만만치 않던데……."

"헛! 생… 뭐라고요? 으음! 그만두지요."

"에이! 농담 한마디 한 것 가지고 뭘 그래? 얼른 계속해 봐."

사비가 어깨를 툭 치자 화무영이 못 이기는 척 다시 입을 열었다.

"바로 힘에 의한 서열과 질서가 있습니다. 마검사들이 말하는 힘은 승(勝)이지요. 어떠한 비열한 방법이나 암수를 써도 이기면 그만입니다. 단, 승자는 패배를 인정한 자에게는 아량을 베푸는 게 그들의 묵계입니다."

"그것참. 그렇게 치사한 종자들이었어?"

"아니! 그런 말씀을 드리려는 게 아닙니다. 앞서 제가 말씀드렸던 것과 달리 마검사들은 결코 비열한 수를 쓰는 인간들이 아닙니다. 이들은 어느 누구보다 무인 대 무인으로서의 승부를 즐길 줄 아는 사람들이지요. 다만 이들이 원하는 것이 절대강자이기 때문에 가장 위에 선 사내, 지금은 공손천량 그 개자식이 되겠군요. 그 한 사람에 대한 국한된 얘기일 뿐입니다. 진정한 강자는 어떤 비열한 수법에도 상하지 않는다는 절대명제의 실현을 위한 묵계라는 소립니다.”

“후후후! 알아들었어!”

사비는 피식 웃으며 다시 말을 이었다.

“그러니까 네 말은 마사회 인간들을 다 죽이지 않았으면 한다는 거 아니야. 거기도 다 나쁜 놈만 있는 건 아니니까.”

“그렇습니다. 그리고 저는… 주공이 천하를 적으로 두지 않으셨으면 좋겠습니다. 마사회는 시작입니다. 앞으로 백천맹도 가고, 천독문도 가야 합니다. 거기 있는 사람들을 다 죽일 수는 없지 않겠습니까?”

“알았어. 난 피 냄새를 좋아하는 인간이 아니니까.”

사비가 천천히 고개를 끄덕이자 화무영의 얼굴이 일순 어두워졌다. 사비의 말에 화양마부와의 싸움 때 흡혈을 했던 자신을 책망하는 뜻이 담겨 있다고 여겼기 때문이다.

“표정 하고는. 알아! 나까지 너처럼 무림공적으로 몰리게 하고 싶지 않다는 거. 하지만 나도 너를 계속해서 무림공적으로 있게 하기는 싫어. 그래서 고민이고… 쉽게 벗을 수 있는 감투는 아니니까 그걸 벗어나려면 엄청난 노력이 필요할 거야. 그러니 그런 표정 짓지 말라고. 물론 남들 눈에 잘 보이기 위해 사는 건 아니지만, 그렇다고 나쁜 놈 취급받으며 살 필요도 없잖아. 안 그래?”

“…….”

화무영은 일순 입을 다물었다. 사비의 말에 코끝이 시큰해졌다. 그가 다시 막 뭐라 입을 열려고 할 때였다.

“너희는 누구냐?”

휘익!

누군가의 외침에 화무영은 신형을 잘게 떨며 앞으로 달려갔다.

퍼퍽!

"크윽!"

갑작스레 나타났던 상대의 입에서 거친 신음성이 터졌다.

"눈 깔고, 묻는 말에만 대답한다. 알았나?"

화무영의 싸늘한 음성에 사내는 황급히 고개를 끄덕였다. 작달막한 키에 쌍꺼풀이 짙게 진 꺼벙한 인상의 사내다.

'강하다! 상대가 되지 않아!'

그는 놀란 눈을 껌뻑거리며 어리둥절하고 황당한 얼굴로 화무영을 바라봤다. 그리고 잠시 후 자신 앞에 이른 검은 무복의 사내를 보고 더욱 의아한 눈초리가 됐다.

'이들은? 혹시 내가 모르는 마검사들인가?'

혼세광마 위진군은 속으로 고개를 갸웃거렸다. 창백한 인상에 흑색 장포를 입은 화무영이나, 마찬가지로 검은색 무복을 쫙 빼입고 있는 사비에게는 일견하기에도 자신과 같은 마도 쪽 냄새가 짙게 났다. 더욱이 단 한 번에 자신을 제압한 실력과 거친 말투는 마검사들 서로 간의 특성을 잘 알고 있지 않으면 하지 못할 행동이었다. 이에 얼굴에서 당혹감을 감추지 못한 위진군이 기억 속의 인물들을 하나하나 떠올리기에 여념이 없을 때였다.

"이름?"

"혼세광마 위진군!"

"나이?"

"서른여섯 됐소!"

“마검패는?”

“여기 있소!”

위진군은 화무영의 물음에 즉각적으로 답을 했다. 그는 화무영이 묻는 말들이 마검사들 간의 승부 뒤에 치르는 법도였기에 더 이상의 의심은 하지 않기로 했다.

“칠백구십일위라… 약하군!”

화무영은 위진군이 품속에서 꺼내 건넨 패찰을 보며 뇌까렸다. 그가 보고 있는 것은 마검사들의 서열이 적힌 마검패라는 물건이었다.

“으음!”

위진군의 얼굴이 일순 시뻘겋게 물들었다. 물론 칠백구십일위라는 서열이 높은 것이 아님은 자신도 잘 안다. 하지만 다른 곳에 가면 웬만한 문파의 호법 정도는 되고도 남음이 있는 실력, 이를 모르지 않을 화무영의 뇌까림이 위진군으로서는 결코 듣기 좋지 않았다.

“그럼 당신의 본래 서열은…….”

입을 열던 위진군이 다급히 말끝을 흐렸다. 패자에게는 질문할 자격이 없다. 오직 승자에게 복종하고 대답할 의무만 있을 뿐. 이러한 법칙은 하루가 지나면 자동 소멸된다. 그리고는 언제든지 승자에게 도전할 기회를 얻게 된다. 이는 마사회의 특이한 규율 중 하나다.

화무영은 이런 마사회의 규율을 잘 알고 있었다. 그래서 혼세광마 위진군을 발견하자마자 그의 기선을 제압하고 그의 서열을 빼앗아온 것이었다.

“회관은 어디지?”

이미 이곳에 오기 전 화무영에게 미리 마사회의 사정을 들은 사비는 자연스러운 얼굴을 하고 위진군의 앞으로 다가왔다.

“……?”

사비의 물음에 위진군의 얼굴에 일순 의혹이 서렸다. 마검사가 마사회관을 모를 리 없었기 때문이다. 하지만 화무영이 눈을 부라리자 그는 그런 생각을 멈추고 곧바로 눈을 돌렸다.

“앞장서라!”

“이쪽이오.”

위진군이 성큼성큼 걸음을 옮기자 화무영과 사비가 피식 웃으며 그의 뒤를 따랐다. 하지만 사비의 눈과 온 신경은 주변의 기척을 감지하기 위해 바쁘게 움직이고 있었다. 자신의 이목에 엄청난 고수가 포착되기를 바라면서.

‘적어도 열 손가락 안에 드는 놈으로 골라야지! 칠백구십일위가 뭐야? 쪼잔하게……!’

사비는 앞에서 걸음을 옮기는 위진군을 바라보며 입맛을 다셨다. 그는 혼세광마 위진군이 유백의 초청으로 앵화루에 오기로 했던 인간 중 하나라는 사실은 꿈에도 짐작치 못했다.

마사회관은 단순한 구조다. 높이가 육 장, 가로세로 너비가 칠십 장에 이르는 거대한 단층 건물과 그 주위를 둘러싸고 있는 넓은 연무장이 전부다. 마사회의 대소장로들을 비롯해 마검사들이 생활하는 곳은 비파산 곳곳에 따로 위치해 있다. 구조만 봐도 마사회가 얼마만큼 자유분방하고, 개인적인 성향이 강한 세력인지를 알 수 있는 일이었다.

마사회관에 당도한 사비는 회관 곳곳에 자리를 잡고 있는 마도인들을 힐끔거리며 마땅한 인물을 물색했다.

게슴츠레한 눈으로 주위를 두리번거리던 사비가 누군가를 발견하고 눈을 빛냈다. 그의 시선은 홍의를 입고 있는 삐쩍 마른 사내에게 향해 있었다. 오른쪽 옆구리에 포대 자루를 끼고 맞은편의 동료와 한담을 주고받는 모습이 다른 이들에 비해 한결 여유있어 보인다. 더욱이 지나가는 다른 마검사들이 인사를 하는 것으로 보아 신분 또한 범상치 않을 터.

"저놈은 어느 정도나 될까?"

"글쎄요. 그래도 이십 위 정도에는 들지 않을까요?"

"그래?"

위진군은 사비와 화무영의 대화를 들으며 혼란에 휩싸였다.

'으음! 말을 꺼내는 품을 보면 마도 쪽 인물이 분명한데… 어찌 마사회의 소장로 화화마군(華華魔君)을 모른단 말인가?'

화화마군은 마사회 서열 십이위에 올라 있는 자로 머잖아 마성의 경지에 오를 실력을 지녔다는 마도의 절정고수였다. 또한 그는 아름다운 물건에 대한 집착과 괴벽이 무척 심한 사람으로도 유명했다.

"좋아! 난 저놈으로 하겠어."

"조심하십시오."

"조심은 무슨."

화무영의 당부에 사비가 고개도 돌리지 않고 한 손을 흔들었다.

"지금 뭘 하려는 거요? 설마 화화마군 장로와 붙을 생각은……?"

위진군은 화화마군에게로 향하는 사비를 보며 걱정스런 기색으로 물었다.

마사회의 서열 일위는 당연히 무영마검 공손천량이다. 그리고 그 뒤를 이어 마사회의 아홉 대장로가 있다. 이후 서열 십일위부터 십구위까지를 차지한 이들이 아홉 소장로다. 사비에게 죽은 창혈빙검과 전륜화검은 각기 서열 십칠위와 십팔위에 해당하는 소장로였고, 화화마군은 이들보다 서열이 훨씬 높은 십이 위인 것이다. 소장로 정도 되면 아무리 승부를 좋아하는 마검사들조차도 웬만해서는 감히 도전할 생각도 하지 못하는 엄청난 거마들이다.

혼세광마 위진군은 그런 화화마군에게 도전을 하려는 사비를 보고 놀라지 않을 수가 없었다.

"하긴 조금 약한 감이 있긴 해. 그치?"

"이르다 뿐이겠소! 화화마군은 회주조차 감히 함부로 하지 못하는 소장로 중 한 사람이오. 그러니 어서……."

"아니, 주공에 비해 저 인간이 너무 부족하단 말이야."

화무영은 위진군의 말을 끊으며 고개를 가로저었다. 이에 더욱 어이없어진 위진군은 화화마군의 어깨를 톡톡 치는 사비를 바라보며 입을 떠억 벌리다가 일순 어깨를 움찔 떨었다.

'가만! 이 인간이 저자에게 주공이라고 했나?'

위진군의 고개가 화무영에게로 돌아갔다. 하지만 화무영은 그의 시선을 의식하지 않고 사비를 바라보기에 여념이 없었다. 마치 연인을 바라보는 듯 다정한 눈길이다.

톡톡!

"음!"

화화마군이 휘둥그레진 눈으로 고개를 돌렸다. 분명 어깨에 손이 닿는 감촉이 느껴졌다. 하지만 하도 오랜만에 경험해 보는 느낌이라 긴가민가하다. 어린 시절 이후로 누구도 자신의 어깨에 손을 댄 적이 없었기 때문이다.

하지만 고개를 돌린 화화마군의 눈에 일순 멍한 빛이 스치고 지나갔다. 한쪽 눈을 찡긋거리며 웃고 있는 젊은 사내의 얼굴이 들어왔다. 온몸을 검은 천으로 칭칭 감은 괴상망측한 복장에 붉은 기운이 감도는 머릿결, 그리고 얼굴에는 이해할 수 없는 자신감이 가득하다.

'으음!'

화화마군은 속으로 침음성을 삼켰다. 어깨를 건드렸다는 이유가 아니더라도 사비의 얼굴을 부숴 버리고 싶다는 충동이 일었다. 아름다운 것을 혐오하는 그가 보기에 사비의 얼굴이 꽤 매혹적으로 보인 모양이었다.

"무슨 일인가?"

화화마군은 짐짓 근엄한 표정을 지으며 물었다. 이에 사비가 게슴츠레한 눈초리로 그를 흘겨보며 천천히 입술을 뗐다.

"너 나쁜 짓 많이 했지?"

"너라니? 지금 내게 한 말이냐?"

화화마군이 자신의 귀를 의심하는 사이 사비가 손가락으로 포대를 가리키며 다시 말을 이었다.

"지금 옆에 끼고 있는 물건도 어디서 사람 죽이고 빼앗은 거겠지?"

"죽고 싶은 게로구나!"

화화마군의 외침에 회관 안에 있던 마도인들이 일제히 고개를 돌렸다. 하지만 그들의 눈에서는 걱정이나 불안감은 찾아볼 수 없다. 그저 앞으로 일어날 일에 대한 강한 호기심과 흥미만이 가득할 뿐.

"화화 장로, 그럼 이따가 봅시다!"

화화마군과 담소를 나누던 봉두난발의 흑마도가 피식 웃으며 몸을 돌렸다. 화화마군 바로 밑인 십삼위의 서열인 흑마도는 사비 손에 화화마군이 죽으면 오히려 박수를 치고 좋아할 사람이었다.

'크흐흐! 박 터지게 싸워봐라. 가만! 그런데 난 왜 저 젊은 놈이 이길 거라고 생각하고 있는 거지?'

속으로 음침한 웃음을 삼키던 흑마도의 얼굴이 일순 당혹으로 물들었다. 그사이 화화마군은 노기를 애써 가라앉히며 들고 있던 포대 자루를 살며시 바닥에 내려놓았다.

"오냐! 네놈을 갈기갈기 찢어주마!"

포대를 내려놓은 화화마군의 두 눈이 찰나지간 빛을 발했다. 그리고 곧바로 그가 입고 있던 붉은 옷이 부풀어 오르기 시작했다.

"방자한!"

슈캉!

화화마군이 손을 휘두르자 그의 손톱이 다섯 치 길어지며 사비의 얼굴을 향했다. 바람을 할퀴는 소리가 마치 귀신의 흐느낌처럼 사비의 귓전을 어지럽혔다. 화화마군의 성명절기 귀곡마조(鬼哭魔爪)가 펼쳐지며 일어난 현상이었다.

'호오! 제법인데! 앵화루에서 상대했던 놈들보다 훨씬 센걸!'

사비의 눈에 이채가 서렸다. 하지만 화화마군의 무위에 대한 걱정이나 염려라고 보기에는 애매한 기분 좋은 미소가 그의 입가에 걸려 있었다.

'웃어?'

화화마군은 잠시 후면 마조에 온몸이 찢겨 나갈 인간이 웃고 있다는 게 몹시 거슬렸다. 보통은 극심한 공포에 사로잡혀 있거나 전력을 다해 피하려고 해야 정상이다. 하지만 사비의 모습은 시종일관 여유가 넘쳐흐른다. 화화마군은 그런 사비의 표정을 지우고 싶었다. 이에 그는 이를 악물며 자신의 마조에 더욱 힘을 가했다.

'본좌를 능멸한 대가를 톡톡히 치르도록 해주지!'

사비의 얼굴에 마조가 닿는 찰나, 화화마군은 체내에 축적해 놓았던 마기를 쥐어짰다.

슈칵!

순간, 사비의 신형이 잘게 흔들렸고, 장내에 모여 있던 마검사들은 사비가 화화마군의 손에서 벗어남을 보고 감탄사를 연발했다.

"좋구나!"

"훌륭한 이형환위(移形換位)!"

역시 일반 무인들과는 차원이 다른 안목들이었다.

잠시 후 마사회관에 모여 있던 기백의 무리들이 화화마군과 사비 주위로 몰려들었다. 이에 모인 이들을 의식한 화화마군은 두 눈을 부릅뜨며 입을 열었다.

"놈! 이번에는 각오해야 할 거다! 너 같은 망나니에게는 한 번의 양보로 족하니까!"

"후후후! 양보?"

사비는 고개를 갸우뚱하며 실소를 흘렸다. 분명 전력을 다해 공격을 해놓고 양보라니. 사비는 이윽고 설레설레 고개를 저으며 화화마군을 향해 한 걸음을 내디뎠다.

"흠! 마검사라는 족속들이 비록 성질은 지랄맞아도 승부에 있어서는 꽤 깔끔한 인간들이라고 들었었는데… 아니었나 보군."

"어리석은 놈! 지금 그 소리는 네놈이 마검사가 아니라는 말이렷다! 크크크!"

사비의 발언에 화화마군의 입에서 괴소가 터져 나왔고, 주변으로 모여튼 마검사들의 얼굴은 일순 험악하게 일그러져 갔다. 하지만 사비는 자신을 쏘아보는 마검사들의 따가운 눈총을 고스란히 받으면서도 전혀 주눅 든 기색이 아니었다.

"마사회는 마검사가 아니라도 마사회에 입회할 수 있는 자격을 준다고 들은 것 같은데 내가 잘못 알고 있었나?"

"물론 누구나 마검사에 도전할 수는 있다! 하지만 그건 어디까지나 마공을 사용하는 인간들에 국한된 얘기다! 단약 냄새가 풀풀 나는 걸 보니 도가와 인연이 닿은 놈 같은데… 요즘 도가에서는 마공도 가르치나 보지?"

"마도의 무공이라. 그렇다면……."

화화마군이 코를 킁킁거리며 비아냥거리자 사비는 잠시 말끝을 흐리며 주변을 쓱 둘러보다가 다시 입을 열었다.

"내가 마공으로 너를 개박살 내주면… 여기 있는 인간들이 모두 찍소리도 안 할 거라는 얘기군. 그럼 괜히 걱정했잖아."

"크크크! 미친놈. 오래 살기 싫은가 보구나!"

사비와 화화마군 사이로 이전보다 더욱 팽팽한 긴장감이 감돌기 시작했고, 주변을 둘러싼 마검사들은 숨을 죽인 채 그들을 주시했다.

"그리고 내가 이기면 난 네 마검패 대신 저 포대 자루를 가질 생각이야. 그러니 나중에 가서 다른 말 하지 말라고."

"으음. 그건……."

화화마군이 채 말을 끝내기도 전에 백발백미를 한 냉막한 인상의 노인이 앞으로 걸어나오며 그의 말을 가로챘다.

"물론 가질 수 있다. 단! 서로가 생사대전에 합의를 보고 한쪽이 죽음에 이르렀을 경우여야 하지."

하얀 머리를 곱게 빗어 넘긴 노인은 잔잔하지만 한기 실린 음성으로 화화마군의 대답을 대신 한 뒤, 천천히 시선을 옮겼다. 하지만 그는 이내 한곳에 눈을 고정하고 살짝 눈살을 찌푸렸다.

'으음! 한음신마!'

백발노인과 눈이 마주친 화무영의 머릿속으로 전대 거마 한 명이 떠올랐다.

한음신마(寒陰神魔) 위청양.

도황마제에게 패해 마도제일의 자리를 내어준 뒤 외부와의 접촉을 일체 끊고 오직 무공 수련에만 전념한다는 희대의 거마가 바로 한음신마 위청양이다. 또한 십이제천에 속할 충분한 실력을 지니고 있음에도 불구하고, 무림에서의 활동을 접은 까닭에 십이제천에서 제외된 불운한 무인이기도 했다.

"어찌 된 일이냐?"

공손천량도 감히 함부로 하지 못한다는 마사회의 태상장로 한음신마가 화무영을 노려보며 물었다. 이에 화무영의 고개가 슬며시 옆으로 돌아갔다. 한음신마가 바라보는 이가 자신이 아니었기 때문이다.

"……."

혼세광마 위진군. 그는 목을 잔뜩 움츠린 채로 고개를 떨어뜨렸다.

"묻지 않느냐? 어찌 저자의 목에 네 마검패가 걸려 있는 것이냐?"

"비무에서… 졌습니다. 죄송합니다."

"허! 그런데 싸웠다는 놈이 어찌해서 몸에 상처 하나 없는 것이냐?"

"선공에 미처 대비하지 못해 반격조차 할 수 없었습니다. 하지만 다시 싸우면 쉽게 지지 않을 자신 있습니다."

"못난 놈!"

"드릴 말씀이 없습니다, 아버님."

화무영은 속으로 씁쓸한 입맛을 다셨다. 둘 사이의 대화를 통해 혼세광마 위진군과 한음신마 위청양이 부자지간이라는 사실을 알아챘기 때문이다. 이에 한음신마와의 싸움은 시간문제라고 생각한 화무영이 슬며시 마령심공을 끌어올리려는 찰나, 한음신마의 입에서 뜻밖의 말이 튀어나왔다.

"이기고 지는 것은 중요한 게 아니다. 내 너를 답답히 여기는 이유는 자신을 이긴 상대가 어떤 실력을 지녔는지조차 가늠치 못하는 네 어리석은 안목과 내가 가르쳐 준 무공을 제대로 한번 써보지도 못하고 늘 싸움을 포기하기만 하는 네 비겁한 마음에 있다. 못난 놈!"

위진군에게 모질게 쏘아붙인 한음신마는 화무영을 향해 고개를 돌리고 나직이 입술을 뗐다.

"조만간 마사회주 선출식이 있네. 정사를 불문하고 이런 중대사가 있을 때는 방문을 피하는 것이 상례라 알고 있는데… 혹시 내가 무림에서 손을 뗀 사이에 무림의 법도가 바뀐 것인가?"

"그건 내가 할 대답이 아닌 것 같소이다."

화무영은 피식 미소를 머금고 사비에게 고개를 돌렸다. 사실 그 역시 마사회의 회주 선출식이 있다는 소문을 듣고 사비에게 시기를 늦추자고 만류했었다. 하지만 사비는 막무가내였다. 아니, 오히려 선출식 얘기를 듣자 더욱 길을 재촉했다.

화무영의 시선을 따라 눈길을 돌린 한음신마의 두 눈에 화화마군과 마주 서 있는 사비의 모습이 들어왔다.

"내가 납득할 수 있도록 설명을 하지 못하면 그만한 대가를 치러야 할 거다!"

한음신마가 사비를 향해 걸음을 옮기자 화화마군이 슬며시 옆으로 비켜나며 길을 터주었다.

"대가? 내가 왜 당신에게 시시콜콜 그런 설명까지 해야 하는 거지?"

"뭣이!"

사비가 어깨를 으쓱해 보이자 한음신마의 눈가에 잔 경련이 일었다.

"마사회주 선출식에 외부인들은 출입을 금한다는 규정이라도 있나? 난 오히려 그 반대라고 들었는데 말이야. 마사회주는 마도인이면 누구나가 도전할 수 있는 자리라고 들었거든. 왜 내 말이 틀려?"

"으음, 그렇다면 네가 여기 온 이유가 정녕 회주 선출식에 참가하기 위해서란 말이냐?"

"물론이지!"

사비가 크게 고개를 끄덕이자 주변에 모여 있던 마검사들이 술렁이기 시작했다. 사비 말대로 마사회주 선출식은 마도인이면 누구나가 참여할 수 있는 자격이 있다고 알려져 있다. 하지만 그건 어디까지나 마사회주 자리에 대한 그들 나름의 자부심일 뿐 실제로 마사회주가 되겠다고 찾아오는 미친 인간들은 단 한 사람도 없었다. 그런데 오늘 그 전례가 사비로 인해 깨진 것이다.

"좋다! 하지만 마사회주 선출식에 참여하려면 마검패를 지니고 있어야 한다. 그 정도는 알고 있겠지?"

"알아! 그래서 이렇게 열심히 준비 중이잖아."

한음신마의 말에 사비가 화화마군을 손가락으로 가리키며 헤벌쭉 웃었다. 이에 화화마군의 입술이 파르르 떨렸다.

"이잇! 죽인다!"

"호오! 그래? 그럼 그 생사대전인지 하는 거 서로 합의 본 거지?"

사비가 반색을 하며 한 발 더 앞으로 나오자 한음신마는 화화마군에게 한 번 고개를 끄덕이더니 뒤로 물러섰다.

"마사회의 태상장로 한음신마가 두 사람의 생사대전을 인정한다! 지금부터 둘 중 하나가 죽을 때까지 싸움은 계속될 것이며, 서로의 합의 하에 싸움이 중단되면 둘 모두 마사회에서 방출된다!"

한음신마의 낭랑한 외침으로 화화마군과 사비의 생사대전이 순식간에 합의를 보기에 이르렀다.

쑤에엑……!

화화마군의 손에서는 이전보다 훨씬 날카로운 파공성이 터졌다. 사비 눈에는 마치 서로 다른 길이의 다섯 자루 소도가 쏘아져 오는 것처럼 보였다.

그렇게 화화마군의 귀곡마조가 몸 지척에 이른 순간, 사비는 몸을 빙글 회전시키며 오른손을 허리로 가져갔다.

슈칵!

어느새 사비의 손에 들린 흑화검이 허공에 검은 꽃을 그렸다.

"크아악……!"

화화마군의 입에서 처절한 비명성이 터져 나왔다. 이와 동시에 우수수 떨어져 내리는 화화마군의 손가락들.

화화마군은 넋을 잃은 채로 자신의 몸에서 분리된 손가락들을 응시했다. 흑화검에 의해 너무나도 반듯하게 잘려 나간 손가락들을 보니 절로 눈시울이 붉게 달아올랐다. 일평생의 수련이 담긴 귀곡마조가 사비의 단 한 번의 손짓에 의해 쓸 수 없게 되어버린 것이다.

"환마천영(幻魔千影)!"

사비를 향해 폭사되어 간 화화마군의 신형은 사비의 지척에 이르자 수십 개로 늘어나 있었다. 이를 본 사비는 지면을 강하게 걷어차며 급히 뒤로 몸을 물렸다. 하지만 화화마군은 사비와의 거리를 좁히며 더욱 가공할 속도로 짓쳐들어왔다.

가슴으로 섬뜩한 기운을 느낀 사비는 더 이상 피할 생각을 하지 못하고 화화마군을 향해 양 장을 쭉 뻗으며 버럭 기합성을 토했다.

"타앗! 광마유회(狂魔遊回)!"

쿠쿠쿠쿠쿠아악!

사비의 육장이 화화마군이 만든 수십 개의 환영과 같은 숫자로 불어나며 사방으로 미친 듯이 날아갔다.

퍼억!

"커억!"

사비의 장력에 가슴팍을 격타당한 화화마군의 몸이 활시위처럼 휘어진 채로 오 장 밖으로 나가떨어졌다.

"헛! 저것은!"

화화마군과 사비가 한데 뒤섞였다가 떨어진 순간, 주변을 둘러싸고 있던 마검사들의 눈이 경악으로 커졌다.

"음! 환우마하장법!"

한음신마의 입에서 튀어나온 말은 중인들의 혼란스러움을 일시에 잠재웠다. 하지만 환우마하장법이라니. 환우마하장법은 마도 삼대지존마공 중 하나. 그런 초절한 마공이 이렇게 갑작스레 등장했다는 사실은 아무리 생각해도 믿기지가 않는 일이었다. 이 때문에 그들은 사비가 환우마하장법을 펼치기 이전에 사용했던 흑화검법에는 전혀 관심을 기울이지 못했다.

"으음!"

곤두박질친 화화마군에게 다가갔던 한음신마는 눈살을 찌푸리며 고개를 흔들었다. 함몰된 늑골들이 폐와 심장에 박혀 들어간 화화마군은 대라신선이 와도 살릴 수 없는 회생 불가능의 상태였다.

한음신마는 화화마군의 고통이라도 덜어줄 요량으로 그의 두개골을 수도로 가볍게 내려쳤다.

퍽!

순간 화화마군의 전신으로 하얀 서리가 맺히기 시작했다. 한음신마의 극천한음마공(極天寒陰魔功)에 몸이 급속히 냉각됐기 때문이다. 화화마군의 죽음을 확인한 한음신마는 오른손 검지를 들어 화화마군의 가슴 부위를 가리켰다. 그러자 그의 목에 걸려 있던 마검패가 스르륵 풀리며 허공으로 둥실 떠올랐다.

"이제부터 화화마군이 마사회에서 지녔던 신분과 권한은 모두 자네 소유다. 물론 마사회주 선출식에 참여할 자격도 얻게 된 것이지."

한음신마는 가급적 적대적인 어투는 자제하기 위해 애썼다. 화화마군을 정당한 승부를 통해 이긴 사람이니 당연히 소장로로서의 대우를 해주어야 했다. 하지만 주변에 있던 마검사들은 사비를 대하는 한음신마의 태도보다는 허공섭물로 마검패를 이동시키면서도 아무런 표정 변화 없이 입을 여는 한음신마의 전륜한 내공에 혀를 내두르고 있었다. 그러나 한음신마에게서 마검패를 받아 쥐는 사비의 얼굴은 여전히 덤덤했다.

턱!

"고맙군."

사비가 마검패를 받아 쥐자 한음신마의 눈가가 가늘게 떨렸다. 사비가 자신이 마검패에 남긴 극천한음지기를 아무 무리 없이 받아냈기 때문이다.

'으음! 상상 이상의 고수다! 이런 자들이 어찌 마사회를 찾았을꼬?'

한음신마는 대부분의 세월을 폐관 수련을 하며 보냈기에 마사회 내에서 일어나는 일조차 제대로 알지 못했다. 따라서 그가 타락수라와 사비에 대한 소문을 모르는 것은 어찌 보면 당연한 일이었다. 한음신마가 속으로 의문에 휩싸인 사이 사비가 피식 웃으며 입술을 뗐다.

"후후! 식구를 죽였는데 상을 준다? 참 희한한 동네야."

서열 십이위라 쓰인 마검패를 요리조리 돌려보던 사비는 이내 그 마검패를 목에 걸며 슬머시 몸을 돌렸다.

"잠깐!"

사비가 자신의 외침에 걸음을 멈추자 한음신마가 다시 입을 열었다.

"회주 선출식은… 어찌할 생각인가?"

"도대체 몇 번을 말해야 하는 거지? 그것 때문에 여기까지 왔다고 했잖아."

"정말 그뿐인가?"

"그게 아니면? 또 뭐가 있을 것 같은데?"

사비는 흥미로운 얼굴을 하며 한음신마의 눈을 응시했다.

"본 마사회와 원한이 있느냐를 묻는 것이네."

"그냥 받을 빚이 조금 있다고 해두지!"

"빚이라… 뭐, 아무래도 상관은 없지. 마사회는 걸어오는 싸움을 마다하지 않으니까!"

"그 말은 마음에 드는군. 하지만 내가 빚을 받아야 하는 새끼도 그렇게 생각하는지는 의문이군."

"혹시 그 상대가 누군지 말해줄 수 있나?"

"공손천량!"

"으음!"

사비의 짧은 대답에 삽시간에 주위 공기가 차갑게 가라앉았다. 여기 저기서 터져 나오는 살기들. 환우마하장법을 사용했다는 것만으로 사비에게 호감을 가졌던 마검사들은 그의 입에서 마사회주의 이름이 튀어나오자 더 이상의 호의를 보일 생각이 없어졌다.

그들이 막 치미는 노기를 폭발시키려는 찰나, 한음신마가 가볍게 한 손을 들어올리며 입을 놀렸다.

"선출식은 삼 일 후부터네. 선출식에 참여하기도 전에 시체로 나가고 싶지 않다면 그 입 좀 쉬게 하지."

"후후후!"

사비는 한음신마의 말에 피식 웃기만 할 뿐, 더 이상 입을 열지 않았다. 누구보다 그를 잘 아는 화무영으로서는 사비의 그런 행동이 오히려 의외였다. 하지만 사비는 화무영의 의혹 어린 눈길까지 외면하며 성큼성큼 걸음을 옮겨 화화마군이 남겨놓은 포대 자루 쪽으로 이동했다.

마검사들의 따가운 시선이 등 뒤로 꽂혔지만, 사비의 두 눈은 포대 자루에 뭐가 들었을지에 대한 호기심만이 가득했다.

자루 앞에 이른 사비는 빠른 손놀림으로 묶인 매듭을 풀어갔다.

스륵!

"우아!"

"아아!"

사비에 대한 적개심과 살기로 가득 찼던 장내의 분위기가 일시에 바뀌었다. 포대 자루에서 튀어나온 묘령의 여인에 의해서.

"헉! 이게 뭐야?"

사비는 화들짝 놀라 뒤로 물러섰다. 그리고는 이내 잔뜩 눈살을 찌푸리며 다시 앞으로 다가섰다. 하지만 여인의 그렁그렁 맺힌 눈물을 보자 이내 마음 한편이 무겁게 가라앉았다. 그것은 사비뿐만 아니라 장내에 모여 있던 이들 모두 마찬가지였다.

우물(尤物).

여인은 그런 표현을 써도 부족함이 없을 만큼 아름다운 용모와 범접할 수 없는 기품을 동시에 지니고 있었다. 화화마군의 것으로 보이는 붉은 장삼을 뒤집어쓰고 있어 몸매가 어떠한지까지는 확인할 길이 없었으나, 겁을 집어먹은 눈망울로 주변을 두리번거리는 것만 봐도 사내들의 심장은 심하게 뛰었다. 여인에 별 관심이 없는 사비마저 그런 감정을 느낄 정도였으니까.

"뭐야? 왜 대답을 안 해?"

다소 기분이 상한 사비가 퉁명스런 어투로 묻자 여인의 얼굴이 일순 당황으로 물들었다. 그녀는 비록 포대 속에 있어 보지는 못했지만 사비의 음성만 듣고도 그가 자신을 구한 사람임을 짐작하고 있었다. 그리고 사비의 자신감에 찬 음성과 눈빛을 대하자 화화마군에게 납치되어 이곳으로 올 때까지의 두려움과 걱정이 모두 사라짐을 느꼈다. 이 때문에 사비의 시건방진 말투나 태도는 전혀 눈에 들어오지 않았다. 아니, 그런 모습까지도 여기 모인 악당들을 향한 박력과 용기로 보였다. 그런 사비가 자신을 못마땅한 눈초리로 쳐다보는 것이다.

"……."

하지만 여인은 입을 열지 못했다. 그저 당황하고 억울한 눈빛을 보내는 것만으로 사비의 오해가 풀리기만 바랄 뿐이었다.

“쳇! 뭘 물으면 말을 해야 할 거 아냐?”

“험! 주공, 일단 아혈부터 풀어줘야겠습니다.”

사비의 짜증 섞인 음성을 보다 못한 화무영이 옆으로 다가오며 지풍을 날렸다.

피픽!

화무영의 지력에 점혈이 풀린 여인은 일순 현기증을 느끼며 자리에 주저앉았다.

턱!

막 주저앉으려던 자신의 옆구리를 누군가가 와서 받쳐 들자 여인은 놀란 눈으로 고개를 들었다.

“이 자식들이 어딜 넘봐! 한 번만 더 치근덕거리면, 그때는 선출식이고 뭐고 그대로 작살이 날 줄 알아. 저 꼴로 눕고 싶지 않으면 얌전히 들 있으라고!”

사비는 순수한(?) 마음으로 여인을 부축하려던 마검사들 몇을 쏘아 보다가 화화마군의 시체를 가리켰다. 이에 엉겁결에 고개를 돌렸던 여인의 얼굴이 놀라움과 공포로 물들었다.

‘정말 저 악마를 해치우셨단 말인가?’

여인은 생전 처음 보는 사내의 품에 안겨 있다는 사실은 까맣게 잊은 채 사비의 얼굴을 물끄러미 올려다봤다.

호위무사 오십 명을 어린애 데리고 놀 듯 추풍낙엽처럼 쓸어버리고 자신을 납치했던 화화마군을 이길 자가 세상에 있다는 사실이 도무지 믿기지 않았다. 하지만 험악하게 생긴 주변 장한들이 감히 달려들지 못하는 것으로 보아 사비의 실력이 보통이 아님은 확실한 것 같았다.

사비를 물끄러미 바라보던 여인의 얼굴에 일순 홍조가 드리워졌다.

강인한 턱 선, 오만한 콧날, 고집있는 입술을 지닌 사비와 눈이 마주쳤기 때문이다.

'이거 아주 괜찮은걸. 잘 꼬드겨서 앵화루에서 쓰면 딱이겠어!'

흐뭇한 눈길로 여인을 바라보던 사비는 천천히 시선을 옮겨 한음신마에게 입을 열었다.

"얘, 내 거 맞지?"

방 안은 어두컴컴했다. 하지만 마주 앉은 두 남녀는 촛불 하나의 밝기에만 의지해도 전혀 불편함이 없어 보였다. 그들은 작은 불빛만 있어도 시각에 제약을 받지 않는 고수들이었다.

'요사스러운 년! 이젠 나까지 잡아먹으려고 안달이 났나 보군!'

음선부인의 입가에 실린 농염한 기운을 바라보던 공손천량은 내심과 다른 자상한 미소를 머금으며 천천히 입을 열었다.

"그래, 이 밤에 떠나신다니 무슨 중한 일이라도 생기신 건지요?"

"회주님이 완전히 기력을 회복하셨으니 이제 쓸모없는 몸뚱이는 이쯤에서 사라져야지요."

"헛! 부인의 몸이 쓸모없다니 그 무슨 당치 않은 말씀이오?"

공손천량이 펄쩍 뛰며 손사래를 치자 음선부인은 두 손을 살며시 무릎에 포개며 다시 말문을 열었다.

"그러지 않고서야 어찌 회주 뵙기가 이리 힘들겠습니까?"

음선부인은 다분히 도발적인 눈으로 공손천량을 응시했다. 이에 공손천량은 얼굴에 빙긋이 웃음을 띠었다.

"그런 오해를 하시다니 이거 제가 오히려 더 서운해지는군요. 검성에게 당한 상처를 회복하느라 그동안 얼마나 고초가 심했는지는 부인께서 더 잘 아시지 않소이까?”

“호호호! 물론 잘 알지요. 회주님을 회복시키느라 저희 천독문에서
바친 약재가 성을 여러 채 짓고 허물고도 남을 정도인데, 제가 어찌 그
런 사정을 모르겠습니까?”

“하하하! 부인께서 무슨 말씀을 하시는지 이제야 눈치챈 것을 보면
입었던 내상이 크긴 컸었나 봅니다. 잘 알겠습니다. 그렇지 않아도 이
번 일에 대한 보답은 확실히 할 생각이니 너무 심려치 마십시오.”

공손천량은 너털웃음을 터뜨렸다. 이제껏 음선부인이 몸이 정상으
로 돌아온 자신을 유혹하는 것이라 생각했었는데 그게 아니었다. 그녀
는 천독문에서 지원한 진귀한 약재와 영약들에 대한 대가를 요구하고
있는 것이다.

‘아무렴 외각쌍두사와 금혈와를 날로 쳐드시고 입을 싹 닦으실 생각
이셨겠습니까? 그랬다가는 온몸이 녹는 고통에 허우적거리다가 뒈질
터인데.’

음선부인은 속으로 그렇게 뇌까리면서도 겉으로는 살포시 미소 지
었다. 음선부인의 속은 아무도 모른다. 그저 뇌쇄적인 눈빛에 매료되
어 아무 생각을 하지 못하거나, 아니면 그녀가 자신을 유혹하는 것이라
는 망상에 빠져 어이없는 행동을 할 뿐. 그런 면에서 보면 공손천량도
예외는 아니었다.

“저는 이만 물러가겠습니다.”

음선부인이 천천히 자리에서 일어나며 다시 입을 열었다.

“그리고 듣자 하니 한음신마가 외부인들을 끌어들이고 있다 하던
데. 회주님의 재선출에 자칫 영향을 미칠까 두렵습니다.”

“큰 신경을 쓸 일은 아니니 너무 걱정하지 마시오. 나 무영마검이

있는 한 마사회주에 다른 회주가 선출되는 일은 없을 것이오. 더구나 부인께서 도와준 덕분에 이전보다 공력이 더욱 증진된 이 마당에 두려울 게 뭐가 있겠소이까? 하하하!"

"그럼 모쪼록 좋은 소식이 있기만 기다리겠습니다."

공손천량이 주먹을 불끈 쥐어 보이자 음선부인이 싱긋 웃으며 몸을 돌렸다.

"멀리 나가지 않겠소이다!"

음선부인이 언덕 너머로 사라질 때까지 그녀를 향해 시선을 고정하던 공손천량은 자리에서 벌떡 몸을 일으켰다.

'감히 본좌를 우롱하다니. 하지만 아직은 여러모로 쓸모가 많으니 내 조금만 더 참아주지!'

공손천량의 걸음이 점점 빨라졌다. 음선부인의 염려대로 한음신마가 끌어들인 인물들이라면 만만하게 볼 일이 아니었다. 더욱이 한음신마가 자신의 처소까지 내어줄 정도로 인정하는 자들. 이에 공손천량의 마음은 점점 조급해졌다.

현재 마사회주의 세력 구도는 한음신마와 자신의 싸움으로 굳어진 상태. 한음신마의 무위가 결코 자신보다 밑이 아님을 알고 있던 공손천량은 한음신마를 직접 찾아가 자신이 부상을 당했으니 선출식을 미루자는 간청을 했다. 회주로서, 그리고 무인으로서의 자존심까지 모두 내팽개친 행동이었다. 한음신마는 그런 공손천량을 한동안 물끄러미 쳐다보다가 그의 청을 승낙했다.

그 직후부터 공손천량은 더욱 바빠졌다. 다친 내상도 회복해야 했고, 이를 계기로 공력의 증진까지 노렸다. 이미 오행지경에 오른 그였기에 웬만한 영약으로는 전혀 효과를 볼 수 없었지만 다행히 공손천량은 천독문주로 있는 음선부인과 남다른 친분 관계를 유지하고 있었다. 이에 음선부인에게 희귀한 영약과 약재를 얻어 복용할 수 있었고, 그 덕분에 지금은 전과는 비교할 수 없을 정도로 엄청난 공력의 증진을 이룰 수 있었다.

"후후! 이제 그 얼음 같은 영감탱이와의 오랜 신경전을 끝낼 때가 온 것 같군."

공손천량은 비릿한 미소를 머금고 부지런히 발을 놀렸다. 지금은 어떤 경우, 누구라도 이길 자신감이 있었지만 뜻밖의 변수는 싫었다.

"젊은 애송이들이라고 하던데……."

고개를 갸웃거리는 공손천량의 모습이 조금씩 어둠 속으로 사라져 갔다.

달빛의 인도를 받아 비파산을 내려가던 음선부인은 한 손을 이마에 얹고 살짝 이마를 찡그렸다. 이에 그녀의 뒤를 따르던 시녀 둘이 슬금슬금 눈치를 보며 달리는 속력을 늦췄다.

"믿을 수 없다! 어찌 그 녀석에게 야문 순찰단을 죽일 힘이 있단 말인가?"

음선부인은 불신의 기색이 역력한 눈빛으로 설레설레 고개를 저었다. 천독일절 여휘에게 온 서찰에는 실로 놀라운 내용이 담겨 있었다. 요미선자를 처리하기 위해 떠났던 천독삼화와 삼절이 여휘를 제외하고 모두 화평에서 죽었다는 사실과 같은 날 같은 장소에서 야문 순찰단 역시 그 사람의 손에 전멸당했다는 보고였다. 더욱 충격적인 것은 천독문과 야문을 상대한 그 한 사람이 요미선자가 아니라는 말이었다.

'그럴 리가 없다! 어찌 그 어린 녀석에게 그런 능력이… 타락수라라

면 몰라도 그 녀석은 아니야.'

천독일절 여휘는 차마 입에 담을 수 없는 험한 욕만 빼고 사비가 전하라 했던 모든 말을 음선부인에게 보낸 서찰에 담았다. 이에 그의 인상착의를 들은 음선부인은 청도의 관제묘에서 봤던 사비를 어렵지 않게 떠올릴 수 있었다.

'그렇다면 그 녀석이 그때 실력을 감추고 있었단 말인데…….'

음선부인은 수심에 찬 눈을 들어 하늘을 쳐다봤다. 하늘에 촘촘히 박힌 별들이 그녀의 눈동자에 들어찬다.

'이젠 벗어났다 여겼는데… 아직은 아닌가 보군. 그렇다면 당신이 남긴 녀석들도 모두 죽여주지!'

잠시 누군가를 떠올리며 쓸쓸하게 미소 짓던 음선부인의 눈이 점점 살기로 물들어갔다.

"웬 놈이냐!"

음선부인의 입에서 짧은 외침이 터졌다.

스팟!

눈앞에서 번득인 검광에 음선부인이 황급히 뒤로 몸을 뺐다.

"아악!"

하지만 그녀의 옆에 시립해 있던 시녀들은 뾰족한 비명을 터뜨리며 좌우로 기우뚱했다.

"감히!"

음선부인은 허리가 양분된 채 굴러 떨어지는 시녀들의 몸을 보며 입술을 질끈 깨물었다.

"성명 좌시경, 사십삼 세로 알려져 있으나 실제 나이는 오십삼 세!"

음선부인의 어깨가 흠칫 떨렸다. 이제껏 잊고 지냈던 자신의 이름이

누군가에게 다시 불려졌다는 사실 때문이기도 했지만 그보다는 그녀의
주위로 나타나기 시작한 무수한 인영들 때문이었다.

'살수들! 내가 기척을 느끼지 못할 정도로 강한 자들이다!'

음선부인은 다급히 공력을 끌어올렸다. 언제 어디서 기습을 해올지
모른다. 하지만 그녀의 걱정과 달리 살수들은 아무런 움직임도 보이지
않았다. 더욱 당혹스러운 것은 살수 수업을 쌓은 자들이 갖춰야 할 가
장 기본적인 모습을 보이지 않는다는 데 있었다.

'얼굴을 가리지 않고 있어! 그만큼 자신이 있다는 거겠지.'

음선부인은 호흡을 가다듬으며 오독신장을 펼칠 만반의 준비를 끝
냈다. 하지만 다음에 들린 말로 인해 가까스로 마음을 다잡았던 음선
부인은 큰 충격을 받고 신형을 휘청거렸다.

"대리국 황손의 빈으로 간택되어 입궁 날을 기다리던 중 전대 천독
문주인 천독파파(千毒婆婆)의 눈에 들어 그년의 전인이 되었고, 현재는
천독문주로 있으며 갖은 악행을 일삼고 있다. 맞나?"

"네놈들은 누구냐?"

"빛을 받기 위해 사십 년을 기다린 사람!"

"빛?"

음선부인의 눈에 의혹이 어렸다. 하지만 그녀의 몸은 불시의 기습에
대비해 팽팽한 긴장 상태를 유지하고 있었다.

달빛을 등 뒤로 받고 서 있던 사내가 앞으로 걸음을 내디디며 모습
을 드러냈다.

"신도세가의 빛을 받기 위해 찾아왔다!"

"다, 당신은 신의 화정! 당신이 신도세가의 후예였다니!"

신도화정을 확인한 음선부인의 눈이 찢어질 듯 커졌다. 하지만 신도

화정은 무심한 눈길로 음선부인을 바라보며 입을 열었다.

"우리는 이제 나서야 할 때가 됐다고 결정을 내렸다. 그동안 의문이었던 신도세가 멸문의 마지막 동조자까지 밝혀졌으니 더 이상 숨어 지낼 이유가 없지."

"그, 그게 무슨 소리냐? 천독문이 신도세가와 무슨 원한이 있다고?"

음선부인의 날카로운 외침에 신도화정이 여전히 무심한 표정으로 다시 말을 이었다.

"화평에서 요미선자를 상대할 때 대군자산을 사용한 것으로 알고 있다. 그리고 흑화검성을 죽일 때도 사용했더군."

"그, 그게 신도세가와 무슨 상관이 있단 말이냐?"

후아앙!

음선부인은 버럭 고함을 치며 신도화정을 향해 쌍장을 날렸다. 하지만 그는 이를 피할 생각을 하지 않고 계속해서 말을 이어갔다.

"세가인들이 속절없이 죽어갔던 이유도 네년 사부 천독파파의 대군 자산 때문이었다!"

슈카칵!

신도화정을 대신해 흑살조원 둘이 양옆으로 날아와 음선부인의 장풍을 향해 빠르게 검을 놀렸다. 이에 자신의 공격이 무위로 돌아간 것을 확인한 음선부인은 차갑게 가라앉은 눈빛으로 빠르게 주변을 훑었다.

"호호호! 고작 살수 열다섯을 끌고 와서 나를 어쩔 수 있으리라고 생각했느냐?"

음선부인은 전신 공력을 극대로 끌어올리며 신도화정을 노려봤다.

"셋! 구파 장문 수준의 고수를 죽이는 데 필요한 인원이다. 삼봉을 죽이는 데는 아홉이 필요하지. 대답이 됐나?"

신도화정의 대답에 음선부인의 얼굴이 급격히 굳어졌다. 굳이 그의 말을 더 듣지 않아도 주변을 감싼 적들의 수준이 얼마나 대단한지는 알 수 있다. 지금 이렇게 서 있는 것조차 힘들 정도로 가공할 살기와 투기를 내뿜는 자들이니까. 하지만 음선부인은 결코 이 정도에 자포자기할 정도로 호락호락한 여인이 아니었다.

"호호호! 나를 너무 우습게봤군!"

스팟!

음선부인이 허공으로 도약하며 허리에 감고 있던 채찍을 풀어 손에 쥐었다. 그녀의 독문병기인 오절독룡편은 다수를 상대하는 데 매우 효과적인 무기였다. 하지만 신도화정의 얼굴에는 여전히 여유가 넘쳐흐른다.

'천독문에 대해 알게 된 건 뜻밖의 수확이었다. 만일 검성과 요미선자를 상대하며 대군자산을 쓰지 않았더라면 끝까지 밝히지 못했을 뻔했어.'

신도화정은 음선부인을 향해 분분히 날아오르는 흑살조의 살수들을 보며 엷은 미소를 지었다.

그동안 무수히 많은 독을 연구하고 조사했지만 대군자산이라는 독은 세상에 알려진 바가 없었다. 천독문이 워낙 신중을 기해 써왔기 때문이리라.

그가 그간의 일을 생각하는 사이 음선부인은 벌써 흑살조에게 밀려 제압당하기 직전에 처해 있었다.

퍼퍽!

"악!"

등과 복부에 검상을 입은 음선부인이 허공에서 떨어져 내렸다. 그 뒤를 따라 날아 내린 흑살조원들이 그녀를 질질 끌고 신도화정의 앞으로 데리고 와 무릎을 꿇렸다.

"이렇게 허무하게 제압당해 무척 어이없을 것이다. 하지만 네가 쓰던 대군자산에 중독이 되어 아무런 힘도 쓰지 못한 것이니 너무 억울해하지는 말도록."

"비열한!"

"하하하! 비열이라? 난 그저 네게 정당한 비무를 통해 복수하는 것은 사치라는 생각이 들어 네 방식을 나눠 썼을 뿐이다. 너도 너에게 당했던 다른 이들처럼 당해봐야 공평하지 않겠느냐? 그리고……."

푹!

"윽!"

음선부인은 극심한 고통에 절로 신음을 터뜨렸다. 날카로운 뭔가가 한쪽 눈을 파고들어 갔기 때문이다.

"혈악비(血惡匕)다! 네놈들이 아버님의 몸에 꽂았던 물건이지. 진기를 빨아들여 호신강기를 파훼하는 묘용이 있으니 아마 다른 비수와는 느낌이 좀 다를 게다!"

신도화정은 음선부인의 눈에서 뺀 혈악비를 나머지 한쪽 눈에 찔러 넣었다.

푸욱!

"으음!"

음선부인은 신음을 참기 위해 애썼지만 몸은 더 이상 그녀의 의지대로 움직여 주지 않았다. 이미 대군자산에 중독되어 공력을 조정할 수가 없었고, 그녀의 조정권에서 벗어난 공력들은 속절없이 혈악비 끝으로 빨려 들어갔다.

"크하하! 그동안 배가 몹시 고팠던 모양이구나! 그래, 많이 먹어라."

신도화정은 광소를 터뜨렸다. 그동안 뼈를 깎는 고통 속에 참아왔던 분노가 일시에 터져 버린 듯 그의 두 눈도 광기로 번들거렸다. 하지만 음선부인에게는 그의 웃음소리가 들리지 않았다. 몸이 서서히 오그라들며 이루 말할 수 없는 고통이 밀려왔기 때문이다. 속으로는 살아야 한다고 부르짖어 봤지만, 이미 그녀가 사용할 독까지 완벽히 대비하고 찾아온 흑살조의 손에서 벗어날 길은 전무했다.

툭!

불과 일 다경이 흐르기도 전, 음선부인은 가죽으로 변해 땅바닥에 떨어졌다. 본래는 더 빨리 끝을 낼 수도 있었으나 신도화정은 결코 그럴 생각이 없었다.

"나는 이제 선혜원으로 돌아갈 테니 자네들은 화양마부를 정리하고 있을 흑운대와 합류하게."

신도화정이 흐트러진 의관을 정돈하며 말하자 한 사내가 조심스레 다가와 입을 열었다.

"천독문은 어찌할까요?"

"아무리 어진 성품이시라고는 하나 천주님께서도 신도세가의 멸문과 관련된 곳을 받아들일 아량은 없으실 것이네."

"알겠습니다!"

"만수관에서 키우던 맹수들이 서장 곳곳으로 팔려 나간 모양이네. 천독문을 정리한 뒤, 그것들을 찾아 남김없이 죽이게. 단, 맹수를 산 자들은 죄가 없으니 그만한 대가를 지불해 주도록 하고."

사내가 허리를 굽히며 뒤로 물러나자 이전의 온화한 미소를 되찾은 신도화정이 천천히 몸을 돌리며 중얼거렸다.

신도화정이 자리를 뜨자 흑살조원들이 발을 옮기는 그의 등에 대고 정중히 장읍을 취했다. 하지만 상념의 젖어 있는 신도화정의 눈에는 그런 수하들의 인사가 들어오지 않았다.

'만수관과 천독문. 이제 다섯이 남았군. 그 뒤는……'

달빛을 받은 그의 눈이 찰나지간 빛을 발했다. 가문의 복수를 한 뒤의 일을 생각하고 있기 때문이었다.

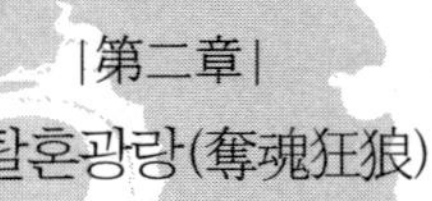

|第二章|
탈혼광랑(奪魂狂狼)

탁자 위에 놓인 술을 홀짝홀짝 마시던 사비는 방 안을 스윽 둘러보며 머리를 긁적였다.

"도대체 그 영감탱이는 왜 이렇게 친절한 거야? 생긴 건 전혀 그렇게 생기지 않았는데. 안 그래?"

"아무래도 우리에게 부탁할 일이 있나 봅니다."

"하긴, 우리가 뭐가 예쁘다고 이런 대접을 해주겠어. 이봐!"

사비는 화무영의 대답에 동조하며 침상 쪽으로 고개를 돌렸다.

"네?"

침상 위에 걸터앉아 멍하니 사비를 쳐다보고 있던 여인이 화들짝 놀라 대답했다.

"이름이 련이라고 했니?"

"네."

여인이 고개를 끄덕이자 사비가 한 손으로 턱을 어루만지며 화무영에게 고개를 돌렸다.

"성은 주(朱)고, 이름은 련이라. 게다가 공주라니… 넌 저 여자 말이 믿기냐?"

"안 믿을 이유도 없지 않습니까?"

"흠! 하지만 화화마군이 미치지 않고서야 왜 공주를 납치했을까? 또 공주라면 호위하는 인간들이 엄청 많았을 텐데 이렇게 어이없이 공주를 뺏길 수 있다는 게 이상하지 않아?"

"그건 이상하네요."

"이씨! 이래도 흥! 저래도 흥! 정말 이럴 거야?"

화무영이 고개를 끄덕이자 사비가 인상을 잔뜩 구기며 소리를 꽥 질렀다. 하지만 사비는 화무영이 딴청을 부리며 자신을 무시하자 이내 멋쩍은 표정을 지으며 주련을 향해 힐끔 고개를 돌렸다.

'쩝! 정말 아깝다. 저 정도 외모면 앵화루를 널리 알릴 수 있는 훌륭한 기녀로 성장시킬 수 있는데…….'

하지만 주련은 사비의 안타까운 눈초리를 전혀 다르게 해석하고 있었다. 주련이 공주임을 모르던 사비가 어제와 오늘, 양일에 걸쳐 그녀를 앵화루에 취직시키기 위해 정성을 다했던 노력의 결과였다. 사비는 지난 이틀 동안 주련의 손발이 되어주고, 아무 불편함이 없도록 세심하게 배려해 주었다. 모르는 사람이 보면 사랑하는 여인을 위해 물심양면으로 힘쓰는 사내로 볼 정도였고, 안타깝게도 주련은 사비의 그런 행동을 자신에 대한 애정의 발로라고 잠정 결론을 내리고 있었다.

'알아요. 사 공자 마음이 얼마나 답답할지… 저라고 왜 안 그렇겠어요. 하지만 제가 무슨 수를 써서라도 오라버니를 설득할게요. 그러니

그런 표정은 제발 짓지 마세요. 그렇게 속상해하시면 제 마음이 너무 아프다고요.’

주련은 다 이해한다는 표정으로 사비에게 살며시 고개를 끄덕여 보였다. 이에 사비는 저 여자가 왜 저럴까 하는 생각을 하며 슬며시 고개를 돌렸다.

‘젠장! 정말 공주면 어쩌지? 이럴 줄 알았으면 괜히 힘 뺐잖아. 쩝!’

사비는 여전히 주련이 공주라는 데는 의심을 하고 있었지만, 안타깝게도 그녀가 납치된 정황은 꽤 설득력이 있었다.

그녀의 첫째 오라버니는 이 년 전까지만 해도 대명황제로 있던 정통제 주기진으로, 그는 이 년 전 동서 몽고를 통합한 오이라트의 야선(也先)족과 토목보(土木堡) 싸움에서 대패하고 포로로 끌려갔다. 이 때문에 졸지에 황제로 등극한 이가 바로 경태제 주옥으로 주련의 둘째 오라버니였다. 주련은 포로로 있다가 풀려난 첫째 오라버니 주기진을 마중하기 위해 길을 나섰다가, 화화마군에게 납치되어 이곳으로 끌려왔다는 것이다.

한음신마는 주련에게 사건의 정황을 듣고 곧바로 그녀와 사비, 화무영을 자신의 거처로 안내해 준 뒤, 사실 확인을 해보겠다며 나가서 하루가 지나도록 돌아오지 않고 있었다.

[백색아, 저 주련이라는 아이 말이야. 지금 보니까 소향군주라는 아줌마하고 닮은 것 같은데… 네 생각은 어때?]

[후후! 그걸 이제 아셨습니까?]

화무영이 피식 웃으며 주련의 얼굴을 힐끗 쳐다봤다.

“이 자식이! 그럼 넌 처음부터 저 인간이 공주라는 걸 알고 있었다는 거야?”

사비가 꽥 소리치는 소리에 주련의 얼굴에 놀라움이 스쳤다.

'저 사람, 믿지 않는다고 하더니 내가 공주라는 걸 믿고 있었어!'

수정공주 주련. 그녀의 눈동자가 한 사내로 가득 찼다.

"위청양이 공주님을 배알합니다."

한음신마가 돌아온 것은 꼬박 이틀이 지나서였다. 그는 득달같이 달려오자마자 주련의 앞에 오체복지하며 황공한 표정을 지었다.

"일어나세요."

한음신마를 대하는 주련의 태도는 사비를 대할 때와는 전혀 다른 기품이 넘쳐흘렀다.

"지금 황궁 무사들이 이곳으로 오고 있습니다. 불편하시더라도 조금만 참으시면 공주님은 안전하게 연경으로 돌아가실 수 있습니다."

"저는 아직 황궁으로 돌아갈 생각이 없는데… 쓸데없는 일을 하셨군요."

한음신마가 더욱 공손한 어조로 입을 열자 주련이 고운 아미를 살짝 찡그리며 고개를 흔들었다.

"폐하의 심려가 크시다고 합니다. 또한 돌아오신 태상황제께서는 남궁에 머무르시면서 공주께서 돌아오시기만 손꼽아 기다리신다는 전갈이 있었습니다."

"큰오라버니가 돌아오셨군요. 흐음!"

잠시 주저하며 사비의 얼굴을 힐끗 쳐다본 주련은 이내 결심을 한 듯 두 손을 허리춤에 괴며 고개를 끄덕였다.

"좋아요! 돌아가죠. 대신 호위를 부탁드리겠어요."

"하명만 하십시오! 마사회의 모든 마검사들은 공주님께서 가시는 길이 편안하고 안전할 수 있도록 최선을 다할 것입니다!"

한음신마는 주련을 향해 허리를 굽히며 다시 말을 이었다.

"금번 화화마군이 벌인 만행은 구족을 멸해도 부족한 일이나 알아본 바로는 출신 성분이 불분명한 인간으로 가족이 아무도 없다고 합니다. 그리고 그의 시신은 다시 꺼내어 오체분시를 했으니 부디 공주마마의 어진 성정을 베풀어주시기를……."

"무슨 말인지 알아들었어요. 그런 염려는 하지 마세요. 그리고 마사회라는 곳에서 전부 나설 필요도 없어요. 저는 한 명이면 족하니까요."

주련이 싱긋이 웃으며 한 손을 흔들자 한음신마는 속으로 안도의 한숨을 내쉬며 그녀의 다음 말을 기다렸다.

"이봐! 딱 보니까 날 데리고 갈 생각인 것 같은데… 꿈 깨셔. 내가 지금 얼마나 바쁜지 알면 그런 말은 꺼낼 생각도 못했을 테니까."

사비가 앞으로 나오며 삐딱한 시선으로 자신을 쳐다보자 주련이 짐짓 서운한 표정을 지으며 입술을 달싹였다.

"저와 함께 가는 게 싫으신가요?"

"말했잖아. 바쁘다고. 그러니까 귀찮게 하지 말고 조용히 사라져."

"……."

주련은 잠시 곤혹스러운 표정으로 사비를 바라보았다. 대명황제도 자신에게는 귀찮다는 말을 한 적이 없다. 아니, 세상에 어느 누구도 그녀 곁에 있기를 바랐을 뿐, 떨어지고자 했던 이는 단 한 사람도 없었다. 이런 주변 환경에서 자라온 주련이었기에 사비의 저런 반응은 좀처럼 받아들이기가 힘들었다.

"제가… 싫으신가요?"

"아니!"

"그럼 왜 그러시는 거죠?"

"그만! 내가 분명히 그런 표정 짓지 말라고 했을 텐데."

사비는 눈물이 그렁그렁 맺힌 주련의 얼굴을 바라보며 눈썹을 찌푸렸다.

"죄송해요. 제가 잠시……."

주련은 소매로 눈물을 찍으며 살며시 고개를 숙였다. 이를 본 한음신마의 두 눈이 크게 흔들렸다. 도대체 어떻게 했기에 불과 이틀 만에 대명황제의 금쪽같은 여동생을 동네 여염집 아낙 부리듯이 하는지 이해할 수 없었다. 하지만 사비의 뒤에 있는 화무영의 표정은 무덤덤했다. 실제로 사비가 별다른 행동을 하지 않았음을 알기 때문이다.

'당혜도 짝이 있다더니, 내 살다 살다 저 인간을 좋아하는 여자를 또 보게 될 줄이야. 그것도 공주씩이나 되는 여인이…….'

화무영은 손가락으로 귀를 후벼 팠다. 전혀 그답지 않은 행동이었지만 벌어지는 상황을 보고 있자니 괜히 심통이 났다. 사비를 바라보는 주련의 눈길에서 한 여인이 떠올랐기 때문이다.

'매화, 네게는 미안한 마음뿐이다. 조금만, 조금만 기다려라.'

화무영은 의자에 등을 기대고 살며시 두 눈을 감았다. 그사이 사비는 주련을 향해 한마디를 툭 던지고 밖으로 빠져나가고 있었다.

"사람은 자리가 있는 거야. 도대체 뭐에 홀려서 나 같은 놈에게 관심을 보이는지 모르지만, 그건 한때일 뿐이야. 돌아가! 돌아가서 며칠 지내다 보면 나 같은 건 생각도 나지 않을걸. 그리고… 난 계집과 노닥거릴 정도로 한가한 사람이 아니야."

덜컥!

"……."

주련은 멍한 눈길로 사비가 닫고 나간 문만 바라봤고, 싸늘함과 냉기의 대명사인 한음신마 위청양은 어쩔 줄 모르겠다는 표정으로 안절부절못하고 그녀의 뒤를 서성였다.

"으음! 황궁 무사들이 와서 모시고 갔네."
……

방문을 밀고 안으로 들어서며 입을 열던 한음신마는 일순 멍한 표정으로 방 안을 둘러봤다.

"허! 이런 미친놈들을 봤나!"

자신의 침상을 차지하고 누워 코를 골며 단잠에 빠져 있는 사비와 화무영을 본 한음신마는 입에서 욕이 절로 튀어나왔다. 하지만 얼굴에는 웃음이 가득하다. 도황마제에게 패하고 마사회에서 숨어 지낸 후로 처음 지어보는 웃음이었다.

'적들로 가득 찬 곳에서 저리 당당할 수 있다니… 겁이 없는 것인가? 세상을 모르는 것인가?'

한음신마는 사비와 화무영을 보며 자신의 젊은 시절을 떠올렸다. 이들보다 훨씬 나이가 많을 위진군에게는 찾아볼 수 없어 아쉬워하던 모습이었다.

"도황마제와 일전을 겨뤘다던 탈혼광랑도 이들 또래라고 했었는데… 역시 요즘 젊은이들은 겁이 없단 말이야. 가만! 타락수라와 탈혼광랑의 인상착의가……?"

한음신마는 침상에 잠이 든 사비와 화무영을 바라보다가 고개를 갸웃거리며 황급히 밖으로 빠져나갔다.

"눈치챈 것 같지?"

사비가 살며시 눈을 반개하고 옆에 누운 화무영을 바라봤다.

"그러게요."

"튈까?"

"겁나십니까?"

"아니! 네가 그랬잖아. 공손천량 그 새끼만 손봐주자고. 그런데 벌써 애꿎은 화화마군이라는 놈을 죽여 버렸잖아. 그래서 그래. 괜히 말썽 일으키지 말고 공손천량 목만 따기는 게 좋을 것 같아서."

"화화마군이란 인간은 죽어 마땅한 인간이었습니다."

"알아! 하지만 나하고는 별 상관 없는 놈이었잖아."

"정말 그렇게 생각하십니까?"

화무영이 감았던 눈을 뜨고 몸을 일으켰다.

"응!"

사비가 단호한 눈빛으로 고개를 끄덕이자 화무영의 눈가에 일순 실망이 어렸다.

"대협의 협(俠)은 사람 인(人)과 칼자루 협(夾)으로 형성된 글자입니다. 칼을 든 사람이란 뜻이지요. 하지만 협(夾)에는 '부축하다' 라는 뜻도 있습니다. 주공께서 보시기에 대협은 칼을 든 사람인 것 같습니까? 아니면……."

"내가 바보냐? 당연히 다른 사람을 돕는, 부축하는 사람이란 뜻이겠지! 하지만 그건 어디까지나 이론일 뿐이라고. 사람들 마음에는 본래 그런 게 없어. 다 겉멋 들어서 하는 짓거리지. 그냥 하고 싶은 거 하면서 내 양심에 꿀리지 않고 살면 그게 장땡인 거야!"

"주공 말씀대로라면 사부님께서도 겉멋만 들었던 분이시겠군요."

"……."

사비의 얼굴이 굳어졌다.

"백색아!"

"네?"

"다시 한 번 그따위 말 지껄이면, 그땐 정말 복날 개 패듯이 때려줄 거야. 그것도 아주 아프게……."

"하하하! 제 별호가 타락수라라는 걸 잊으셨나 보군요."

"아까 못 들었어? 혼을 뺏는 미친개!"

"탈혼광랑! 미친 늑대입니다."

"아무튼. 개나 늑대나… 비슷하게 생겼잖아."

"하하하! 주공에게는 제가 두 손 두 발 다 들었습니다."

화무영이 양 손바닥을 들어 보이며 자리에서 일어나자 사비도 피식 웃으며 자리에서 일어났다.

"그리고 보니 내일이면… 수하가 팔백 명이나 생기네."

"후후후! 그전에 죽을 수도 있습니다. 공손천량이나 한음신마는 결 코 만만하게 볼 수 있는 자들이 아니니까요. 그리고 마검사들이 모두 합공을 해오면 아무리 주공과 저라도 빼도 박도 못합니다."

"흠! 아무리 그렇다고 해도 도황마제보다 세겠어?"

"아무리 단단한 바위도 낙수에 뚫리는 법입니다."

사비가 머리를 스윽 훑어 넘기며 말하자 화무영이 피식 웃으며 대꾸 했다.

"하여간 김 빼는 실력 하나는 알아준다니깐. 아무튼 그런 걱정은 붙 들어 매라고! 난 결코 다치거나 곤란한 일을 겪지 않을 테니까!"

사비는 화무영을 바라보며 주먹을 들어 불끈 쥐어 보였다.

다음날 아침.

"미안하군. 마도의 떠오르는 신성들을 몰라보다니. 내가 워낙에 무림 일에 관심이 없어 그런 것이니 이해하게."

한음신마는 투명하고 맑은 눈길로 사비와 화무영을 바라봤다.

"저어, 미안하지만 난 아니거든. 얘는 마도에 있는 애 맞는데, 난 마도하고는 전혀 무관한 사람이야."

"알고 있네! 자네는 도황마제를 죽이고 홀연히 사라진 탈혼광랑 사비! 어디에도 속하기 싫어하는 한 마리 외로운 늑대지! 그리고 자네는 남궁사수를 죽이고 백천맹에 쫓기면서도 보란 듯이 천하를 주유하며 마령심공을 현세로 끌어낸 음양마교의 후예, 타락수라 화무영! 자네 두 사람으로 인해 마도의 기상은 그 어느 때보다 충천했네. 게다가 천하제일인이라 일컬어지던 흑화검성 사군우까지 마도 쪽 인물이었다니 이 얼마나 큰 경사인가. 허허허!"

한음신마는 그동안 자신이 수집한 소식들을 풀어놓으며 만면 가득 웃음을 머금었다. 소문이 사실이라면, 아니, 단 십분지 일이라도 사실을 담고 있다면 마도의 앞날은 그야말로 창창했다.

"그래서 더 이상은 나도 망설이지 않기로 했네."

"……."

사비와 화무영은 한음신마의 말에 대답하지 않고 서로를 돌아봤다. 드디어 그가 자신들을 환대한 이유를 들을 수 있기 때문이다.

"혹시 마사회를 만든 이들이 누군지 아나?"

"글쎄요."

화무영이 고개를 갸웃거렸다. 마사회가 만들어진 시기는 불과 이십년 정도밖에 안 되었다고 들었지만, 누가 만들었는지에 대해서는 전혀 알려지지 않았기 때문이다.

"세인들은 모르지만 마사회는… 음양마교주에 의해, 보다 정확히 말하면 음양마교주의 뜻을 받든 마교의 호법들이 만든 곳이네."

"으음! 뜻밖이군요."

화무영이 안색을 굳히자 한음신마가 빙긋 미소를 머금고 다시 입을 열었다.

"놀랄 일은 따로 있네. 마사회를 만든 마교의 호법들이 바로 도황마제와 빙후, 그리고 이 한음신마 위청양과 축융마존 갈파도라는 것이네."

"……"

사비는 졸릴 듯 하품을 했고, 화무영의 눈은 이전보다 더욱 차갑게 가라앉았다.

마도에 얽힌 숨은 비사를 자신들에게 해주는 한음신마의 의도를 전혀 읽을 수 없었고, 마사회가 사비가 죽인 도황마제와 그토록 관련이 깊은 곳이라면 앞으로 좋은 일보다는 흉한 일이 많을 것이라는 염려 때문이었다. 하나 한음신마의 입에서 나온 말은 뜻밖이었다.

"이만하면 현재 마도의 관계가 대충 짐작이 될 테니 이제 빙빙 돌리지 않고 얘기하겠네. 당금 마도삼대세력인 화양마부, 빙월마궁, 마사회는 모두 같은 뿌리에서 나왔네. 그리고 사십 년 전의 약조대로라면 조만간 다시 음양마교라는 이름으로 한데 뭉쳐야 하지."

한음신마는 잠시 하얀 수염을 쓰다듬으며 옛일을 회상하다가 다시 말을 이었다.

"하지만 지금은 어느 누구도 처음의 맹세를 지킬 생각은 하지 않고 있네. 삼대지존마공 중 둘인 천마구류도법과 이혈음풍장법은 찾았지만 환우마하장법과 정작 가장 중요한 마령심공은 찾지 못했기 때문이지. 마령심공을 찾지 못한 상황이고 보니 누구도 음양마교주가 될 수 없었네. 이후 세력 다툼은 그나마 지존마공을 익힌 천마구류도법의 도황마제와 이혈음풍장법의 빙후로 압축됐네. 결국 축융마존과 내가 있는 마사회는 그들 사이에서 일어난 암투에서 빠져 마사회를 독자적인 세력으로 키워 나갔지. 이게 세간에 알려진 나와 도황마제, 축융마존과 빙후가 싸웠다는 사건의 전모라네.”

“그런 일이 있었군요. 그럼 무영마검은…….”

“허허! 마도라고 어찌 인재가 없겠나? 그는 음양마교와는 전혀 별개의 곳에서 나온 마도 기재였지. 지금은 자네도 알다시피 마사회의 수장으로 있고…….”

“그래서 저희에게 하고 싶은 말씀이 뭡니까?”

“오늘 회주 선출식이 있네. 거기 참여해 주게.”

“무슨 말씀이신지 아직 이해가 되지 않습니다.”

“마사회주가 되어달라는 말일세. 자네 둘은 모두 마령심기를 지니고 있으니 누구라도 상관없네. 마령심공을 지닌 자가 마사회의 수장이 되어야 마도는 마사회를 중심으로 뭉칠 수 있네. 빙월마궁이 만수관과 양패구상을 하고, 도황마제가 죽은 이 시점에서 마도의 희망은 이제 마사회뿐이네!”

“지금 우리가 무영마검을 이길 수 있다고 보시는 겁니까?”

화무영이 의혹 어린 눈초리로 물었다. 자신은 마령심기를 간간이 드러내기는 했지만 대부분은 감춘 채였고, 더더구나 풍류기라는 신비한 힘으로 싸여 있는 사비의 진기들은 누군가가 알 수 있는 것이 아니었다. 환우마하장법으로 화화마군을 죽였다고 해서 부탁할 수 있는 일이 아니라는 뜻이다.

“아니네! 공손천량은 천독문에서 얻은 영약을 통해 공력이 기하급수적으로 늘었지. 그래서 승부가 어떻게 될지는 나도 장담 못하네.”

한음신마는 천천히 고개를 저었다.

“그렇다면 저희에게 그런 부탁을 하시는 의도가 뭡니까?”

“마령심공 때문이네. 자네들이 이긴다면 더할 나위 없지만, 만일 진다면 마령심공을 사장시키지 말고 마사회주로 선출되는 자에게 전해주게. 마도의 정기를 이어가기 위해서는 그 방법뿐이 없네.”

“도둑놈! 이제 보니 마령심공이 탐이 났던 거군!”

곁에서 듣던 사비가 한음신마를 바라보며 일갈을 내뱉었다.

“어떤 말이라도 달게 듣겠네. 부디 노부의 간청을 들어주시게!”

쿵!

한음신마는 머리를 땅에 찧으며 화무영과 사비를 향해 절을 했다. 다시 고개를 든 그의 이마 끝에서 가느다란 혈선이 내려왔다.

고요한 눈빛.

한음신마의 눈에는 어떠한 탐욕도 느껴지지 않았다.

“젠장, 이거 된통 걸린 것 같은걸. 어쩔 거야?”

“뭘 말입니까?”

“저 인간이 우리가 공손천량 그 자식만 작살내고 도망친다고 해서 얌전히 내버려 둘 것 같아? 아마 모르긴 해도 마령심공을 빼앗기 전까지 끈질기게 따라붙을 거라고. 너도 그랬잖아. 마사회에 속한 인간들이 보통 질긴 인간들이 아니라고.”

“부정하지는 않겠네.”

한음신마가 고개를 끄덕이자 사비는 어깨를 으쓱해 보이며 다시 화무영에게 고개를 돌렸다.

"할 수 없네. 마사회를 꿀꺽 하는 수밖에."

"하지만 주공께서 마사회를 취하시면 공황식에게 손을 쓰는 건 오히려 더 쉽지 않을 수도 있습니다. 그때부터는 정과 마의 전쟁이 될 테니까요."

"쳇! 머리 잘 돌아간다고 자랑할 때는 언제고 그게 지금 무슨 말이야? 내가 꼭 마사회주가 되어야 한다는 법이 어디 있어? 그리고 마공은 나보다는 네가 훨씬 더 낫잖아."

"헛! 지, 지금 절더러 마사회주 선출식에 나가란 말씀입니까?"

화무영이 놀란 눈으로 되물었다.

"왜 싫어?"

"하지만 수하가 팔백 명이나 생긴다고 좋아하지 않았습니까?"

"그게 뭐 틀린 말인가? 내 수하든, 네 수하든 어차피 내 밑인데."

"그럼 처음부터……!"

화무영의 허탈한 눈빛에 씩 웃는 사비의 얼굴이 들어찼다.

한음신마를 따라 밖으로 나온 화무영과 사비는 곧바로 마사회관으로 향했다. 주위에는 경비 무사 하나 없었으나, 둘 모두 이를 이상히 여기지 않았다. 경비 무사는 보호해야 할 물건이나 인간이 있을 경우에나 필요한 것이지, 하나같이 초절한 실력을 지닌 마사회 인물들에게는 해당되지 않는 얘기였다.

"일대장로 축융마존 입관이오!"

"와아!"

마사회관 안에서 터진 함성은 비파산 줄기줄기로 메아리쳐 갔다. 이를 들은 사비가 피식 웃으며 화무영의 귀에 대고 속삭였다.

"긴장되냐?"

"제가 긴장을 왜 합니까?"

화무영의 음성에서 퉁명함이 묻어난다.

"아니면 그만이지. 성질은. 하여간 마사회주 됐다고 주공 알기를 우습게 여겼다가는 그때는 각오하라고."

사비가 주먹을 흔들어 보이자 화무영은 설레설레 고개를 저으며 이런 상황이 적반하장이 아닐까 하는 생각을 해본다.

"태상장로 한음신마 입관이요……!"

"와아아……!"

한음신마의 등장을 알리는 외침에 회관 안에 있던 모든 마검사들이 기립박수를 치며 목이 터져라 함성을 질러댔다.

회관 내부는 삼 일 전 왔을 때와는 달랐다. 나무 의자들이 둘러져 있었고, 정면 끝으로는 삼 일 만에 만들었다고 보기에는 믿기지 않는 삼 층 누각이 설치되어 있었다.

누각의 삼층에 있던 이들이 분분히 자리에서 일어났다. 그들은 먼저 와 있던 여덟 명의 대장로로 모두 한음신마에게 깍듯이 고개를 숙여 보이며 예를 취했다. 그 뒤를 이어 이층에 자리하고 있던 여섯 소장로가 앞으로 모습을 드러내며 길게 허리를 숙였다. 이에 일일이 포권으로 화답한 한음신마는 화무영을 데리고 누각의 계단 쪽으로 걸음을 옮겼다.

"뭐야? 나는 어쩌고? 쳇! 회주 선출식에 안 나간다고 벌써부터 차별하는 거야?"

사비가 자신은 뒷전으로 두는 한음신마를 보며 투덜거릴 때였다.

"이소장로 탈혼광랑 입관이요!"

"우우……!"

한음신마 위청양에 비해 상대적으로 작기는 했지만 귀를 울리는 함성이 사방에서 터져 나왔다. 사비는 자신의 목에 걸린 마검패를 보고 그제야 한음신마가 먼저 자리를 비킨 이유를 깨달았다.

'도대체 뭘 어쩌라는 거야?'

사비는 눈살을 찌푸리며 주위를 둘러봤다. 사비보다 서열이 아래인 소장로들은 일제히 고개를 숙이고 있었고, 그보다 위의 서열에 속한 장로들은 사비의 인사를 받기 위해 고개를 들고 있다.

대충 눈치로 때려도 알 수 있는 일이었지만, 누구에게 고개를 숙여 본 적이 별로 없는 사비로서는 도무지 눈치채기 힘든 일이었다. 이에 잠시 곤란한 표정을 짓던 사비가 이내 입술을 잘근 씹으며 회관 중앙으로 뚜벅뚜벅 걸어나갔다.

"저어… 아무래도 빨리 불러들이는 게 좋을 것 같습니……."

불안한 눈길로 사비를 쳐다보던 화무영이 한음신마를 향해 고개를 돌릴 때였다.

"에에……! 이렇게 환대해 주신 여러분께 심심한 감사의 말씀을 전합니다. 아울러… 앞으로 본인은… 마도의 영광을 위해 이 한 몸 바쳐 분골쇄신할 테니 모두 힘찬 응원과 격려 부탁드리겠습니다. 마도… 만쉐에!"

"……."

사비의 갑작스런 웅변에 장내가 일순 정적에 휩싸였다.

짝! 짝! 짝!

회관 한쪽 구석에 서 있던 혼세광마 위진군이 감격에 겨운 표정으로 박수를 치기 시작했다.

"마도 만세! 탈혼광랑 만세!"

"만… 세……!"

위진군의 선동에 엉겁결에 몇몇 사람이 손을 들었고, 그 뒤를 이어 만세 합창은 삽시간에 주위로 퍼져 나갔다.

"마도 만세! 탈혼광랑 만세!"

사비는 만세를 외치는 마검사들을 향해 양손을 번쩍 들고 흔들었다. 이에 사비의 인사를 기다리던 대장로들까지 어색한 미소를 흘리며 만세를 연발했다. 참으로 어처구니없는 일이었으나 사비의 심각한 표정과 장내에 모인 이들의 군중 심리가 한데 어우러지며 마검사들은 사비가 지루함을 느끼고 자리에 들어가 앉을 때까지 힘차게 두 손을 들었다 내렸다 하는 행동을 반복해야 했다.

"마사회주 무영마검 입관이요……!"

모든 이의 고개가 일제히 회관 입구로 돌아갔다.

공손천량이 뒷짐을 진 채 호기롭게 장내로 들어섰다. 하지만 어느 누구도 함성을 보내지 않았다. 소장로가 일장 연설을 했으니 마사회주의 연설도 있겠거니 하는 생각 때문이었다. 하지만 전혀 그럴 계획이 없던 공손천량은 마검사들의 냉담한 반응에 속으로 크게 당황했다.

'뭐야? 벌써 한음신마의 손에 모두 넘어간 것인가?'

공손천량은 순간 튀는 것이 상책이라는 생각이 들었다. 하지만 이내 아직은 아니라는 쪽으로 생각을 고쳤다. 자신을 향한 존경이 담긴 눈길이 간간이 보였기 때문이다. 이에 공손천량은 장내의 침묵을 애써 무시하며 삼층 누각에 마련된 자신의 자리로 가 앉았다.

그가 자리에 앉자 대장로와 소장로들이 분분히 자리에서 일어나 그를 향해 인사를 왔다.

"건강을 완전히 회복하신 것 같아 다행입니다."

"모두 태상장로가 염려해 준 덕분이오. 하하하!"

"제가 뭘 한 게 있다고요."

한음신마가 다시 자리에 들어가 앉자 그 뒤를 이어 일대장로 축융마존부터 차례로 인사를 시작했다.

"저기 나가서 또 뭘 어쩌려고 그러는 거야? 끄응!"

한음신마의 옆에 앉아 있던 화무영은 장로들 틈에 끼어 자기 차례를 기다리는 사비를 보며 설레설레 고개를 저었다.

"오랜만이야!"

사비는 피식 웃으며 공손천량의 두 눈을 응시했다.

"네… 녀… 석은!!"

짧게 당황성을 내뱉던 공손천량은 주변의 시선을 의식한 듯 이내 놀란 표정을 감추며 목소리를 낮췄다.

"태상장로가 불러들인 고수가 네놈들이라니……."

사비 뒤편으로 살짝 고개를 튼 공손천량은 한음신마 옆에 앉아 있는 화무영을 발견하고 두 눈을 빛냈다.

"혹시 모르는 척하면 어쩌나 걱정했는데… 다행이군."

"내가 널 모른 척해야 하는 이유라도 있느냐?"

"난 또 공황식 그 새끼하고 짜고 한 짓거리 때문에 날 보면 조금은 찔릴 줄 알았거든. 하긴 그때도 목숨 한번 건져 보겠다고 그렇게 생지랄을 떨면서 도망쳤는데 그사이에 뭐 바뀐 게 있으려고."

"후후후! 아직도 모르고 있구나. 강호에서의 힘이란, 개인이 아니라 세력이다!"

공손천량은 짐짓 의연하게 웃었지만 속은 부글부글 끓었다. 이상하게도 사비가 하는 말 한마디는 웬만한 일에는 표정을 감출 줄 아는 공손천량의 속을 여지없이 뒤집어놓았다. 사비에게는 마음만 먹으면 언제라도 남의 속을 뒤집는 천부적인 자질이 있었다.

"꼭 뭣도 없는 것들이 핑계는 많아요."

"갈(喝)!"

사비의 조롱기 섞인 음성을 들은 공손천량이 버럭 고함을 터뜨렸다.

쿠아아앙!

그와 동시에 공손천량의 전신에서 가공할 마기가 쏟아져 나왔다.

파파팍!

사비가 입고 있던 의복이 공손천량이 쏘아 보낸 마기에 찢겨졌다. 이에 급히 사비 쪽으로 몸을 날리려던 한음신마의 얼굴이 급격히 일그러졌다. 사비가 입고 있던 옷이 순식간에 다시 본래의 모습으로 회복했기 때문이다. 찢겨진 것이 아니라 공손천량의 마기가 닿은 자리가 붉은빛을 띠었다가 다시 본래의 검은색으로 돌아온 것이었다.

"음양혼신포!"

한음신마의 외침을 들은 축융마존이 달려나왔다.

"음양혼신포라니? 그게 무슨 소린가?"

"아무래도 저 친구가 그걸 입고 있는 것 같네."

"그럴 리가! 그토록 찾아도 찾을 수 없던 물건을 어찌 저 녀석이 입고 있단 말인가?"

축융마존이 강한 의혹이 담긴 시선으로 자신을 바라보자 한음신마는 대답 대신 씁쓸한 표정을 지으며 고개를 돌렸다.

한음신마의 시선을 따라 고개를 돌린 축융마존은 화무영이 등에 매고 있는 도를 발견하고 세차게 눈동자를 떨었다. 검은 천으로 둘둘 말아놓아 정확한 모습을 확인할 길은 없었지만 그것이 도라는 것은 겉으로 드러난 윤곽만 봐도 알 수 있었다.

“묵혈도!”

“바로 봤네. 도황마제가 지니고 있던 것을 취한 모양이야.”

“그렇다면 음양혼신포도……?”

축융마존은 다시 사비와 무영마검이 있는 쪽으로 고개를 돌렸다.

“우리가 도황마제를 너무 믿었던 것 같으이.”

“개자식!”

한음신마의 씁쓸한 어조에 축융마존은 수염을 뻣뻣이 세우는 것으로 대답을 대신했다. 그토록 찾아 헤맸던 교주의 신물을 자신들과 뜻을 같이하던 동료가 지니고 있었다는 사실을 알며 생긴 일종의 배신감이었다.

하지만 마사회관에 자리한 이들 중 가장 당혹하고 화가 나 있는 사람은 단연 공손천량이었다.

‘뭐냐? 어찌 이놈이 내 환령생멸공의 마기를 받는단 말인가? 이익!’

그는 강한 의혹에 젖은 눈으로 사비를 쏘아보고 있었다.

“이런! 벌써 울컥하면 어쩌자는 거야? 마공을 쓰는 인간들은 중단전이 열려도 호연지기가 늘지 않는다고 하더니 그 말이 맞긴 맞는 모양이군. 하하하!”

사비는 자꾸 웃음이 나왔다. 앞에 선 공손천량이 한없이 작게 느껴졌다. 저런 자를 자신이 두려워했던가? 저런 자가 십이제천 중에 일인이라며 어깨에 힘주고 다니는 곳이 무림이던가? 고작 저런 자들에게 사군우가 당했단 말인가?

‘건방진 애송이! 그 입을 찢어주마!’

공손천량은 자신을 향해 비웃음을 날리는 사비를 보자 살심이 솟구쳤다. 이에 당장이라도 검을 날려 사비의 목을 따버리고 싶은 충동이 일었으나 어찌 된 일인지 좀처럼 검으로 손이 가질 않았다.

‘으윽! 이 열기는……?’

공손천량은 거친 신음성을 삼키며 사비를 향해 불신의 눈빛을 던졌다. 결코 다시는 경험하고 싶지 않은 기운이 느껴졌기 때문이다.

‘으으! 저 녀석이 어찌 사군우의 무공을 사용한단 말인가? 그것도 위력까지 완벽하게 똑같다니! 믿을 수 없다!’

공손천량은 붉게 충혈된 눈으로 다급히 환령생멸공을 끌어올렸다. 하지만 지난번 사군우 앞에서와 마찬가지로 몸이 말을 듣지 않았다. 한층 증진된 공력도 화류패기 앞에서는 속수무책이었다.

‘무영마검(無影魔劍)! 뭐? 그림자가 없는 마의 검이라고? 웃기고 있네! 네 그림자를 다시 나타나게 해주지!’

순간……!

공손천량을 물끄러미 응시하며 웃음 짓던 사비의 눈에서 눈물 한 방울이 뚝 떨어져 내렸다.

하지만 화류패기를 감당하기 위해 사력을 다하던 공손천량은 이를 미처 보지 못했다.

사비는 떨어진 눈물방울이 가슴에 이르자 엄지와 검지를 들어올려 그 눈물을 공손천량을 향해 튕겨 보냈다.

팅……!

사비는 눈물에 화류패기를 담아 날렸다. 신체의 일부에 화류패기를 담아 날리는 사가권의 마지막 초식 심중지루를 응용한 동작이었다.

팍~!

공손천량의 오른 어깨가 살짝 뒤로 젖혀졌다. 하지만 그는 여전히 이를 의식하지 못했다. 사비가 화류패기를 담은 눈물을 풍류기로 감싸 아무런 느낌이 나지 않도록 만들었기 때문이다.

"성질 같아서는 당장이라도 때려죽이고 싶지만… 나 대신 널 상대할 사람이 있어서 그냥 이 정도로 끝낸다."

사비의 뇌까림에 공손천량의 두 눈이 잘게 떨렸다.

'난 십이제천 중 하나다! 그런 내가 어찌 저 녀석에게 이리 속수무책으로 당한단 말이냐? 도대체 사군우에게 배운 무공이 어떤 것이기에 이 천하의 무영마검이 아무런 저항조차 못한단 말이냐?'

공손천량은 속으로 부르짖었다. 하지만 그의 외침은 어디까지나 그의 가슴속에서만 맴돌 뿐이었다.

순간 공손천량의 주위를 감싸고 조여오던 화류패기가 씻은 듯이 사라졌다. 사비가 자리로 되돌아가며 화류패기를 거둬들였기 때문이다.

'후후후! 너는 일생일대의 실수를 했다! 내게 마사회주가 될 기회를 주다니… 결국 너도 사군우처럼 힘만 믿고 설치는 미련한 놈에 불과하구나. 어디 두고 보자!'

이제껏 치밀어 오르는 화기를 주체하지 못하던 공손천량의 눈이 차갑게 식었다. 화류패기에서 벗어나자 옴짝달싹 못하던 그의 냉철한 이성이 고개를 쳐든 것이다.

그리고 그는 빠르게 염두를 굴려 앞으로의 일을 하나하나 정리해 봤다. 방금 전 자신은 사비와 손도 섞어보지 못한 상태에서 패했다. 인정하기 싫지만 만일 사비와 정식으로 겨룬다고 해도 그 결과는 크게 달라지지 않을 것이다. 하지만 자신이 다시 마사회주로 선출되면 이 자리에서 쓰러지는 이는 사비가 될 수밖에 없다.

'혼자서 마사회 전체를 감당할 수 있는 자는 존재하지 않는다!'

공손천량은 마검사들을 동원해 사비를 도륙 낼 결심을 했다. 아무리 사비가 강하다고 해도 초일류급 이상의 실력을 지닌 고수 팔백을 혼자서 당해낼 수는 없는 일이다.

'그건 신도 불가능한 일이지! 크크크!'

사비가 이층으로 내려가는 것을 확인한 공손천량은 천천히 고개를 들어올리고 장내를 둘러봤다. 마검사들의 모든 시선이 자신을 향해 있었다. 이에 공손천량은 한음신마에게 손짓을 했다.

한음신마가 천천히 공손천량 곁으로 다가왔다.

"지금 시작하시겠습니까?"

"그럽시다!"

공손천량은 뒷짐을 진 채 천천히 고개를 끄덕였다. 이에 한음신마가 공손천량의 어깨를 스치고 누각 앞으로 걸어갔다.

허공을 밟고 느릿느릿 걸음을 옮기는 그의 경신법에 여기저기서 감탄사가 터져 나왔다. 자신보다 약한 사람은 아예 나올 생각도 말라는 일종의 엄포였다.

"지금부터 마사회주 선출식을 시작하겠소!"

중앙에 내려선 한음신마가 선명한 목소리로 외쳤다.

"……"

장내의 시선이 모두 자신에게 쏠리자 한음신마는 다시 입을 열었다.

"선출 방식은 전과 동일하오. 마검패를 지닌 사람이라면 누구라도 나설 수 있고, 참가를 원치 않는 인원은 마검패를 잠시 목에서 풀고 마사회관 밖으로 나가 있으시오. 마지막까지 마사회관에 남아 있는 자가 마사회주요!"

한음신마의 내력 실린 음성이 장내를 뒤흔들었고, 그의 말이 끝남과 동시에 수십 인의 마검사가 중앙을 향해 신형을 날렸다.

스팟!

화무영이 어깨를 튼 직후 막대한 검기가 그 옆을 스쳤다. 하지만 화무영은 여전히 숨 돌릴 여유조차 없었다. 검기를 날린 마검사 외에도 다른 많은 상대들이 쉴 새 없이 공격을 퍼부어댔기 때문이다.

'미치겠군!'

휘릭!

허공에서 공중제비를 돌아내린 화무영은 눈살을 찌푸리며 빠르게 주변을 훑었다. 바닥 여기저기로 피가 홍건하다. 처음에는 오십여 명에 육박하던 도전자들의 남은 수는 십수 명. 그들은 자신들이 지닌 장기를 십분 발휘하며 서로를 향해 악랄한 살초를 전개했다.

지금 이 순간만큼은 서로가 적이고, 죽여야 할 대상에 불과했다. 이 때문에 마사회주 선출식에 처음 참가한 마검사들은 속으로 크게 후회했다. 지금의 싸움은 마사회주라는 명예를 쟁취하기 위해 참가한 처음의 의도와 달리 오직 살아남기 위해 벌이는 처절한 몸부림에 지나지 않았다. 지금이라도 당장 포기하고 밖으로 달려나가고 싶었지만, 언제 어디서 날아올지 모르는 도기와 검기, 장풍에 대한 두려움 때문에 그마저도 여의치가 않았다.

슈슈슈욱!

또다시 날카로운 검기가 쏟아져 왔다. 이번에는 우측과 정면, 그리고 머리 위였다.

"어쩔 수 없군!"

끼리리릭!

화무영의 어깨에서 듣기 거북한 금속성이 울렸다.

피하는 것이 불가능하다고 판단한 화무영은 장력에 마령심기까지 실어 연달아 장풍을 날렸다. 이에 시간 차를 두고 날아들던 검기들이 도중에 모두 끊어져 버렸다.

"환영절운!"

화무영은 자신이 내지른 장력에 날아오던 검기들이 모두 허공으로 흩어지자 그 여세를 몰아 신형을 팽이처럼 회전시키며 사방으로 장력을 발산했다.

퍼퍼퍼퍼펑!

"푸악!"

검기를 날렸던 마검사 중 하나가 화무영의 장풍을 맞고 앞으로 고꾸라졌다. 순간 그 쓰러진 이를 향해 사방에서 병장기들이 날아들었다.

푸푸푹!

"이런!"

화무영의 얼굴이 급격히 일그러졌다. 되도록 살생만은 피하려고 했는데 주변에 있는 경쟁자들이 자꾸 그의 뜻을 꺾어버렸다. 방금 전 쓰러진 마검사에게 검기를 발산한 이들은 모두 넷. 그들은 마치 시체를 기다리는 까마귀 떼처럼 화무영의 곁을 맴돌며 화무영의 손에 쓰러진 마검사들에게 살초를 전개했다. 하지만 그들의 주목적은 남아 있는 이들 중 가장 강력한 회주 후보인 화무영의 약점을 찾아 그를 없애는 데 있었다. 그것은 화무영과 오십 장 떨어진 곳에서 다섯 마검사에게 둘러싸여 있는 공손천량도 마찬가지였다.

공손천량을 힐끗 바라본 화무영은 이내 입술을 질끈 깨물었다. 수하들을 향해 가차없이 살초를 전개하는 공손천량을 보자 이제껏 자신이 베풀었던 아량이 사치라는 생각이 들었다.

"삼환마벽(三環魔壁)!"

허공으로 솟구친 화무영의 입에서 짧은 기합성이 터졌다.

후우우우웅!

화무영의 주변 대기가 푸른빛으로 물들어가자, 그의 주변을 에워싸고 있던 마검사들의 눈에 미세한 경련이 일었다.

쒜에엑……!

파아아앙!

마검사들은 서로 약속이나 한 것처럼 자신들이 지닌 최대의 초식을 발휘해 화무영을 공격해 갔다. 몸을 급회전시키며 검과 함께 날아오르는 자, 전신 공력을 주입한 검을 날리며 초식을 외치는 자, 피에 굶주린 야수처럼 괴성을 지르며 묵빛 장력을 발산하는 자. 그들의 목표는 모두 화무영이 떠 있는 허공이었다. 화무영의 전신에서 뿜어져 나온 마령심기가 심상치 않음을 보고 본능적으로 튀어나온 공격이었다.

하지만 그들의 몸짓을 바라보는 화무영의 두 눈은 붉은 광망으로 번득일 뿐, 어떠한 동요도 없다.

화무영은 양 장으로 두 개의 원호를 그렸고, 그 원호는 아지랑이가 피어오르듯 일렁이며 세 줄기 푸른 섬광으로 화해 화무영의 전신을 감쌌다.

퍼퍼펑!

화무영이 만든 푸른 섬광이 그를 향해 날아오던 마검사들을 튕겨내며 곧바로 그들을 쫓아 쏘아져 갔다.

"크으윽!"

길게 이어진 비명성, 고통에 겨운 표정으로 화무영을 바라보던 마검사 셋이 조금씩 허물어지기 시작했고, 그들이 딛고 선 바닥으로 끈적끈적한 액체들이 조금씩 바닥을 장악해 갔다.

챙그렁!

하나 남은 마검사가 쥐고 있던 도를 땅에 떨어뜨렸다. 마사회 십삼 장로 흑마도였다.

흑마도는 회주 선출식에 참가하지 않은 다른 장로들과 달리 비장의 한 수를 가지고 있었다. 그것은 몇 년 전 입수한 잔룡허식도법이라는 무공으로 이백 년 전 마도를 주름잡던 잔마도라는 절세 거마의 도법이었다. 하지만 안타깝게도 잔룡허식도법도 통하지 않는 무공이 있었다.

"으으! 마령… 심공!"

흑마도는 너무 놀란 나머지 말까지 더듬거리며 주춤주춤 뒤로 물러섰다. 손이 부르트도록 수련했던 잔룡허식도법의 구결은 더 이상 그의 머릿속에 떠오르지 않았다.

"마황이 강림하셨도다!"

흑마도는 쓰러진 마검사 하나의 목을 물어뜯고 있는 화무영을 보며 실성한 사람처럼 중얼거렸다. 이에 흑마도에게로 고개를 돌린 화무영의 눈동자가 핏빛으로 번들거렸다.

꿀꺽!

화무영이 자신을 바라보며 마른침을 삼키자 흑마도는 후들거리는 다리를 놀려 자꾸만 뒤로 물러났다.

쉬이익!

퍼어억!

흑마도의 목이 바닥을 굴렀다.

"실망이군. 마령심공을 고작 이따위 저급한 흡혈법으로 써먹다니."

공손천량은 뚜벅뚜벅 걸어오며 한 손을 가볍게 들어올렸다. 그러자 흑마도의 목을 날렸던 검이 다시 그의 손으로 날아갔다. 그의 뒤로 서 있는 자가 아무도 없는 것으로 보아 화무영보다 한발 앞서 주변을 정리하고 다가오는 모양이었다.

"쯧쯧쯧! 마령심공의 구결이 불완전했던 모양이군. 마성의 경지에 오른 자가 마기를 다스리지 못하고 흡혈을 한단 말인가?"

"내가 흡혈을 하는 것이나 당신이 한때는 자신의 수하였던 자들을 그렇게 가차없이 죽이는 것이나 다를 바가 없는 것 같은데……."

"하하! 틀린 말은 아니야. 하지만 그게 마도가 지닌 장점이 아니겠나? 잔인할수록, 독한 심성을 지닐수록 더 인정받고 설 자리가 넓어지는 곳이 바로 마도라네!"

공손천량은 빙긋이 미소 지으며 두 팔을 쫙 벌렸다.

"이제 남은 사람은 우리 둘뿐이로군. 어떤가? 좀 쉬었다 하겠나? 아니면 지금 시작하겠나?"

"지금 하지! 당신 숨 쉬고 있는 꼴 보는 게 무척 견디기 힘들군."

화무영은 공손천량과 마찬가지로 양팔을 쫙 펼치며 천천히 들어올렸다. 실핏줄이 드러날 정도로 하얀 손등. 여인의 것이라 해도 믿을 정도로 아름답고 가녀려 보이는 손에서 푸른 기운들이 뭉실뭉실 피어올랐다.

"마기를 감춘 것을 보니 마황의 경지에 오른 것 같군."

"놀라운 안목이야. 하지만 네 녀석도 나와 마찬가지 아닌가?"

공손천량의 두 눈이 찰나지간 빛을 발했다.

쿠아아앙……!

우우우웅……!

화무영과 공손천량이 동시에 몸을 날리자 마사회관 지붕이 우르릉 소리를 내며 흙먼지를 토해내기 시작했다.

“얼마나 걸리려나?”

마사회관 밖에서 화무영이 나오기를 기다리던 사비는 채 한 시진이 흐르기도 전에 한음신마에게 고개를 돌리고 물었다.

“십 년 전에 있었던 선출식은 삼 주야가 걸렸지만, 이번에는 무영마검에 대적할 만한 이가 없으니 아무래도 그보다는 빠르지 않을까 싶네.”

“후후후! 글쎄 과연 그럴까? 당신은 백색이가 어떤 놈인지 아직 모르고 있어.”

사비가 의미심장한 미소로 자신을 바라보자 한음신마가 팔꿈치를 들어 축융마존의 옆구리를 쿡 찌르며 피식 웃었다.

“그때는 이 친구가 출전했었지. 보기에는 둔해 보여도 이 친구의 축융번마장(祝融翻魔掌)은 빙후도 쉬이 보지 못한다네.”

“옛날얘기는 뭐 하러 끄집어내나? 어차피 젊은 후배한테 밀려 마사회주 자리를 내준 신세일 뿐인데.”

축융마존은 한음신마에게 눈을 한번 흘겨준 후 사비에게 시선을 옮겼다.

“들자 하니 야문, 천독문 사람들과 사비가 있었다고 들었는데, 혹시 거기서 본 회 사람들은 만나지 못했나?”

축융마존의 물음에 사비가 일순 곤란한 표정으로 입을 다물다가 천천히 입술을 뗐다.

"혹시 전륜화검인가 그치들을 묻는 거라면 봤어."

"그래? 그럼 그들은 지금 어디……."

반색을 하며 묻던 축융마존이 이내 굳은 표정으로 입을 다물었다.

"유감이군."

"……."

축융마존은 잠시 사비를 응시하다가 천천히 고개를 흔들었다. 말하는 투로 보아 전륜화검과 창혈빙검은 이미 이 세상 사람이 아닐 터. 그런데도 사비는 미안하다느니, 어쩌다가 그리됐느니 하는 변명은 하지 않았다. 축융마존이 기분이 상한 건 사비가 마사회 장로들은 죽인 것 때문이 아니라 사비가 지금 보이고 있는 태도였다.

"우리가 그렇게 우습게 보이나?"

축융마존이 번쩍 고개를 치켜들었다.

"그게 무슨 소리지?"

"왜 죽였는지 말은 해주어야 할 것 아닌가?"

"죽을 짓을 했으니까……! 그걸 꼭 일일이 말해줘야 되는 건가?"

"으음!"

축융마존의 얼굴이 점점 굳어지기 시작하자 보다 못한 한음신마가 둘 사이로 끼어들었다.

"그만들 하게. 보아하니 벌써 둘만 남은 것 같군."

한음신마는 마사회관을 가리키며 씁쓸한 표정을 지었다. 요란한 소음과 기합 소리가 아련하게 들려온다. 한음신마는 이 소음들이 두 사람의 것임을 알고 있다. 그래서 마음이 착잡했다.

'고작 이 정도를 버티려고 그렇게 사지로 뛰어들었나?'

한음신마는 흑마도의 얼굴을 떠올리며 속으로 한숨을 토했다. 다른 장로들은 모두 설득했지만, 흑마도만은 회주 선출식을 끝까지 포기하지 않았다. 한음신마는 그 이유가 흑마도가 입수한 무공비급 때문임을 알고 더는 붙잡지 않았다. 마도 전체보다 개인의 입신양명에 더 치중하는 인간들은 차라리 이번 기회에 정리되는 것이 낫다는 판단이었다.

한음신마의 표정을 살피던 축융마존도 더 이상 뭐라 입을 열지 않았다. 사비에게 죽은 전륜화검이나 창혈빙검도 마사회의 단결에는 오히려 해가 되는 사람이었고, 그런 인간들 때문에 한참 어린 후배와 입씨름을 하는 것이 보기 좋은 모양새는 아니라는 생각이 들었다.

콰아앙!

강력한 폭발음과 함께 눈앞이 일시적으로 흔들렸다.

"호오! 타락수라의 실력이 이 정도일 줄은……!"

한음신마는 마사회관의 지붕 위로 시선을 고정한 채 탄성을 터뜨렸다. 어느 틈에 지붕은 날아가 버린 상태였고, 그 위로 공손천량과 화무영이 맞붙은 채로 빙글빙글 회전하고 있었다.

사비는 눈동자에 초점을 모으고 두 사내의 모습을 살폈다. 공손천량의 핏빛 검이 화무영의 이마에 채 한 치도 못 미치는 거리까지 내려와 있고, 화무영은 양 장으로 그 검신을 붙잡고 이를 악물고 있었다.

'흠! 이럴 줄 알았으면 아까 좀 더 조져 놓을 걸 그랬나?

사비는 속으로 중얼거렸다. 공손천량과 화무영의 싸움이 초식 싸움이 아닌 내력 대결로 이어졌음을 확인한 그는 슬슬 걱정이 일었다.

"으음! 내력 대결을 벌이다니… 그렇게 되면 타락수라가 불리한데."

뒤늦게 공중전의 상황을 파악한 한음신마가 사비를 힐끗 쳐다봤다. 하지만 사비는 오른 주먹을 왼 손바닥에 비벼대며 지루한 듯 하품을 했다. 하지만 그의 속은 겉과는 판이하게 달랐다.

[어이! 자꾸 질질 시간 끌래? 그냥 내가 마사회주 할까? 그런 자식 데리고 뭘 그렇게 쩔쩔매는 거야?]

“흡!”

사비가 날린 전음에 화무영은 헛바람을 집어삼켰다.

슈우우웅!

그 기회를 틈타 공손천량의 검에서 환령생멸공의 마기가 노도처럼 밀려들어 왔다.

‘나쁜 인간! 차라리 합공을 할 것이지!’

화무영은 어이없고 화가 났다. 공손천량 같은 고수와 생사전을 펼치는데 거기다 대고 전음을 날리다니, 사비의 만행에 치가 떨렸다. 이에 화무영은 마령심공을 극대로 끌어올리며 어금니를 꽉 깨물었다.

쿠우아아앙!

“우욱!”

공손천량의 얼굴이 딱딱하게 굳어졌다.

‘내가 막을 수 있는 힘이 아니다! 이런 힘이 현세에 둘씩이나 나타나다니……!’

공손천량의 두 눈은 불신으로 흔들렸다.

검신을 타고 자신의 몸 안으로 흘러들어 오는 극렬한 냉기. 이와 동시에 공손천량의 어깨에서는 불길이 확 일었다. 사비가 심어놓은 화류패기가 화무영의 마령심기와 상응하며 점화됐기 때문이다.

쩌쩌쩍!

“크윽!”

공손천량은 검을 쥐고 있던 오른팔이 떨어져 나가는 것을 바라보며 큰 충격에 사로잡혔다. 하지만 어떠한 고통도 느껴지지 않는다. 그저 허전할 뿐.

슈우욱!

공손천량은 발밑으로 떨어져 내리는 팔을 더 바라볼 겨를도 없이 급히 뒤로 신형을 물렀다. 오른발을 들어 무겁게 허공을 차고 뒤로 몸을 빼는 그의 모습은 누가 봐도 부족함이 없는 훌륭하고 완벽한 자세였다. 하지만 한 가지가 부족했다. 뒤따라 몸을 날린 화무영보다 속도가 떨어진다는 것이었다.

"만마폭륜(萬魔瀑掄)!"

투아아악!

화무영의 손에서 튀어나온 수백 개의 푸른 강기가 공손천량이라는 오직 하나의 목표를 향해 연달아 쏘아져 갔다.

빠바바바바바……!

공손천량의 몸에서 터져 나온 콩 볶는 소리가 비파산을 울렸다. 하지만 허공에서 지면으로 낙하하는 공손천량의 귀에는 전혀 들리지 않았다. 공손천량은 허공에서 자신을 바라보고 있는 화무영의 눈이 눈부시다는 생각이 들었다. 어이가 없었다. 이런 상황에서 그런 쓸데없는 생각을 하다니.

번쩍!

공손천량은 눈앞에 번쩍이는 섬광을 느낌과 동시에 더 이상의 생각을 이어갈 수가 없었다.

투우웅!

지면으로 곤두박질쳤던 공손천량이 다시 한 번 위로 튕겨졌다가 떨어져 내렸다. 그의 안면에서 빠져나온 눈알이 어디론가 데굴데굴 굴러

갔고, 마령심기에 의해 얼어버린 그의 몸에서는 피 한 방울 흘러나오지 않았다. 하지만 어느 누구도 더 이상은 그에게 관심을 기울이지 않았다.

팔백 마검사. 그들의 관심은 오직 하늘에 둥둥 뜬 채 자신들을 발아래로 굽어보고 있는 타락수라 화무영이었다.

털썩!

한음신마가 화무영을 향해 무릎을 꿇고 머리를 조아리자 그 뒤를 이어 축융마존 이하 대장로들과 소장로들, 그리고 모든 마검사들이 일제히 절을 올리는 장관이 연출됐다.

'자식! 진즉에 끝낼 것이지. 왜 사람 애간장은 태우고 그래?'

사비는 하강하는 화무영을 바라보며 피식 미소 지었다.

사비의 눈에는 사군우의 복수를 대신 한 화무영에 대한 고마움이 담겨 있었다. 하지만 사비와 눈이 마주친 화무영의 눈에도 비슷한 감정의 빛이 느껴졌다. 그것은 제자로서 사부의 원수를 갚을 기회를 준 사비의 배려에 대한 감사의 눈빛이었다.

*　　　*　　　*

"주공! 그게 무슨 말씀이십니까?"

화무영이 탁자를 박차고 일어나며 버럭 고함을 쳤다.

"다시 말해주랴? 이젠 나 혼자 갈 테니까 넌 여기 남으라고."

"그건 절대 안 됩니다!"

"왜? 내가 백천맹 가서 맞아 죽기라도 할까 봐? 그리고 넌 지금 몸이 열 개라도 모자랄 정도로 바쁘잖아."

"……."

화무영은 일순 입을 다물었다. 졸지에 마사회주 자리에 오른 그는 사비 말대로 해야 할 일이 산재해 있었다. 한음신마에게 맡기고 떠나면 된다고 말을 하면 되지만, 그가 그렇게 쉽게 수락을 해줄지는 장담할 수 없었다.

물론 화무영이 회주의 권한으로 간다고 우기면 한음신마나 축융마존은 그를 만류할 수 없을 것이다. 하지만 화무영은 한음신마와 축융마존이 앞으로 하려는 일이 뭔지를 들은 터라 섣불리 고집을 피우기가 힘들었다.

그들의 목표는 마사회를 통한 마도의 일통. 음양마교를 재건하겠다는 꿈은 접은 지 오래지만, 마도의 후대들을 더 이상 정도무림의 눈치를 보며 살게 하지는 않겠다는 새로운 꿈을 꾸고 있었다. 화무영도 그들의 이런 목표는 꽤 마음에 들었다. 그 역시 정도인들에게 억울하게 당한 사연이 있었기 때문이다.

지금 이 자리는 이를 눈치챈 사비가 홀로 떠나겠다고 고하는 작별의 자리였다.

"그럼 조금만 더 머물다가 가십시오. 아니, 그렇게 하셔야 합니다."

"벌써 한 달이나 있었는데 더 있으면서 뭘 하라고?"

"분위기가 심상치 않아서 그렇습니다. 보고에 의하면 화양마부가 누군가에 의해 장악된 것 같다고 합니다. 게다가 음선부인의 목이 천독문 정문에 현판 대신 걸렸었다고 합니다."

"뭐? 그럼 천독문에 내분이라도 있었던 거야?"

"아닙니다. 천독문의 문원들 또한 모두 전멸했습니다. 마지막으로 살아남았던 천독일절 여휘라는 여고수가 운남을 채 벗어나지 못하고 들개 밥이 됐다고 하니 이제 천독문이라는 이름은 이 땅에서 사라졌다고 봐야 합니다."

사비가 놀란 눈으로 묻자 화무영이 고개를 가로저었다.

"여휘라면……."

사비는 앵화루에서 봤던 여휘의 모습을 떠올리며 쓴웃음을 삼켰다. 다른 여검수들에 비해 눈이 맑다는 이유로 일부러 살려줬었는데 채 반 년도 살지 못하고 죽다니.

"누가 그랬는데?"

"그게 이상합니다. 마도 측에서는 백천맹을 의심하고 있는데, 백천맹에서는 오히려 우리를 의심하고 있습니다. 공손천량을 죽이고 마사회를 손에 넣었으니 당연한 오해입니다만……."

"으음. 그럼… 역시 거기서 움직이기 시작한 건가?"

"거기… 라니요?"

사비의 웅얼거림을 들은 화무영이 의아한 눈초리로 물었다.

"아니야. 아무튼 난 갈 테니까 그리 알아. 한 놈 남았는데 빨리 끝내 줘야지. 안 그러면 음선부인 그년이나 공손천량이 섭섭해할 거 아냐."

"그럼 마검사 몇이라도 딸려 드릴 테니……."

"마검사는 무슨… 그것보다도 정말 백천맹하고 붙을 생각이야?"

사비는 자리에서 일어나다 말고 화무영의 눈을 응시했다. 이에 화무영의 얼굴이 일순 난감해졌다.

"그건 제가 결정할 문제가 아니지 않습니까?"

"회주가 결정을 안 하면 누가 해?"

"그야 당연히 주공이……."

"미친 거 아냐? 내가 왜 마사회 일에 감 놔라 대추 놔라 해? 마사회는 어디까지나 네 개인 소유물이야. 난 아랫사람 물건을 탐낼 정도로 탐욕스러운 주인은 아니거든.”

“헛! 개인 소유물이라니요? 마검사들이 들을까 두렵습니다.”

사비가 씩 웃으며 다시 몸을 일으키자 화무영이 어이없는 눈길로 쳐다보며 따라 일어났다.

“들을 테면 들으라지. 그렇다고 설마 지들이 나를 어쩌기야 하겠어. 그럼 난 간다.”

사비가 한 손을 흔들며 곧바로 몸을 돌리자 화무영이 다급히 그의 손목을 잡았다.

“주공, 잠시만요!”

“또 뭐?”

“선혜원에 들러주십시오. 거기 가서서 제 이름을 대시고 화정 원주님께 진맥을 한 번만 받아주십시오. 그것만 들어주시면 더는 붙잡지 않겠습니다.”

화무영의 입술 선이 단호하게 여며졌다.

“알았어. 들를게. 하지만 난 네가 걱정하듯 그렇게 나쁜 몸 상태가 아니야. 난 아저씨처럼 그렇게 비실거리는 약골도 아니고.”

“사부님을 약골이라 하는 인간은 천하에 주공뿐이 없을 겁니다.”

“사실이잖아!”

“그리고… 그곳에 대력신장이 묵고 있다는 보고가 있었습니다. 한 번 만나보시는 것이…….”

“대력신장이… 선혜원에 있었어……? 그랬었군!”

팟!

일순 눈을 동그랗게 뜨고 되묻던 사비는 이내 그 눈빛을 흥미로운 기운으로 바꾸며 곧바로 신형을 날렸다. 화무영이 또 잡을까 봐 신경이 쓰였는지 그의 모습은 눈 깜짝할 사이에 까만 점으로 화했다.

"주공, 죄송합니다. 굉천자 노사 일은 차마 말씀을 드릴 수가 없었습니다."

화무영은 사비가 사라진 쪽을 바라보며 씁쓸한 어조로 중얼거렸다.

그와 사비가 비파산에 머무는 동안, 중원무림은 거의 공황 상태에 빠졌다고 해도 과언이 아니었다. 하나같이 천하를 경동시킬 만한 일대 사건들이 연이어 터지며 입에서 입으로 삽시간에 중원 전역으로 퍼져 나갔기 때문이다.

그중에서도 세인들이 가장 큰 충격을 받은 사건은 도황마제의 갑작스런 죽음과 누군가가 공손천량을 죽이고 마사회를 접수했다는 소문이었다.

"우리가 원한 건 아니지만, 이제 주공과 저는 중원무림의 중심으로 들어가게 되었습니다. 부디 몸조심하십시오."

화무영은 몸을 휙 돌리고 자신을 기다리고 있을 장로들을 향해 발걸음을 뗐다. 백천맹이 머리를 잃은 화양마부와 머리가 바뀐 마사회를 동시에 친다는 첩보가 입수된 직후 긴급 마련된 대책 회의였다.

휘이잉!

사비는 한줄기 바람처럼 비파산 능선을 타고 요리조리 움직이며 신법을 펼쳤다.

비파산에 머문 한 달 동안, 화무영은 마사회와 관련된 제반 사항들을 숙지하고 업무 보고를 받느라 눈코 뜰 새 없이 바빴고, 사비는 한음신마 위청양의 안내로 마사회의 서고에 소장되어 있던 비급들을 훑어

보며 시간을 보냈다. 모르는 글자는 자신의 시중을 들었던 혼세광마 위진군에게 물었고, 이해가 가지 않는 내용은 그냥 넘겼다. 어차피 자신이 익힌 화류패공이나 흑화검법 같은 무공들은 일반 무공의 범주와 상리로는 이해할 수 없는 것들이었기 때문에 그냥 검법은 이렇구나, 장법은 이렇구나 하며 무공의 개론적인 측면에서의 이해만 하면 그뿐이었다. 하지만 그것만으로도 소득은 적지 않았다. 그리고 가장 큰 소득은 전혀 엉뚱한 곳에서 나왔다.

신법 총론.

신법 총론은 다른 비급들의 대여섯 배는 되는 두꺼운 비급으로 천하 각처의 세력들에서 사용하는 신법과 보법을 요약 정리한 책이었다. 다른 무인들이라면 그저 무공 교양서 정도로 여길 만한 수준이었지만 사비는 이를 보며 자신이 수련한 풍류비공의 신법이 일반적인 경신법과는 확연히 다르다는 것을 깨달았다. 그리고 각기 저마다 강점과 취약점을 지닌 여타의 신법들과 달리 풍류비공의 신법은 완벽 그 자체라는 것도 확인할 수 있었다.

무당의 제운종은 도약력이 뛰어나고, 점창의 유운신법은 운신을 할 수 있는 반경이 타 신법에 비해 넓으면서도 은밀한 기척을 유지할 수 있으며, 곤륜의 운룡대구식은 공중에서의 운신이 가장 자유롭고 빠르다. 그러나 모두 다리 쪽에 있는 혈도에 진기를 불어넣어 몸을 가볍게 하거나, 지면과의 마찰을 줄이는 방법이라는 점에서 크게 벗어나지 못한다.

'하지만 풍류비공의 신법은 달라. 그냥 바람의 흐름을 타고 몸을 맡

기면 되는 거니까!'

휘이이!

허공으로 붕 솟구쳐 오른 사비는 귀에 이는 바람 소리를 들으며 가만히 주변을 둘러봤다. 대기 중에 얼기설기 얽혀 있는 무수한 투명한 줄들이 보인다. 실낱같이 가늘고 투명한 줄들이 사방으로 그물처럼 오밀조밀 뻗어 있다. 사비는 햇살을 받아 은빛 광채를 뿜어내는 그 줄들을 바라보며 속으로 중얼거렸다.

'모두… 연결되어 있어! 내가 가고자 하는 의념을 풍류기에 실어 보내면 연결되어 있던 선들이 나타나는 거야. 이렇게!'

사비가 가만히 손을 뻗자 그의 손끝으로 가느다란 줄이 걸렸다. 그 줄은 육십 장 전면에 위치한 소나무까지 연결되어 흔들리고 있었다.

파앗!

순간 사비의 신형이 사라졌다. 찰나지간 사비의 신형은 육십 장을 격한 전면에서 나타났다.

사비는 자신의 손바닥이 닿아 있는 소나무를 바라보며 싱긋이 미소를 머금었다.

'이런 빠름이라니… 더 멀리까지도 가능할까?'

휘이잉!

다시 풍류기를 끌어올린 사비의 두 눈이 투명한 빛을 발했다. 순간 놀랍게도 그가 입고 있던 음양혼신포의 색도 투명하게 변했다. 하지만 사비는 풍류비공을 끌어올리는 데 신경을 쓰느라 이를 미처 깨닫지 못하고 있었다.

|第三章|

원한은 또 다른
원한을 낳고[怨出於怨]

중경에서 선혜원이 있는 형문산까지는 육로가 가장 빠르고 수월한 이동로다. 하지만 사비는 수로를 택했다. 한 번도 타보지 못한 배를 경험해 보고 싶은 마음도 있었고, 이동하며 알게 된 사실이지만 이제는 꽤 유명 인사가 된 자신을 행여 다른 사람들이 알아보고 귀찮은 일이 생길까 염려되었기 때문이다.

선미(船尾)에 나와 난간에 기댄 채 흘러가는 강물을 물끄러미 바라보던 사비가 인상을 찌푸리며 나직이 입술을 뗐다.

"삼신수? 나처럼 잘난 인간이 둘이나 더 있다는 말이야?"

삼신수(三神秀). 말하기 좋아하는 호사가들이 근래 급부상한 후기지수 세 명을 일컫는 호칭으로 삼신수의 수는 빼어날 수(秀)이기도 하지만 짐승의 수(獸)라는 뜻도 가지고 있었다. 삼신수에 속하는 벽력호, 백룡성검, 탈혼광랑이 모두 짐승과 관련된 별호였기 때문이다.

“아함!”

귀동냥으로 들은 소문을 되뇌며 양팔을 쭉 펴 기지개를 펴던 사비는 고개를 홱 돌렸다.

뚜벅뚜벅!

경쾌한 발걸음으로 다가오는 사내는 육 척이 넘는 신장에 뼈대가 굵은 꽤 다부진 인상을 하고 있었다.

“무슨 생각을 그리 골똘히 하시오?”

“…….”

사비는 빤한 눈으로 질문을 던진 사내를 응시하다가 이내 강 쪽으로 고개를 돌리며 배가 만들어가는 포말로 무심한 시선을 던졌다.

허리에 찬 검으로 보아 질문자는 무림인일 가능성이 크다. 사비는 가능하면 무림인과 엮이고 싶지가 않았다. 하지만 안타깝게도 사내는 사비와 엮이고 싶어 안달이 난 사람이었다.

“난 추룡객(追龍客)이라 하오. 본래는 어디에 몸담는 것을 싫어하나 하도 어수선한 분위기라 어디 몸을 의탁할 만한 곳이 있을까 찾아보는 중이오.”

추룡객은 묻지도 않은 말을 지껄이며 사비의 옆으로 와서 난간에 양팔을 걸쳤다.

“형장이 아는지는 모르나, 이래 봬도 추룡객이라는 별호는 강호에서 꽤 먹어주는 이름이라오. 어디에 얽매이지 않고, 자유롭게 살며 가끔가다가 불쌍한 사람도 도와주고, 나쁜 놈들 혼도 내주고… 이렇게 몇 년만 더 관리 잘하면 떠돌이 낭인 무사일 뿐이던 내가 대협이라는 이름으로 불리는 것도 어렵지 않은 일이지. 하지만!”

“…….”

사비는 천천히 고개를 돌려 추룡객의 옆모습을 바라봤다.

사비도 추룡객이라는 이름은 안다. 이미 혼세광마 위진군을 통해 귀가 닳도록 들었기 때문이다.

"내게 볼일이 있나?"

"있소!"

추룡객이 피식 웃으며 고개를 끄덕였다.

"위진군인가? 유백인가?"

사비의 물음은 누구의 말을 듣고 자신을 찾았냐는 것이었다.

"둘 다요!"

추룡객은 난간에 기댔던 팔을 풀고 똑바로 서며 사비의 얼굴을 물끄러미 응시했다.

"백천맹에 가는 것이라면… 가지 마시오!"

"……?"

사비는 대답 대신 의혹 어린 눈길을 던졌다. 이에 추룡객은 어깨를 으쓱해 보이며 전혀 엉뚱한 얘기를 꺼냈다.

"빙월마궁과 만수관이 양패구상을 하고, 그 틈을 타고 벽력문이 서장과 청해의 패자로 우뚝 섰소! 그리고 천하 각 세력들은 천독문이 사라진 운남 땅을 차지하기 위해 발빠르게 움직이고 있지. 이는 마도에 대변혁의 시기가 도래했음을 알리는 징조요. 더욱 놀라운 사건은 마사회가 새로운 회주를 선출하고, 화양마부의 도황마제는……."

"그래서? 그거하고 내가 백천맹 가는 거하고 무슨 상관인데?"

사비는 짜증 섞인 음성으로 추룡객의 말을 가로챘다.

"타락수라가 당신을 쫓아오지 못한 까닭은 백천맹에서 마도 정벌에 나선다는 첩보를 입수했기 때문이오. 당신이 백천맹에 가면 백천맹에

서 당신을 가만둘 리 없단 말이오. 아무리 대단한 무공을 지녔다고 해
도 단신으로 백천맹을 찾아가는 것은……."

추룡객은 목소리를 낮게 깔며 다시 말을 이었다.

"섶을 지고 불속으로 뛰어드는 행위요. 당신이 도황마제를 죽였다고
해서 무림공적으로 규정한 흑화검성의 전인이라는 사실이 바뀌는 것은
아니니까. 이게 유백이 전하라는 말이오."

"그럼 위진군은 뭐라고 했는데?"

사비는 이전보다 한층 누그러진 표정으로 추룡객의 입을 바라봤다.

"으음. 그 역시 백천맹에는 가지 말았으면 합디다."

"이상하군. 같이 있을 때는 그런 말 안 하던데……?"

"그때는 아마 한음신마 어른의 눈치를 봐서 조용히 있었던 걸 거요.
한음신마 어른이나 축융마존은 당신이 백천맹에 가기를 간절히 바라는
사람들이라오. 당신이라면 백천맹의 움직임을 늦출 수 있다고 판단했
을 테지. 백천맹과 마사회의 전면전에 대비하려면 아무래도 시간이 필
요할 테고."

"그것도 위진군이 한 말인가?"

"아니오! 내 명석한 두뇌와 강호를 누비며 쌓은 연륜에서 우러나온
예측이지! 아무튼 혼세광마는 날더러 당신이 백천맹에 갈 때까지 도와
주리는 부탁을 했소."

추룡객이 제 머리를 한 손가락으로 톡톡 치며 피식 웃었다.

"나하고 같이 다녀서 좋을 게 없을 텐데……?"

사비는 한 손으로 턱을 쓰다듬으며 추룡객의 두 눈을 응시했다.

"하하하! 그야 당연히 이거 때문이 아니겠소?"

추룡객은 엄지와 검지로 동그라미를 만들어 보이며 크게 웃었다.

"위진군이 돈을 준다고 했단 말이야? 당신들은 서로 친구라고 들었는데. 아닌가?"

사비가 의아한 눈으로 묻자 추룡객이 피식 웃으며 고개를 끄덕였다.

"우린 친구요! 하지만 친구 관계일수록 돈에 관해서는 철저한 게 좋소. 그리고… 유백은 당신을 백천맹에 데리고 오지 말라는 청탁을 했소. 그래서 난 당신이 가도, 가지 않아도 돈을 벌지. 후후후!"

"그래서 나를 따라다니겠다는 건가?"

"그렇소!"

"후후후! 안 됐군. 난 귀찮은 건 딱 질색이라서 말이야. 그러니 이제 꺼져 줘!"

사비가 빙긋이 웃으며 선실로 몸을 돌렸다.

"그럼, 선혜원까지라도 동행합시다. 그곳은 나도 가려던 참이니."

"당신도 선혜원에 볼일이 있나?"

"선혜원에서 요양 중인 사람을 만나 추천서라도 한 장 얻어낼까 해서 말이오."

"추천서?"

사비가 호기심 가득한 표정으로 묻자 추룡객이 두 눈을 빛내며 말을 이었다.

"대력신장 백리준! 그의 추천서라면 백천맹에서 행세깨나 할 수 있지 않겠소? 하하하!"

추룡객의 겸연쩍은 웃음을 바라보는 사비의 입가에 살며시 미소가 감돌았다.

추룡객은 한 손으로 턱을 괴고 멍하니 생각에 잠겨 있는 사비를 보며 나직이 입술을 뗐다.

"의외요."

"뭐가?"

"난 당신이 대력신장을 먼저 찾을 줄 알았소."

"뭐 하러? 괜히 긁어 부스럼 만들어서 그 노인네까지 피곤하게 만들 필요 없잖아. 일단 여기 일이 정리되면 그때 찾아가도 늦지 않아."

"흐음!"

추룡객은 사비의 말이 의외였다. 유백이나 위진군의 거칠 것 없는 성격이라는 말과는 전혀 다른 신중한 모습이 담겨 있었기 때문이다.

"난 친구들에게 당신이 꽤 단순한 사람이라고 들었소. 그런데 지금 보니 소요검과 혼세광마가 당신을 잘못 본 것 같소."

"아니! 나 단순한 인간 맞아! 하지만 단순한 인간은 항상 단순해야 한다는 건 편견이야! 머리 좋은 인간도 가끔 멍청한 실수를 저지르는 것처럼, 단순형 인간도 기분 내키는 대로 가끔은 신중하게 생각할 때도 있는 거야. 후후후!"

사비는 피식 웃으며 창가 쪽으로 고개를 돌렸다. 이에 추룡객은 고개를 옆으로 살짝 틀며 사비의 얼굴을 힐끗 쳐다봤다.

'으음! 단순한 인간이 아니라… 미친 인간이었군.'

그들이 있는 곳은 형문산, 선혜원(善慧園)의 장원 안이다.

추룡객을 접빈실에 남겨놓은 뒤, 한 의생의 안내를 받아 오밀조밀 모여 있는 전각들 사이를 스친 사비는 흑색 기와를 이고 있는 전각 안으로 들어갔다.

신도화정이 온화한 미소로 사비를 맞았다.

"무영이 소개로 왔다고 들었네. 일단 여기 앉으시게!"

신도화정이 한 손을 펼쳐 자리를 권했다.

"그렇습니다. 괜히 원주님께 폐를 끼친 건 아닌지 걱정입니다."

사비의 태도는 사뭇 공손했다. 화무영이 그토록 존경해 마지않는 사람인 이유도 있었지만, 사군우의 친구라는 사실도 크게 작용했다.

"폐라니. 그 무슨 당치 않은 말인가? 무영이는 선혜원을 거쳐 간 수많은 의생들 중에서도 단연 발군이었다네. 그래서 내 무영이를 무척 아끼고 친자식처럼 여겼지. 그러니 전혀 부담 갖지 말게."

"알겠습니다."

"그렇게 착한 아이가 타락수라라는 마인이 되어 마도인들의 수장이 되었다니……."

"……."

신도화정의 고뇌에 찬 어조에 사비는 일순 말을 잇지 못했다.

'이 사람은 백색이를 진심으로 안타까워하고 있다.'

사비는 화정의 음성에서 진심을 느꼈다. 하지만 신도화정의 상심은 자신이 아끼던 화무영에게 씻을 수 없는 상처를 준 자신에 대한 한탄이었다.

'검성과 무영이에게 지은 죄는 내세에서 갚을 생각이네.'

신도화정은 사비를 바라보며 속으로 중얼거렸다. 그리고 신도화수와 신도원의 서찰을 받은 지금 그는 또 다른 죄를 지으려 하고 있었다.

'그리고 자네에게도 미안하게 됐네.'

신도화정은 속으로 씁쓸한 입맛을 다시며 천천히 손을 내밀었다.

"손 한번 줘보게!"

신도화정의 나직한 음성에 사비가 선뜻 손목을 내밀었다. 신도화정
은 사비의 손이 보기 드문 아름다움을 지니고 있다고 느꼈다. 화류패
기를 담기 위해 계속해서 불로 지졌던 까닭에 불순물과 이물질이 전혀
없는 순수한 기운만이 간직되어 있기 때문이다.

신도화정은 한 손으로는 사비의 손을 쓰다듬고 나머지 한 손으로는
그의 맥을 짚었다.

후우웅!

순간 사비는 전신으로 맑은 바람이 들어오는 느낌을 받았다. 신도화
정이 구전생사결(九轉生死訣)이라는 선혜원 고유의 의공을 통해 진맥
을 시작하며 벌어진 현상이었다.

"보통 인내심이 아니군. 아무리 인내력이 강한 사람이라고 해도 십
주야를 버티지 못할 고통이었을 텐데 지금껏 참고 견뎌냈다니… 그래,
요즘에는 며칠 간격으로 시달리나?"

"무슨 말씀이십니까?"

사비가 자그마한 목소리로 되물었다.

"온몸이 붉어지고, 고열과 오한에 시달리는 증상 말일세."

"그런 건 못 느꼈습니다만……?"

사비가 고개를 갸우뚱했다.

"잘 생각해 보게. 화류패기가 심맥을 휘돌며 느꼈을 고통은 그렇게
쉽게 잊을 수 있는 게 아니니까……."

피식 미소를 머금고 입을 열던 화정의 눈에 이채가 서렸다. 그의 말
대로 화류패기를 몸에 담고 있는 고통은 그 어떤 고문보다 극심하다.
그런데도 사비의 표정에서는 그런 느낌을 전혀 찾을 수 없었다.

'그렇다면 설마 화류패공의 오단계까지 모두 끝을 내었단 말인가?

하지만 흑화검성도 이루지 못한 일을 어찌 이놈이… 이것은!'

사비의 맥을 짚던 신도화정의 눈이 세차게 흔들렸다.

화단(火丹)이 느껴졌다. 사군우를 진맥할 때도 느꼈던 것이기에 확실히 알 수 있었다. 하지만 사비의 화단은 사군우 때와는 전혀 달랐다.

'흐름이 잔잔하고, 막에 둘러싸여 있다! 또한 화류패기를 둘러싼 막은 오히려 냉랭한 기운을 담고 있으니, 이는 화류패기가 생기를 소멸시키는 것이 아니라 키우는 힘으로 작용하는 것! 그렇다면… 으, 음양합일지경(陰陽合一之境)!'

사비의 손목을 잡은 화정의 손이 부르르 떨렸다.

툭!

사비의 손목을 타고 가는 혈선이 그어졌다. 화정의 손톱이 손목을 파고들어 간 것이다. 하지만 사비는 신음을 흘리지 않았다. 그저 무심한 눈길로 신도화정의 놀란 얼굴을 바라볼 뿐이다.

'이 인간… 나를 죽이고 싶어한다.'

사비의 몸속에 내재된 풍류기가 신도화정의 살기에 반응하며 요동을 쳤다.

"이런!"

자신의 실수를 깨달은 신도화정은 다급히 사비의 손목에서 손을 떼고 놀란 외침을 터뜨렸다.

"이런 실수를 하다니… 미안하게 됐네. 구전생사결을 썼는데도 자네의 맥이 잡히지 않아 무리를 했나 보이."

"아닙니다! 너무 괘념치 마십시오."

"그럼 잠시만 예서 기다리게. 진기 소모가 많아서 원기신단이라도 먹고 몸을 좀 회복시켜야 할 것 같네."

신도화정은 이마에 흐르는 땀을 닦으며 천천히 자리에서 일어났다.

"그러시지요."

사비가 천천히 고개를 끄덕이며 신도화정을 따라 몸을 일으켰다.

그리고 잠시 후 신도화정이 접견실을 나가자 사비는 씁쓸한 표정으로 다시 자리에 앉으며 중얼거렸다.

"이 인간은… 또 얼마나 나쁜 새끼인 거야?"

"으음!"

방 밖으로 나온 신도화정은 잠시 비틀거렸다.

이윽고 신형을 바로잡은 화정은 느릿느릿 힘겨운 걸음을 뗐다. 사비를 진맥하며 진기를 무리하게 소모했다는 그의 말은 사실이었다. 구전생사결을 이용해 사비의 화단을 건드려 보고, 폭발시키기 위한 수차례의 시도를 하는 동안 그의 진기는 정말로 바닥이 나버렸다. 이에 그는 손상된 진기를 회복시키기 위해 황급히 밖으로 빠져나왔다. 조금만 늦어져도 진원진기의 손상까지 가능한 위험한 상황이었기 때문이다.

"일찍 나오셨군요."

"그렇게 됐소."

접견실 복도를 돌아 밖으로 빠져나온 신도화정에게 사십대 중반의 사내가 다가와 공손히 읍을 취했다. 화정과 같은 백의를 입었지만 붉은 수술이 매달린 장검을 들고 있는 것으로 보아 의생은 아닌 듯 보였다.

"원주께서 명하신 대로 거동이 가능한 환자들은 모두 돌려보냈고, 상세가 중한 환자들은 모두 생휴전으로 모았습니다. 이제 명령만 내려주시면 나머지는 저희가 알아서 처리하겠습니다."

“수고했소.”

짧게 고개를 끄덕인 신도화정이 다시 입을 열었다.

“하지만 그의 처리는 일단 보류합시다. 확인하고 넘어가야 할 일이 있소.”

“하지만 천주께서는 더 커지기 전에 정리하라 하시지 않았습니까?”

“나도 아오! 그래서 더 보류하자는 거요. 흑혈대만으로 공격했다가 자칫 실패할까 두렵소. 그러니 그에 대한 조사를 좀 더 해본 연후에 다시 진행토록 합시다.”

“탈혼광랑을 잡기 위해 삼백 흑혈대원이 모두 이곳으로 왔습니다. 흑혈대로 부족하시다는 말씀은 납득키 어렵습니다.”

흑혈대주의 목소리는 단호했다. 흑살조가 요인 암살을 위한 최고의 살수 조직이라면 흑혈대는 정규전에 대비해 키워진 흑천의 최강 정예 부대다. 그런 자신들을 미덥지 않아 하는 신도화정의 말이 흑혈대주의 귀에는 몹시 거슬렸다. 이를 눈치챈 신도화정은 씁쓸한 미소를 머금고 다시 입을 열었다.

“하루만 주시오! 흑혈대의 전력을 무시하는 것이 아니라 그의 능력이 나로서도 추측키 어려운 지경에 이르렀기 때문이오.”

“그럼 하루만 더 대기토록 하겠습니다.”

흑혈대주는 짧게 읍을 취해 보인 후 곧바로 몸을 돌렸다. 자존심이 상하는 일이었지만, 신도화정이 저렇게까지 말하는데 더는 고집을 부릴 수가 없었다. 아무리 흑천 내에서 자신의 위치가 신도화정과 동등하다고는 하나 그는 천주의 친동생이었기 때문이다.

‘난 탈혼광랑이 구파 전체를 합친 것보다 강하다고 보지 않소! 어디 내일 두고 보겠소! 과연 탈혼광랑이 원주께서 말씀하시는 실력을 갖추

고 있는지 고대하겠소!'

혹혈대주는 두 눈을 빛내며 오만한 미소를 지었다. 하지만 흑혈대를 아는 자들이라면 결코 그의 미소를 오만하다고 하지 못한다.

구파를 모두 합친 것보다 우세한 전력. 이것이 흑뇌당에서 추정하는 흑혈대 삼백 무인의 전력이었다.

혹혈대주의 뒷모습을 넌지시 바라보던 신도화정이 천천히 고개를 틀며 중얼거렸다.

"잠혈초를 먹이지 못하면 실로 큰 사단이 일 게야!"

신도화정은 흑혈대가 사비를 죽이지 못할 것이라고 생각하는 것이 아니었다. 단지 사비를 처단하며 생길 피해가 예상보다 클 경우에 대한 염려였다.

'도황마제를 죽인 건 결코 운이 아니었다.'

신도화정의 발걸음이 빨라졌다. 처음에는 화무영과 사군우에 대한 미안함까지 더해져 차마 사비에게 손을 쓰기가 망설여졌지만 사비와 관련한 서찰을 두 통이나 받은 까닭에 어떻게든 조치를 취해야 했다. 하나는 사비를 이용해 육패를 치려 했던 신도화수의 전갈로 사비가 도황마제를 이기자, 그가 더 크기 전에 제거해야 하는지에 대한 의견을 묻는 서찰이었고, 다른 하나는 곤륜에 머물고 있던 신도원에게서 온 서찰로 사비의 몸과 그의 무공에 대한 자문을 구하는 내용이었다.

이 두 통의 서찰은 신도화정에게 극심한 충격을 안겨주었다. 두 부자가 모두 사비라는 자에게 이토록 큰 경계심을 가지고 있다니.

그러던 차에 사비가 선혜원으로 찾아온 건 천재일우의 기회였다. 문제가 될 만한 인물을 조용히 제거하라는 하늘이 내려준 기회.

벌컥!

방문이 열리고 신도화정이 다시 안으로 들어왔다. 상기되어 나갔던 좀 전의 얼굴과 달리 한층 편안하고 평온해 보이는 얼굴이었다.

'호오! 대단한걸! 신의라는 이름이 괜히 달린 게 아니었군!'

사비는 속으로 크게 감탄했다. 화정이 자신의 화단을 건드리며 폭발시키기 위해 몇 번에 걸쳐 시도를 하자, 이를 일찌감치 눈치챈 사비는 불끈 치밀어 오르는 노기를 못 이겨 화정의 몸에 화류패기를 흘려보냈다. 하지만 화류패기를 흡수한 화정은 그게 사비가 한 것이 아니라 자신의 실수라 생각하고 급히 밖으로 나섰다. 사비에게 구전생사결의 기운을 감지하고 이를 이용할 수 있는 풍류기라는 신비한 힘이 있음은 꿈에도 짐작치 못했기 때문이다.

하지만 지금은 무슨 방법을 썼는지 화류패기를 모두 없애고 다시 사비가 있는 접견실로 되돌아왔다.

"무영이가 자네를 보낸 이유를 알겠네!"

"그러십니까?"

사비가 시치미를 뚝 떼고 물었다.

"음!"

신도화정은 심각한 표정으로 고개를 끄덕이며 다시 말을 이었다.

"자네에게는 흑화검성이 지녔던 화류패기라는 힘이 있네."

"그렇겠지요. 그분께 무공을 배웠으니까요."

"그러나 안타깝게도 흑화검성조차 어쩔 수 없던 힘을 물려받은 것에 지나지 않는다네. 휴우!"

사비가 순순히 시인을 하자 화정은 씁쓸한 얼굴로 한숨을 토했다.

"하지만 저는 아저씨와 다릅니다. 그리고 화류패기가 그렇게 나쁘게 작용하고 있는 것도 아니라고 생각합니다.”

“그게 더 문제네. 검성이야 자신의 힘으로 화류패기로 인해 잠식되어 가는 생기의 소모를 최대한으로 줄일 수 있었지만, 자네에게는 그럴 능력이 없네. 단지 중간에 어떤 기연을 얻은 것으로 보이네. 내가 미처 파악 못한 영단일 수도 있고, 체내의 기운을 다스리는 특이한 술법일 수도 있고…….”

화정은 말끝을 흐리며 사비의 얼굴을 슬쩍 바라봤다. 자신의 말에 감탄하고 있는 사비의 눈이 보였다.

“맞습니다! 예전에 약을 먹었지요. 그리고 보니 그 다음부터 안 아팠던 것 같은데……!”

사비는 크게 고개를 끄덕였다. 이에 사비의 표정을 살피는 화정의 얼굴에 한 가닥 회심의 미소가 머금어졌다. 하지만 사비는 이를 미처 보지 못하고 지난 기억을 더듬느라 인상을 쓰고 있었다.

“아저씨는 그게 천명 뭐라고 했었는데…….”

“천명음양단 아닌가?”

“아! 맞습니다! 천명음양단!”

사비가 손뼉을 마주치며 자리에서 벌떡 일어서자 화정은 입가에 잔잔한 미소를 머금고 천천히 입을 열었다.

“역시 그랬군. 천명음양단은 곤륜선문의 영약이라네. 이젠 그 맥이 끊겨 실전이 됐지만…….”

‘무슨 소리야? 굉천자 사부가 살아 있는데 맥이 끊기다니?’

사비는 화정의 말에 속으로 강한 의구심이 일었다. 하지만 지금은 그런 심정을 내색할 상황이 아니었다. 신도화정이 입을 열면서도 연신 자신의 안색과 기색을 살피기에 여념이 없었기 때문이다.

이윽고 사비의 표정이 이상해짐을 느낀 신도화정이 그의 심사를 지레짐작하며 빠르게 입을 열었다.

"곤륜선문에서 천명음양단의 제조술이 전해 내려온다는 건 의가에서는 공공연한 비밀이네. 물론 나도 이를 알고 있었지만 그것만으로는 검성 그 친구의 상세를 완전히 고칠 수 없어서 시도하지 않은 방법이라네. 난 차라리 천명음양단보다는 잠혈초가 낫다고 판단했지!"

"잠혈초요?"

"음! 잠혈초는 본래 혈기를 다스리는 약재로 운남 애뇌산(哀牢山)에서만 서식하지. 난 이를 몸속의 진기를 다스리는 약으로 개발했네. 쉽게 말해 내 나름대로 천명음양단과 비슷한 효능의 약을 개발하기 위한 노력이었다고 생각하게. 하지만 안타깝게도 그건 쉽지 않은 일이었지."

신도화정은 한 손으로 수염을 쓰다듬으며 다른 한 손은 품속으로 집어넣었다.

"그래서 검성을 완치할 수 있는 약을 만드는 데는 시간이 부족했네. 그나마 이렇게 자네에게라도 이 잠혈제기환을 줄 수 있게 되어 다행이네. 먹고 운기조식하게."

화정은 사비의 손에 검은 환약을 쥐어주었다. 이에 사비는 잠시 망설였다. 화정이 좋은 뜻으로 주는 것이 아님을 알기에 먹고 나서 어찌 될지는 불을 보듯 뻔했다.

"부담 갖지 말게. 비록 조제하기가 쉽지 않은 약이라고는 하나, 어찌 사람의 목숨보다 중하겠는가?"

신도화정은 망설이는 사비를 보며 의연한 표정으로 말했다. 이에 주저하는 사비의 두 눈동자가 찰나지간 흔들렸다. 하지만 그것도 잠시.

꿀꺽!

사비는 환약을 입 안에 툭 털어 넣었고, 이를 본 화정의 입가에 회심의 미소가 걸렸다. 어찌 보면 인자해 보이는, 그러나 또 다른 시선으로 보면 잔인해 보이는 그런 미소였다.

"내 그동안 상심이 컸네만 이렇게 자네에게라도 전할 수 있게 되었으니, 그동안의 노력이 헛되지 않았구먼. 그 친구가 여인들의 음기를 취해 목숨을 연장한다는 소문을 듣고 얼마나 자책감에 사로잡혔는지 모른다네."

신도화정은 살며시 두 눈을 감고 자신이 시키는 대로 운기조식에 들어간 사비를 보며 잔잔한 어조로 중얼거렸다.

"지금 뭐라고 했습니까?"

사비가 어깨를 부르르 떨며 두 눈을 번쩍 떴다.

"……."

화정은 일순 입을 다물었다. 하지만 그의 입가에는 여전히 미소가 걸쳐져 있었다.

"진정하게! 화류패기를 다스리려면 평정심이 최선이네. 그렇지 않으면 오히려 독이 될 수도 있어!"

"흠! 그렇겠지요. 말씀 감사합니다. 아주 큰 도움이 됐습니다."

"헛!"

화정의 얼굴이 급격히 일그러졌다. 머리털까지 시뻘겋게 물들어가며 노기를 터뜨리던 사비가 언제 그랬냐는 듯 피식 웃으며 제 안색을 회복하고 다시 조식에 들어갔기 때문이다.

'으음! 도대체 이놈은!'

화정은 도무지 종잡을 수 없는 사비를 물끄러미 바라보며 속으로 살며시 고개를 가로저었다.

"부르르……!"

사비가 갑작스레 전신을 떨자 화정의 눈에 강한 이채가 서렸다.

'저것은 음양혼신포!'

화정의 눈동자에는 사비의 몸 색깔을 따라 점점 붉게 변해가는 그가 입고 있는 의복이 비춰졌다.

순간 화정의 눈이 탐욕으로 일렁였다. 웬만한 무가지보에는 눈도 깜짝하지 않는 그가 겉으로 욕심을 드러낼 정도라니. 하지만 화정은 이내 마음을 추슬렀다.

그리고 얼마 후 사비의 안색이 조금씩 제 빛을 회복해 갔다.

"어떤가?"

"글쎄요. 전보다 몸이 많이 가벼워진 것 같습니다."

"다행이군."

사비가 환하게 미소 짓자 신도화정의 얼굴에도 피식 엷은 미소가 머금어졌다.

"이 은혜를 어찌 갚아야 할지 모르겠습니다."

"허허! 은혜랄 게 뭐가 있겠나? 그저 검성의 전인으로서 그의 명예에 누가 되지 않고 살기만 바랄 뿐이네."

"그건 좀 곤란하겠군요."

"흠! 곤란하다니?"

한껏 자애로운 미소를 보이던 화정의 얼굴에 곤혹이 서렸다.

"아저씨는 사람 잘 안 죽이기로 유명하지 않습니까? 그래서 검성이라 불리는 거고… 물론 막판에 의천단 애들 작살을 내놓기는 했지만 그건 어디까지나 정당방위였고……."

"허허! 그럼 자네는 그렇게 살지 않겠단 말인가?"

"예! 난 아저씨하고 다릅니다. 누가 날 먼저 치면 죽을 때까지 기어다니게 만들어줄 거고, 누가 내 뒤통수를 갈기면 보란 듯이 작살을 내줄 겁니다!"

"그건 소인배들이나 하는 짓이라네. 대협의 풍모를 지닌 자라면, 적어도 검성의 후인이라면 관대함은 기본 소양으로 갖추고 있어야 하지 않겠나?"

"저, 소인배… 맞습니다. 다른 사람이 내 걸 건드리는 게 죽기보다 싫은 소심한 놈입니다. 후후후!"

사비는 입가에 한가득 미소를 머금고 천천히 자리에서 일어났다.

"으음! 떠날 생각인가?"

"예! 백색이 부탁 때문에 잠깐 들른다는 게 여기서 시간을 많이 지체했군요."

"그래! 어디로 갈 생각인가?"

"일단 여기서 사람을 좀 만나고 백천맹으로 가볼 생각입니다."

"백천맹? 그곳은 자네가 왜?"

화정은 일순 의아한 얼굴이 되어 사비의 비틀어진 입술을 바라봤다.

"할 일이 있습니다. 백색이 누명도 벗겨줘야 하고, 아저씨 가지고 입방아 찧는 인간들도 손봐줄 생각입니다."

"허허허! 백천맹은 정도무림, 아니, 육패를 더하면 천하무림 자체라고 해도 과언이 아닌 곳이네. 그런 곳을 어찌 자네 혼자 가서 헤집어놓는단 말인가?"

"누가 헤집어놓는다고 그랬습니까? 저도 다 생각이 있으니 그건 걱정 마십시오. 그럼!"

사비가 살며시 고개를 숙이자 그의 눈에 찰나지간 불길이 일었지만 화정은 이를 보지 못했다.

"아무튼 조심하게. 그 일에는 내가 크게 도움이 되지 못할 것 같군."

"별말씀을 다 하십니다. 잠혈제기환이라고 했나요? 그거 하나가 제게 얼마나 많은 도움이 됐는지 모릅니다. 깜깜했던 앞이 환하게 걷힌 기분이군요."

"……."

화정이 자신의 말을 잠시 되뇌는 사이 사비는 방문을 향해 걸음을 놀렸다.

"아참! 혹시 신도원이라고 아십니까? 아니면 신도화수나……?"

"으음. 아니, 처음 듣는 이름이군."

"그렇군요. 생김새가 비슷해서 혹시 인척이 아닐까 했는데……."

신도화정이 고개를 젓자 사비가 실망한 표정으로 중얼거렸다. 하지만 그는 속으로 확신하고 있었다. 풍류비공을 통해 느낀 바로는 신도화정이나 신도화수, 그리고 신도원의 기운이 꽤 유사했다.

"허허허! 세상에는 닮은 사람이 많다네. 그럼 멀리 나가지 않겠네."

"예!"

사비는 고개를 까딱해 보인 후 천천히 밖으로 모습을 감췄다. 문이 닫히고 혼자 남은 신도화정은 그 자리에 털썩 주저앉았다.

"도대체 어디까지 알고 있기에……?"

신도화정은 한 손을 이마에 얹고 설레설레 고개를 저었다. 하지만 그것도 잠시.

딸랑! 딸랑!

한쪽 구석에 매달려 있던 줄을 잡아당기는 신도화정의 눈은 점점 진한 살기로 물들어갔다.

　그것은 방문 밖을 나선 사비의 눈도 마찬가지였다. 하지만 다르다. 신도화정의 살기가 밖으로 뿜어져 나오는 것이라면, 사비의 것은 칙칙한 어둠 속으로 갈무리되는 그런 살기였다.

　‘지금은 확실하지 않으니까 그냥 간다. 하지만!’

　사비는 입술을 베어 물었다. 그에게는 몸에 해가 될 것을 알면서도 일부러 잠혈초를 먹은 이유가 따로 있었다. 잠혈제기환을 복용했으니 이것이 몸에서 어떤 식으로 반응하는지에 따라 신도화정이 사군우에게 잠혈초를 먹인 의도가 어떠했는지 판가름이 날 터. 다른 사람이 복용하는 것은 소용이 없다. 화류패기를 지닌 자신이 아니면 사군우의 증상을 확인할 수 없었기 때문이다. 그래서 지금은 확실하게 앞에 드러난 공황식이라는 인간부터 먼저 처리할 생각이었다.

　“도대체 아저씨 죽음에 관련된 인간들이 얼마나 더 있는 거지?”

　밖으로 빠져나온 사비는 내리쬐는 햇볕을 받으며 천천히 고개를 돌렸다. 자신을 향해 다가오는 일단의 기척이 느껴진다.

　‘흑살조?’

　기도가 비슷했다. 하지만 흑살조가 음침하고 차가운 느낌이었다면 지금 다가오는 기운은 밝은 광명 쪽에 가까웠다.

　‘후후! 여기서 바닥을 드러내 보이시겠다는 건가? 그럼 나야 좋지!’

　사비는 피식 미소를 지으며 하단전에 힘을 주었다. 오랜만에 끌어올려 본 것이었지만, 이젠 완전히 본인의 것으로 소화된 이 갑자 진기가 전신을 휘감아 돌기 시작했다. 화류패기나 마령심기를 끌어올렸다가는 신도화정에게 들킬 것 같았기 때문이다. 하지만 이 갑자가 아무나 지니고 있을 공력이 아니라는 사실은 누구나 알고 있는 사실. 이를 느긴 흑혈대 무사들의 움직임도 잠시 둔화됐다.

"이보게!"

등 뒤에서 들려온 음성에 사비의 고개가 틀어졌다. 한 손을 살며시 들어올리고 흔드는 화정의 모습이 보였다.

"무슨 일이십니까?"

"언제 볼지 모르는데 인사는 해야 도리일 것 같아서 말일세."

화정은 피식 미소를 머금고 답했고, 그가 나타남과 동시에 조여들던 흑혈대 무사들의 기운이 씻은 듯이 사라졌다. 이에 사비는 속으로 쓴 웃음을 지었다.

"머지않아 다시 보게 될 것 같으니 그런 인사는 넣어두십시오."

사비가 한마디 툭 던지고 뚜벅뚜벅 멀어져 가자 신도화정의 곁으로 한 인영이 나타났다. 흑혈대주였다.

"처단 명령을 거두신 이유가 뭡니까?"

흑혈대주가 성난 눈으로 물었다.

"저자가 사라지면 마사회의 이목이 이곳으로 쏠리네. 그리고 우리가 건드리지 않아도 이제 살날이 멀지 않은 인간이니 괜한 피해를 당할 이유가 없다는 생각이 들어 명을 거둬들였네."

"……."

흑혈대주는 말없이 몸을 돌렸고, 신도화정은 그의 뒷모습을 바라보며 씁쓸한 어조로 중얼거렸다.

"자네 피는 너무 뜨겁군. 하지만 천하를 다스리려면 그 뜨거운 피를 조금 식힐 필요가 있지. 아니면 저 친구나 검성처럼 아무도 넘볼 수 없을 정도로 뜨겁던가……!"

화정은 사비가 사라진 방향으로 다시 고개를 돌렸다. 이제 잠혈제기환을 복용했으니 사비의 죽음은 시간문제였다. 차라리 검성처럼 더 이상 올라설 수 없을 위치까지 간 인간이었다면 덜 미안했을 것을. 아직 채 펴보지도 못하고 죽어야 한다는 생각을 하니 사비에게 더욱 미안한 마음이 일었다. 감상에 젖은 연민이나 동정이 아니라 사비가 지닌 재기와 능력에 대한 안타까움이었다.

쑥 냄새와 수증기로 가득 찬 방. 방 안은 호흡하는 것조차 부담스러울 정도의 뜨거운 열기를 담고 있었다.

"으음!"

그 안에서 땀을 뻘뻘 흘리며 조식에 열중하던 백리준은 인기척을 느끼고 살며시 눈을 반개했다.

순간 자신을 바라보는 한 사내의 눈빛을 발견한 백리준이 크게 소리를 질렀다.

"대형!"

하지만 그의 얼굴은 일순 실망으로 물들었다. 한 걸음을 더 내디뎌 자신 앞으로 다가온 이는 그가 그토록 목메어 부르던 사내가 아니었다. 그저 눈빛과 외모가 많이 닮은 것일 뿐.

"오랜만이오."

"으음!"

백리준은 살며시 고개를 끄덕이며 더 이상 입을 열지 않았다. 하지만 사비는 이에 기분 나빠하지 않았다. 방금 전 대형이라고 소리친 것만으로도 백리준이 얼마나 무리했는지를 느끼고 있었다.

후우웅!

사비가 손을 뻗자 그의 손에서 녹색 기류가 뻗어 나왔다. 이전에는 전혀 보인 적이 없던 힘이다.

'구전생사결이라고 하는 게 이렇게 쓰는 거였군!'

사비는 신도화정이 자신의 몸을 진맥할 때 그의 구전생사결을 훔쳤다. 아니, 훔쳤다기보다는 풍류기를 통해 구전생사결이 어떤 기운인지를 느낀 것이다. 따라서 지금 사비가 펼치는 구전생사결은 정확히 말하면 풍류기로 펼치는 구전생사결의 흉내였다. 하지만 오히려 구전생사결보다 강하고 순수한 힘이 실려 있었다.

"으음!"

그사이, 사비의 풍류기가 자신의 몸을 관통하고 들어가자 백리준은 또 한 번 침음성을 삼켰다. 사비는 백리준의 지금 기분이 신도화정에게 진맥을 당할 때 자신이 느꼈던 것과 유사할 것이라 짐작하며 피식 미소를 흘렸다.

"무모한 짓을 했군!"

사비의 얼굴이 급격히 일그러졌다. 백리준이 왜 선혜원에, 그것도 중환자실에 있는지를 깨달았다.

"설마… 화류패공을 수련한 거예요? 구결도 없이?"

사비의 시선이 천천히 백리준의 손을 향했다. 그의 양손은 하얀 천으로 칭칭 감겨 있었다. 사비는 더 이상 백리준의 대답을 들을 필요가 없었다.

"……."

백리준의 얼굴이 시뻘겋게 물들었다. 자신의 모습이 얼마나 어리석어 보일지 알기 때문이다. 하지만 사비는 그런 백리준의 모습에서 진정한 무인의 자세를 느끼고 있었다.

'그래! 무도란 저렇게 무모한 거야! 한 목표를 향한 갈망, 손이 썩어

문드러지고, 불로 지지는 고통에 시달려도 끝까지 포기하지 않는 굳은 심지!

사비는 이전에도 좋은 인상을 지니고 있던 백리준이 오늘따라 더욱 달리 보였다.

이윽고 백리준이 달아오른 얼굴을 들어올리며 힘겹게 입술을 뗐다.

"자네가 대형에게 배우는 모습을 훔쳐봤었네. 처음에는 그럴 생각이 없었는데… 나중에는 욕심이 나서 어쩔 수가 없었네. 미안하게 됐네."

"미안하긴 뭐가 미안해요. 그 짓이 욕심이 난다고 할 수 있는 짓이 아닌데. 일단 상처부터 처리하고 다시 얘기하지요!"

"……."

사비의 말에 백리준이 일순 입을 다물었다. 순간 자신의 양어깨에 얹은 사비의 손을 통해서 가슴속까지 시린 기운이 흘러들어 왔다. 구전생사결에 약간의 마령심기를 더한 사비의 치료였다.

사비는 외상은 몰라도, 내상이라면 세상에 그 어떤 누구보다 치료에 자신이 있었다. 모든 기운을 중화시킬 수 있는 능력을 지니고 있기 때문이다. 이에 사비는 체내에 갈무리하고 있던 진기들을 하나하나 꺼내며 양의 기운으로 치우친 백리준의 진기를 바로잡아 가기 시작했다.

후우우우……!

그렇게 한 식경 동안 흐르던 무거운 침묵이 사비가 손을 떼는 순간 깨졌다.

"대형은……?"

"잘 가셨어요."

주르륵!

백리준의 눈으로 한줄기 눈물이 흘러내렸다. 일평생을 사모해 온 우상이 갔다는 말에 적잖은 충격을 받은 모양이었다.

'역시 아저씨를 이렇게 생각해 주는 사람도 있긴 있군요!'

백리준의 진기가 다시 역류함을 느낀 사비는 그의 어깨에 한 손을 가볍게 올려놓으며 빙긋이 미소 지었다.

"화류패기는 정상적인 인간은 결코 익혀서는 안 되는 거예요. 나같이 미친놈이나, 그리고 다른 진기는 몸에 없어야 하지요. 당신이 화류패기를 쌓기 위한 수련을 한 건 처음부터 죽으려고 작정한 거라고 봐야 해요."

사비의 말에 백리준이 씁쓸하게 고개를 끄덕였다.

"알고 있네! 하지만 알았을 때는 이미 늦은 뒤였지. 결국은 요 모양 요 꼴로 죽을 날만 기다리고 있었는데……."

입을 열던 백리준의 눈이 화등잔만 하게 커졌다. 무의식중에 끌어올린 진기가 엄청난 속도로 전신을 일주천했기 때문이다.

"이게 어떻게……?"

백리준은 사비의 미소를 보며 다시 입을 다물었다. 사비가 마령심기와 화류패기를 적절히 안배하며 자신의 몸에 쌓여 있던 화기와 손상된 진기들을 복구하며 공력이 진일보했다는 사실은 알지 못했다. 하지만 전에 비해 공력이 훨씬 심후해졌다는 사실은 누가 말해주지 않아도 알 수 있었다.

"내 기연은 자네였군."

감격에 겨운 눈으로 사비를 바라보던 백리준은 두 눈을 지그시 감고 주화입마로 막혔던 혈도들로 슬며시 진기를 흘려보내 봤다. 역시 막힘이 없다. 더욱이 이전에는 느끼지 못한 묵직한 기운이 가슴 부근에서 느껴졌다.

‘중단전이⋯ 열렸다!’

백리준은 중단전을 통해 들어오는 그 묵직한 기운이 토(土)의 기운임을 느끼며 그 흐름에 온몸을 맡겼다.

“중단전의 개방은 오행지경에 들어섰음을 의미하지요. 오행 중 하나의 기운을 쌓을 수 있는 신체가 됐다는 소리예요. 하지만 당신이 얻은 토의 기운은 그동안 당신이 쌓았던 화기가 굳어서 흙으로 화한 것이니 내가 주었다기보다는 당신 스스로가 해낸 것이에요. 그럼 난 갑니다!”

사비는 눈을 감고 있어 보지 못하는 백리준에게 한 손을 흔들며 피식 웃어 보였다. 백리준에게 뭔가를 해준 것 같아 기분이 무척 유쾌했다.

사비는 소리없이 방을 빠져나갔지만 백리준은 눈을 뜨지도, 입을 열지도 않고 자신에게 찾아온 득오의 순간에만 열중했다.

얼마나 흘렀을까. 사비가 방을 나서고 한참이 흐르도록 부단히 중단전을 개방하고 토의 기운을 흡수하던 백리준이 천천히 눈을 반개했다.

“대기가 될지, 옹기가 될지 모른다고 하셨습니까? 이미 저 친구는 하늘을 담는 천기가 되었습니다그려.”

방 안을 우렁우렁 울리는 백리준의 음성은 격정으로 떨리고 있었다.

백리준과 헤어진 사비는 곧바로 선혜원을 벗어나 형문산을 내려가기 시작했고, 이를 어떻게 알았는지 갑작스레 나타난 추룡객이 그 뒤를 바짝 쫓았다.

“아직 나하고 더 볼일이 남았나?”

“볼일이라니? 난 그냥 내 갈 길을 가는 것뿐이오.”

“그럼 먼저 가!”

"하하하! 초면도 아닌데 왜 그러시오? 그냥 같이 갑시다."

사비가 한 손을 들어올리자 추룡객이 머리를 긁적이며 멋쩍은 웃음을 흘렸다.

"당신들은 어떻게 그렇게 하는 짓이 모두 똑같지?"

"당신들이라니? 나 말고 누가 여기 더 있소?"

"흥! 당신 보니까 유백 그 인간이 생각나서 그래."

추룡객이 주변을 둘러보며 되묻자 사비가 콧방귀를 뀌며 다시 걸음을 옮겼다.

"헉! 아무리 내가 유백 그 친구 같을까? 그 말은 못 들은 걸로 하겠소이다."

"기다리세요오!"

멀리서 아련하게 들려오는 외침에 사비가 눈썹을 모으며 추룡객에게 고개를 돌렸다.

"흠! 저 인간… 당신이 불렀어?"

"아니! 난 절대 그런 적 없소이다!"

사비가 잔뜩 눈살을 찌푸리고 묻자 추룡객이 두 손을 내저으며 고개를 도리질 쳤다. 그사이 위진군이 그들을 향해 전력 질주를 해 달려오고 있었다.

부아앙!

투투투투아악!

사비를 발견한 위진군은 더욱 속도를 높였다. 앞을 가로막고 있던 나무들이 그의 몸에 부딪치며 좌우로 튕겨져 나갔으나 그는 조금도 속력을 줄이지 않았다. 사비를 발견한 기쁨과 안도감에 전연 아프지 않았다.

“잠시만, 잠시만 기다려 주십시오. 헉헉!”

사비 앞에 이른 위진군은 두 팔을 쫙 벌리고 거친 숨을 몰아쉬었다.

“당신이 여기는 무슨 일이야?”

위진군을 바라보는 사비의 눈초리는 못마땅했다.

“그것이…….”

위진군은 사비의 눈길을 피해 슬쩍 추룡객을 향해 시선을 돌리며 잠시 뜸을 들였다.

“저도 따라갈 수 있게 해주십시오.”

이윽고 위진군이 당찬 눈빛으로 고개를 들었다.

“나를 따라가겠다고? 왜?”

“아버님의 명입니다! 탈혼광랑 대협의 배포와 투지를 보고 배우라 하셨습니다!”

“정말 한음신마 그 노인네가 시켰다는 거야?”

“그렇습니다! 동행을 허락해 주십시오. 결코 누가 되거나 방해가 되는 행동은 하지 않겠습니다.”

위진군의 진중한 음성에 사비가 입술을 비틀며 눈썹을 모았다.

“난 분명히 마사회와 인연을 맺지 않겠다고 했을 텐데… 뭐 따라오든지 말든지 그건 자유야! 대신 앞으로 무슨 일이 벌어져도 난 책임 못 져!”

“그, 그럼 허락하신 겁니까?”

위진군은 반색을 하며 물었고, 추룡객은 그 자리에 멈춰 서서 사비의 눈치를 살폈다.

“하지만 그전에 하나씩 해줘야 할 게 있어!”

“그게 뭡니까?”

위진군과 추룡객이 이구동성으로 물었고, 사비는 추룡객을 바라보며 입을 열었다.

"백천맹에 정의회와 평심회가 있다고 하더라고. 거기 누가 속했는지 좀 알아봐 줘. 모르면 유백 그 인간한테 물어보던가."

"그런 거라면 문제없소!"

추룡객이 자신있다는 듯 크게 고개를 끄덕이자 사비는 위진군에게 다시 시선을 돌렸다.

"비파산에서 여기까지 오는 데 얼마나 걸렸지?"

"이틀 걸렸습니다!"

위진군의 대답에 사비가 고개를 끄덕이며 다시 입을 열었다.

"이틀이라… 꽤 빠른걸! 당신이 마검사라는 걸 잊고 있었군."

사비는 의외라는 표정으로 고개를 끄덕였다. 천 리가 넘는 길을 단 이틀 만에 주파했다는 말은 위진군이 수준 이상의 무공을 보유하고 있음을 의미했다.

사비는 화무영에게 손 한번 써보지 못하고 당한 일이나, 한음신마 위청양의 지시를 받고 군말없이 시중을 들었던 일 때문에 혼세광마 위진군의 실력을 잠시 과소평가하고 있었음을 비로소 깨달았다.

"당신은 그럼 백색이에게 가서 내 말을 전하고 와!"

"지금 마사회관에 갔다 오라는 말씀입니까?"

"응!"

"전서로 보내면 안 되는 겁니까?"

위진군이 다소 곤혹스런 표정으로 되물었다. 올 때는 사비를 만나겠다는 일념하에 전력을 다해 달려왔지만, 막상 왔던 길을 다시 되돌아가자니 엄두가 나지 않았다.

“안 돼!”

“알겠습니다. 그럼 가서 뭐라고 전할까요?”

사비가 단호한 어조로 고개를 젓자 위진군이 체념한 표정으로 고개를 들었다.

“이렇게 전해. 요미선자가 말했던 다른 이유를 선혜원에서 찾았다고. 그리고 네가 첫째 사부로 여기는 인간이 뭔가 냄새가 난다고.”

사비는 위진군의 귀에 대고 나직이 속삭이며 추룡객을 슬쩍 돌아봤다. 하지만 고개를 갸웃거리는 것으로 추룡객은 사비가 한 말의 의미를 전혀 이해하지 못하고 있는 것 같았다.

“정말 그렇게만 전하면 됩니까?”

위진군이 눈을 동그랗게 뜨고 물었다.

“그래. 중요한 얘기니까 다른 인간한테는 절대 발설하면 안 돼!”

“알겠습니다. 그럼 어디서 다시 뵐까요?”

“의창 부두에 만화객잔이라고 있어. 거기서 기다린다.”

“그럼 다녀오겠습니다!”

위진군이 두말 않고 몸을 돌리자 곁에서 이를 지켜보던 추룡객이 의외라는 눈빛으로 금세 저만치 멀어져 가는 위진군의 뒷모습을 쳐다봤다.

‘뭐야, 쟤! 왜 저래?’

추룡객은 혼세광마 위진군이 누구의 말 한마디에 움직이는 모습을 처음 봤다. 더군다나 위진군의 행동은 마치 처음부터 사비의 시종이었던 사람처럼 지극히 자연스러웠다. 추룡객은 위진군이 지난 한 달간 화무영 대신 사비의 시중을 들며 자연스럽게 그런 태도를 갖게 됐다는 사실을 모르고 있었다.

사비는 위진군과 만나기로 한 만화객잔에 들어서며 고향에라도 돌아온 듯 감개무량한 표정으로 나직이 입을 열었다.

"아! 여기 오니 갑자기 앵화루가 그리워지는군."

"앵화루라니요? 그 나이에 벌써 단골 기루가 있소이까?"

추룡객은 일순 어이없는 표정으로 사비를 바라보다가 이내 설레설레 고개를 저으며 객잔 안을 둘러봤다.

"제길!"

추룡객은 결코 만나서는 안 될 인간들을 발견하고 안색을 굳혔다. 그사이 성큼성큼 중앙으로 걸어간 사비는 양팔을 쭉 벌린 채 코를 벌름거렸다.

"그래! 이 냄새야."

"킥킥!"

"왜 웃나?"

사비는 옆 탁자에서 키득거리고 있는 녹의사내를 발견하고 눈을 부라렸다. 여인처럼 하얀 살결에 곱상한 인상을 한 젊은 사내였다.

"이거 미안하게 됐소이다. 소협의 행동이 하도 괴이하여 나도 모르게 그만 실수를 했구려."

녹의사내가 자리에서 일어나 미안한 표정을 지으며 포권을 취하자 사비는 그에게서 시선을 떼고 추룡객을 향해 고개를 돌렸다.

"안 들어오고 뭐 해?"

"……."

추룡객은 긴장이 역력한 눈빛으로 녹의사내에게 시선을 고정하고 있었다. 이전의 여유롭고 자신감에 찬 표정은 어디에도 보이지 않았다.

"흥! 도망친 곳이 고작 여긴가?"

사비에게 사과를 했던 사내는 좀 전과 달리 한기가 풀풀 날리는 음성으로 추룡객을 노려봤고, 그와 함께 앉아 있던 사내 둘은 천천히 자리에서 일어나 추룡객 쪽으로 몸을 돌렸다.

"누가 도망을 쳤다고 그러나?"

말은 그렇게 했지만 추룡객의 목소리는 살짝 떨리고 있었다. 사실 지금도 그는 도망치려고 했으나, 녹의사내와 그의 곁에 선 이들에게 등을 보였다가는 어떤 불상사가 생길지 몰라 주저하는 중이었다.

'하지만 지금 내 옆에는 탈혼광랑이 있다!'

추룡객은 떨리는 마음을 추스르며 녹의사내 옆에 서 있는 사비를 향해 구원의 눈빛을 보냈다. 그러자 어쩌면 이번 기회를 통해 앞에 선 사내들과의 질긴 인연을 끝맺을 수도 있겠다는 생각이 들었다.

"둘이 아는 사이야?"

사비가 흥미로운 눈길로 추룡객과 녹의사내를 번갈아 쳐다봤다.

"사천에서 온 당미량이라고 합니다."

"일수불생(一手不生)!"

다른 식탁에 앉아 이쪽의 분위기를 살피던 한 무인의 입에서 경악성이 터져 나왔다.

일수불생 당미량. 그는 스물다섯의 나이가 되도록 단 한 번도 사천 땅을 벗어나 본 적이 없는 무인이었다. 하지만 그는 사천당문이 자랑하는 천재 고수로 중원무림에서는 꽤 알아주는 무인 중 하나다.

열다섯 나이에 첫 출도하여 강호 곳곳에서 도전해 오는 고수들을 차례차례 무릎 꿇렸고, 지금으로부터 오 년 전, 한 번의 손놀림으로 귀주삼귀를 모두 고혼으로 만들고, 일수불생이라는 별호로 불린 당미량.

그때부터 그는 사천제일수(四川第一手)로 불리기 시작했다. 그렇게 불과 이십 세의 나이에 사천 패자(覇者)의 위치에 오른 천재 고수 당미량은 앞서 말했듯이 사천을 벗어난 적이 없기로도 유명했다. 그런 그가 사천이 아닌 이곳 호북 의창의 한 객잔에 출현한 것이다. 하지만 사비가 보기에는 그저 조금 성깔있고, 곱상하게 생긴 사내에 불과했다.

"사천당문 사람이었군. 난……."

"압니다! 탈혼광랑. 현재 십이제천보다 더한 명성을 구가하시는 분을 제가 어찌 모르겠습니까?"

"커억! 삼신수!"

좀 전에 소리쳤던 사람은 입에 거품을 물고 뒤로 벌러덩 나자빠졌고, 객잔 안에 있던 사람들은 서로 눈치를 살피며 우르르 밖으로 빠져나가기에 급급했다. 이를 본 사비는 속으로 쓴웃음을 삼켰다.

'내가 저렇게 겁을 집어먹을 정도로 악명을 날리고 있는 거야?'

당미량은 사비의 표정을 가만히 살펴보다가 다시 추룡객을 향해 시선을 던졌다.

"자아! 이제 계산을 끝낼 때가 된 것 같은데… 어떻게 하시겠소? 여기서 끝을 볼 테요? 아니면 밖으로 나가겠소?"

"계산이라니? 무슨 계산?"

사비가 호기심 어린 눈초리로 묻자 추룡객은 '기회는 이때다!' 하는 심정으로 급히 입을 열었다. 하지만 표정만은 사뭇 진지하고 비장함을 유지하기 위해 애썼다.

"그게… 본의 아니게 사천당문과 원한을 맺게 되었지 뭐요."

"풋! 원한?"

실소를 한번 터뜨린 당미량이 고개를 쳐들고 다시 자신을 노려보자 추룡객은 그의 시선을 애써 외면하며 다시 말을 이었다.

"사천에서 당문의 의뢰를 받아 처리한 일이 있소. 아무래도 그 일 처리가 마음에 들지 않았던 모양인지 이렇게 나를 핍박하는구려."

"기가 막히는군. 본인의 육혼망을 훔쳐 놓고, 다시 세가에 찾아와 육혼망을 찾아주겠다며 돈을 요구한 주제에 핍박이라니?"

"난 분명히 육혼망을 찾아주겠다고 했고 그 약속을 지켰소!"

"말이 통하지 않는군."

당미량이 눈살을 찌푸리며 한 걸음 앞으로 나오자 추룡객이 슬며시 뒷걸음질치며 안타까운 표정으로 사비에게 고개를 돌렸다.

"육혼망을 훔쳤다는 건 어디까지나 저자의 추측일 뿐입니다. 난 당문의 곤란함을 차마 두고 볼 수 없어 도와준 죄뿐이 없소이다."

"그런데 말이야, 육혼망이 뭐지?"

"커억!"

한창 자신의 무죄를 주장하며 열변을 토하던 추룡객이나, 그의 말을 들으며 치밀어 오르는 노기를 꾹 참던 당미량 등은 사비의 느닷없는 질문에 모두 입을 떡 벌렸다.

"육혼망은 저희 당문에서 사용하는 암기의 일종입니다. 저자는 육혼망을 되찾은 경위를 설명하라는 저희 가솔에게 상처를 입히고 이곳까지 도주했지요."

당미량이 즉시 안색을 회복하고 사비의 궁금증을 풀어주었다. 이에 그의 곁에 서 있던 다른 당가 자제들이 의외라는 눈빛이다. 귀찮은 것을 싫어하고, 낯선 사람과의 대화는 더 더욱 싫어하는 당미량이 사비에게는 오히려 먼저 말을 건네고 있었기 때문이다.

"그럼 내가 아무 소리도 하지 않고 몽환약을 먹었어야 했단 말이오?"

추룡객은 답답하다는 듯 인상을 잔뜩 찌푸렸다.

"처음부터 사실대로 말했다면 그 방법은 쓰지 않았겠지."

"도대체 뭐가 사실이고, 뭐가 거짓이란 말이오?"

또다시 설전이 시작되려는 기미를 보이자 사비가 의혹 어린 눈으로 한 손을 들었다.

"잠깐! 근데 그 육혼망이 없어졌다고 그 난리를 피웠단 말이야?"

"그게… 육혼망은 독문삼대암기로 꼽힐 만큼 뛰어난 위력을 발휘합니다. 또 그만큼 만들기도 까다롭지요."

"흠! 이제 대충 알 것 같군."

양측의 말을 들어본 사비는 마치 이번 일에 중재자가 되기라도 한 양 팔짱을 낀 채 고개를 끄덕였다.

"그러니까 당신은 저 친구가 육혼망을 가지고 장난을 쳤다는 거군!"

"바로 보셨습니다."

당미량이 고개를 끄덕이자 사비는 추룡객에게 다시 시선을 옮겼다.

"당신은 육혼망을 훔친 게 아니라는 거고?"

"물론이오! 저자는 아무 증거도 없이 나를 도둑으로 모는 것이오."

"닥치시오! 감히 당가를 능멸한 것도 모자라 이제는 발뺌을 하려고 하다니… 내 반드시 당신이 죗값을 톡톡히 치르게 해줄 것이오!"

추룡객이 억울하다는 듯 자신을 손가락으로 가리키며 분통을 터뜨리자 당미량이 뾰족한 외침을 토했다.

"모두 그만!"

"……."

사비가 눈살을 찌푸리며 버럭 고함을 치자 당미량과 추룡객이 일순 입을 다물었다. 추룡객이야 그동안 사비의 성격을 보고 들어 그의 행동에 많이 적응을 한 상태였으니 그렇다 쳐도, 당미량의 태도는 좀처럼 이해가 가지 않는 것이었다. 아무리 사비의 무명이 중원천지를 뒤흔들고 있다고 해도, 당문이 나은 최고 기재 소리를 듣는 인간치고는 너무도 얌전했다. 하지만 당미량과 함께 온 당가 자제들은 아무도 뭐라고 입을 열지 않는다. 이번 추룡객을 쫓는 일 외에도 당미량이 한 일치고 잘못된 일이 없었기 때문이다. 그들은 지금 당미량이 사비에게 보이는 태도에는 충분한 이유가 있으리라 짐작했다.

"으음! 내가 왜 이 일에 끼어들게 됐는지 모르겠지만, 일단 말이 나온 김에 한마디만 하지."

"탈혼광랑의 공정한 처사를 기대하겠소이다."

"마찬가지!"

당미량이 포권을 취하며 눈을 빛내자 추룡객 역시 짧게 외치며 사비를 향해 고개를 돌렸다.

"공정한 처사는 무슨. 그냥 조용히 밖에 나가서 박 터지게 싸우라는 거지. 그럼 난 이만!"

말을 마친 사비가 급하게 몸을 틀며 외쳤다.

"여기 방 있나? 한 이틀 묵을 건데."

"예! 이쪽으로 따라오십시오."

사비는 여태껏 자라목을 한 채 눈치를 살피던 점원이 쪼르르 달려와 안내를 하자 곧 그의 뒤를 따라 걸음을 옮겼다.

"헛! 어, 어떻게?"

추룡객이 당황으로 말을 더듬는 사이, 당미량이 비릿한 미소를 흘리며 턱짓을 했다. 이에 곁에 서 있던 당가의 두 무사가 추룡객을 향해 몸을 날렸다.

"타앗!"

피피핑!

짧은 기합성의 뒤를 이어 울린 파공성은 당미량을 비롯한 세 사내의 손에서 발출된 독질려(毒蒺藜)가 추룡객의 피를 원하는 울음소리였다.

"커엇!"

후우웅!

추룡객은 다급하게 뒤로 몸을 날리며 검을 휘둘렀다. 워낙 경황이 없어 검집째 휘둘렀으나, 그의 위명에 부끄러움이 없는 강력한 검풍이 전면을 향해 휘몰아쳤다.

타탁!

검풍에 밀린 독질려가 방향을 잃고 벽으로 가 틀어박혔다. 하지만 이미 이런 상황을 예측한 당미량의 독질려는 추룡객의 검에 닿는 순간 호선을 그리며 세 치 정도 위로 올라갔다.

피융!

그리고 다시 추룡객의 목을 향해 날아가는 독질려는 이전과는 비할 수 없을 정도로 빨랐다.

"후후후! 넌 끝이야!"

"헉!"

당미량의 입에서 얕은 소성이 터졌고, 추룡객의 눈에는 절망의 빛이 뿜어져 나왔다.

그 순간.

투투투투투아앙!

연속해서 어깨를 스치고 지나가는 강력한 기운에 당미량은 몸을 가

누지 못하고 급히 오른쪽으로 신형을 물렸다.

"이런!"

당미량은 경악을 금치 못했다. 입고 있던 옷의 양 소매는 검은 꽃 모양으로 그을려 있고, 자신이 날렸던 독질려는 마치 회를 쳐놓은 것처럼 여섯 등분으로 얇게 잘린 채 벽에 틀어박혀 있었다.

'한꺼번에 다섯 개의 검기를 날렸어! 하지만 그건 불가능한 일!'

반듯하게 잘려 나간 독질려에 시선을 고정하던 당미량이 불신의 눈빛으로 천천히 고개를 저었다.

"여기서 싸우면 안 되지. 그리고 치사하게 삼 대 일이 뭐냐? 혼자서 상대할 자신이 없으면 그냥 물러들 가지 그래."

"으음."

사비가 귀찮아 죽겠다는 표정으로 다가오자 당미량은 저도 모르게 신음성을 삼켰다.

"고맙소!"

사비의 재등장에 추룡객이 감격에 겨운 표정으로 말했다.

"고맙긴. 당신을 도와줄 생각으로 한 일이 아니니까 그런 말 할 필요 없어!"

"그게 무슨……?"

사비의 말에 추룡객이 영문을 모르겠다는 표정을 지었다.

슈욱!

퍼어어억!

"우욱!"

추룡객의 다부진 어깨가 빙그르르 돌며 바닥으로 박혀 들어가는 나사처럼 허물어졌다. 사비의 주먹에 안면을 강타당하고 그 충격을 못

이긴 것이다. 이에 당미량은 놀란 눈을 들어 사비를 바라봤다.

"무슨 의미입니까?"

"의미는 무슨. 그냥 당신 대신 내가 손을 좀 썼지. 아마 한동안은 밥도 제대로 못 먹을 거야. 육혼망이라는 암기 하나 때문에 사람 죽는 꼴은 보고 싶지 않아서 말이야. 이 정도로 안 되겠나?"

"……."

사비의 말에 당미량은 일순 입을 열지 못했다. 솔직히 추룡객의 처리는 중요한 게 아니었다. 그는 그저 사천에서 벗어나 보고 싶었던 당미량의 소원을 푸는 빌미에 지나지 않았다. 추룡객 말대로 육혼망을 그가 훔쳤다는 증거는 어디에도 없었기 때문이다. 물론 지금 이렇게 당황하는 모습을 보니 자신의 추측이 어느 정도 맞아떨어졌다는 생각은 들었지만, 그보다는 당금 중원무림을 진동하는 한 무인을 만났다는 사실에 가슴이 설레었다.

"왜? 꼭 죽여야겠어?"

사비는 당미량이 주저하는 이유를 몰라 답답한 얼굴로 물었다.

"아니외다! 탈혼광랑의 부탁이라면 내 들어드리겠소!"

"이 사람이… 내가 언제 부탁을 했다고……."

사비가 당황한 얼굴로 막 입을 열려 하자 당미량이 한 손을 번쩍 치켜들며 그의 말을 가로챘다.

"좋습니다! 추룡객과의 일은 앞으로 불문에 부치겠습니다. 단, 조건이 하나 있습니다."

"조건?"

"술 한잔 사십시오!"

"술?"

사비는 황당한 표정으로 물었다. 처음부터 당미량이 자신에게 호의를 보이고 있음은 알았지만, 술 한잔을 사는 것으로 추룡객의 죄를 사하여줄 것이라고는 미처 생각지 못했기 때문이다.

"나야… 좋지! 안 그래도 이틀 동안 어떻게 시간을 보낼까 고민했었는데 잘됐군. 대신 먼저 나가떨어지면 술값은 당신이 내는 거야! 알았어?"

"하하핫! 그런 걱정은 마십시오."

사비의 대답을 기다리던 당미량이 호쾌하게 웃으며 손사래를 치자 사비 또한 피식 웃으며 추룡객을 들춰 업었다.

"그럼 조금만 기다리라고! 이 인간을 눕혀놓고 올 테니."

"알겠소!"

당미량이 고개를 끄덕이자 사비는 성큼성큼 걸음을 옮겨 객잔 이층으로 올라가 곧 모습을 감췄다.

"아우님들은 바람이나 쐬시게. 난 저 친구와 강호 돌아가는 얘기나 잠시 나눠볼 생각이니."

"알겠습니다."

당미량의 두 아우는 공손히 머리를 조아린 후 곧바로 몸을 돌려 객잔을 빠져나갔다.

"형님, 누님이 갑자기 왜 저러시는 걸까요?"

"그러게 말이다. 다른 때였으면 이렇게 끝낼 인간이 아닌데… 아무래도……."

당미준의 물음에 당미후가 고개를 갸우뚱하며 말끝을 흐렸다.

"아무래도 뭐요?"

"시집갈 때가 돼서 그런 게 아닐까?"

당미준의 기대에 찬 시선에 당미후가 눈을 반짝이며 입을 열었다.

"쿡쿡! 그 말이 정답이네요."

당미준은 행여 당미량이 듣기라도 할까 봐 조심스러운지 한 손으로 입을 가리며 키득거렸다. 이에 당미후가 심상치 않는 진중한 목소리로 나직이 입을 열었다.

"이 일은 부모님께는 비밀이다. 추룡객은 나중에 누님과 상의해서 둘러대기로 하고……."

"그런데 누님이 저 탈혼광랑이라는 인간하고 있는 거 괜찮을까요?"

"난 솔직히 탈혼광랑이 더 걱정이다. 쩝!"

"하긴 그래요!"

당미후가 입맛을 다시자 당미준이 고개를 끄덕이며 또 한 번 쿡쿡 웃음을 터뜨렸다. 추룡객과 상대할 때 보였던 진지함이라고는 전혀 보이지 않는 자유분방하고, 어찌 보면 장난기가 가득한 모습들이었다.

그들이 그렇게 주거니 받거니 하며 사라져 가는 동안 당미량은 술과 안주를 주문한 뒤 한쪽 구석 탁자에 다소곳이 앉아 사비가 오기를 기다렸다.

쿵! 쿵! 쿵!

"풋!"

당미량은 한 걸음에 서너 계단씩 뛰어 내려오는 사비를 신기한 눈초리로 바라보며 웃음을 삼켰다. 사비의 희희낙락거리며 내려오는 모습 어디에도 도황마제나 야문 순찰단을 죽인 잔인한 일면은 찾아볼 수 없었다.

"술은 시켰나?"

"시켰습니다."

"안주는? 안주도 시켰어?"

"네! 안주도 시켰습니다. 푸하하!"

"왜 웃어?"

사비의 조급한 물음에 대답하던 당미량이 더는 웃음을 참지 못하고 박장대소하자 사비가 의아한 표정으로 고개를 갸웃거렸다.

"술이 그렇게 드시고 싶으셨으면서 지금까지 어떻게 참았습니까?"

"아아! 그게 마땅히 마실 기회가 있어야 말이지. 그리고 뭐 하나를 생각하면 거기에 빠지는 성미라 술 마실 생각은 깜빡 잊고 있었어."

"호오! 그래요? 그 성격은 저하고 비슷하군요."

"그래? 아무튼 반갑군!"

당미량이 눈을 빛내며 고개를 끄덕이자 사비가 반색을 하며 손을 쑥 내밀었다. 이에 잠시 망설이던 당미량이 천천히 손을 내밀었다. 이에 당미량의 손을 잡고 한참을 흔들어대던 사비가 피식 웃으며 입을 열었다.

"그런데 여자 손치고는 좀 거칠군!"

"네? 지, 지금 뭐라고 하셨습니까?"

"하하하! 내가 장님으로 보였나 보지? 그리고 당신같이 예쁜 남자가 있으면 여자들이 억울해서 어떻게 살겠어?"

"언제부터 알고 있었습니까?"

"처음부터!"

"그럼 처음부터 내가 여자라는 걸 알고 의도적으로 접근한 겁니까?"

"얘가 큰일날 소리 하네. 술 마시자고 한 건 너잖아!"

"그야… 그렇지만……."

당미량은 일순 고민에 휩싸였다. 사비가 이렇게 빨리 자신의 본모습을 파악했다는 사실에 어이가 없었다. 또한 그 사실을 알았으면 잠깐이라도 모르는 척하다가 자신에게 설명할 기회를 줘야지, 날름 정체를 폭로하는 사비의 거침없는 행동에 당황이 됐다.

'좀 더 극적인 만남을 연출하고 싶었는데……'

당미량이 아쉬워하는 사이 점원이 술과 안주를 탁자에 내려놨고, 이를 지켜보던 사비는 점원이 허리를 푹 숙인 후 곧바로 물러나자 황급히 술잔을 들었다.

"놀면 뭐 하나? 자, 마시자고!"

"좋습니다!"

잠시 망설이던 당미량은 흔쾌히 고개를 끄덕이며 사비와 술잔을 마주 들었다.

챙!

사비는 술잔을 부딪치기가 무섭게 벌컥벌컥 술을 마셨다. 이를 바라보는 당미량의 얼굴에 환한 미소가 번져 갔다.

*　　　*　　　*

"정말 대단하군요!"

황보상은 백천맹의 웅장한 모습에 벌어진 입을 다물지 못했다. 하지만 그것도 잠시 황보상은 이내 입술을 굳게 다물고 고개를 떨어뜨렸다. 백천맹의 위용에 감탄한 직후, 황보천의 모습이 머릿속으로 떠올랐기 때문이다.

"형님! 이 아우의 불민함을 용서하십시오. 하지만 형님의 한은 잊지 않았습니다. 기필코 흑화검성의 목을 형님의 영전에 바치겠습니다."

가장 선두에서 말을 달리고 있던 황보혁은 황보상의 중얼거림을 들으며 비릿한 미소를 머금었다.

'네놈이 아무리 발악을 한다고 해도 흑화검성 사군우를 죽일 실력을 쌓으려면 오백 년은 더 있어야 할 것이다. 멍청한 녀석!'

황보혁은 입술을 살짝 비틀며 애꿎은 말잔등만 걷어챘다.

"히얏!"

황보혁이 탄 말이 더욱 빠른 속도로 앞으로 질주해 나가자 그 뒤를 따라 황보상을 비롯한 세가의 자제들이 말의 궁둥짝에 채찍을 날렸다.

"황보가주를 죽인 건 분명히 당신이야! 하지만……."

현현은 입술을 잘근 깨물며 뿌연 먼지구름을 일으키며 앞서 나가는 황보혁의 등을 노려봤다.

세가인들은 황보혁의 증언과 황보천의 시신에 있는 온몸의 피가 빠져나간 흔적으로 미루어 황보천을 살해한 흉수를 사군우라고 단정했다. 그런 상흔을 낼 수 있는 무공은 오직 사군우의 흑화검법뿐이 없었기 때문이다. 이에 황보혁은 그 다음날로 백천맹에 기별을 넣어 마침 공적으로 몰려 있던 사군우에게 살인죄를 하나 더 추가시켰다.

하지만 현현은 황보천의 죽음에 황보혁이 깊은 관련이 있음을 직감적으로 느꼈다. 언의 권능을 발휘할 수만 있다면 단박에 흉수를 밝혀낼 수 있었지만, 황보세가와 관련된 일에는 금제가 가해져 있기에 그녀의 추측은 안타깝게도 추측으로만 끝나야 했다.

이후 현현은 황보혁을 협박하기도 하고 타일러도 봤지만 그는 이전과 달리 그녀의 어떠한 도발에도 꿈쩍도 안 했다.

"하늘은 어찌 저런 망종에게 이런 천재성을 주셨을까?"

품속에서 폐령연자궁을 꺼낸 현현은 쓸쓸한 표정으로 손바닥에 쏙

들어가 있는 그 활을 물끄러미 바라봤다.

'세상에서 가장 단단하고 가벼운 성질을 지닌 활이야. 게다가 화살이 없어도 절정고수를 단번에 죽일 수 있는 유형의 기운까지 발산할 수 있지. 이런 물건을 만들어내다니……'

현현은 일순 두려운 마음이 일었다. 황보혁이 저토록 자신감에 차 있는 데는 나름의 이유가 있을 것이다. 현현은 그 이유를 자신에게 선뜻 폐령연자궁을 내놓은 것에서 찾고 있었다. 그녀는 황보혁이 폐령연자궁보다 더 강력한 무기들을 지니고 있음을 직감했다.

"그중에 하나로 제 형을 죽였을 테지! 패륜아!"

현현은 치미는 노기를 애써 누르며 앞서 달리고 있는 세가인들을 향해 말을 몰기 시작했다.

끼기기기기기이잉!

백천맹의 정문이 기괴한 소리를 내며 입을 벌리자 황보세가인들이 말에서 내려 황보혁을 중심으로 모였다.

곧 문이 다 열리고 공황식을 필두로 일단의 무리가 밖으로 쏟아져 나왔다.

"손을 잡아주심에 진심으로 감사드립니다."

"좀 더 일찍 오지 못해 송구스러울 뿐입니다."

공황식이 인자한 미소를 머금고 포권을 취하자 황보혁이 천천히 앞으로 걸어나와 마주 포권을 취했다.

"허허! 송구스럽다니요? 천만의 말씀입니다. 지금 이렇게 와주신 것만으로 얼마나 든든한지 모른답니다. 공석으로 있던 산동회주 자리에 주인이 생겼으니 이보다 기쁜 일이 어디 있겠습니까?"

"험! 그것은 모르는 일입니다. 맹주께서는 어찌 결정되지도 않은 사항을 사실인 양 말씀을 하시는 겁니까?”

공황식의 말에 뒤에서 뒷짐을 지고 서 있던 노도사가 반론을 제기했다. 무당파를 대표해 백천맹에 파견 나와 있는 담천자였다.

“맹주께 그런 식으로 말씀하시는 도장의 태도도 가히 보기 좋지는 않습니다그려.”

남궁덕천이 수염을 쓸며 담천자에게 변죽을 울리자 공황식이 여전히 온화한 얼굴로 점잖게 입을 열었다.

“그만들 하십시오. 제가 실언을 했습니다. 이거 처음부터 좋지 않은 모습을 보여 드린 것 같아 죄송합니다. 일단 안으로 드시지요!”

“그러지요!”

공황식이 한 손을 펼쳐 보이며 안내를 하자 황보혁은 짐짓 의연한 표정으로 고개를 숙여 보인 후 천천히 걸음을 옮겼다.

하지만 후미에 홀로 떨어져 백천맹 인사들을 하나하나 살피던 현현의 표정은 그리 밝지 못했다.

‘피 냄새가 짙다! 많은 사람에게 한과 아픔을 줄 사람이야.’

현현은 공황식의 등을 바라보며 속으로 중얼거렸다. 그녀의 머릿속으로 담천자의 목을 치고 괴소를 토하는 공황식의 모습이 그려졌다. 하지만 그것은 어디까지나 상상일 뿐, 공황식은 여전히 인자한 미소를 머금은 채 황보혁과 담소를 나누고 있었고, 담천자나 남궁덕천도 언제 그랬냐는 듯 담담한 표정으로 걸음을 옮겼다.

그 시각, 신도원과 그를 따라 백천맹으로 이동 중인 곤륜 문원들은 대별산과 하루 거리인 야산에서 노숙을 결정했다.

“사형께서 직접 오시다니 기뻐해야 할 일인지 모르겠습니다.”

신도원이 정중한 어조로 입을 열자 그 옆에 앉아 있던 궁명 도장은 무심한 표정으로 고개를 저었다.

"아닐세! 당연히 내가 와야지! 사제도 알다시피 이번 강호행은 백천 맹에 지원을 하려는 의도도 있네만, 사숙조를 시해한 흉수를 찾기 위한 바가 크네. 곤륜까지 찾아와 사숙조를 시해할 정도로 마도가 창궐했다면 더 이상 가만히 둘 수 없는 노릇이지. 앞으로 큰 시름을 겪게 될 민초들을 두고 볼 수 없네. 무량수불!"

도호를 읊조리는 궁명 도장의 얼굴에서는 본래의 밝은 표정을 찾아볼 수가 없었다. 굉천자의 시신을 발견한 뒤부터였다.

아무리 자신과 굉천자가 곤륜검문과 곤륜선문의 양대 계승자로 있으며 서로 경쟁 관계에 있었다고 하나, 그것은 어디까지나 겉으로 드러난 관계일 뿐 실제로는 조손이나 다름이 없는 친밀한 사이였다. 그런 굉천자가 잔인하게 살해됐다는 사실은 궁명 도장을 대노하게 만들었고, 이로 인해 궁명 도장은 곤륜 문하생들을 데리고 중원행을 결심했다.

'그렇게 가실 거면서 어찌 그리 힘들게 사셨습니까? 이 궁명! 사숙조를 그렇게 만든 마인들을 모두 주살할 테니 지켜봐 주십시오!'

궁명 도장은 굉천자의 죽음을 마공에 의한 것이라 단정했다. 이 때문에 신도원은 내심 다행으로 여겼으나, 다른 한편으로는 괴이한 생각이 들었다. 아무리 정령신공을 알아보지 못한다고 해도, 마공으로 여기다니. 그래서 혹시 자신이 모르는 굉천자의 비밀이 있는 것이 아닐까 하는 생각에 궁명 도장을 떠보았으나 별다른 소득은 얻지 못했다. 하지만 그에게서 뜻밖의 사실을 들을 수 있었다.

그것은 굉천자가 계승하고 있는 곤륜선문의 후계자가 있으며, 그가 복용한 영단을 통해 곤륜검문을 뛰어넘는 능력을 지니고 있을 수도 있다는 사실이었다. 이 때문에 신도원은 급히 신도화정에게 사비와 굉천자의 무공 등에 대해 알아봐 달라는 서찰을 보냈었던 것이다.

그리고 지금, 궁명 도장이 직접 끌고 나온 곤륜 문원들은 백천맹 바로 코앞에서 노숙을 하고 있다. 처음에는 인원을 반으로 나눠 한쪽은 신도원과 함께 백천맹으로 가고, 나머지 다른 한쪽은 궁명 도장의 인솔하에 굉천자의 흉수를 찾자는 계획이었으나, 백천맹의 정보력을 활용하면 훨씬 수월할 것이라는 신도원의 제안으로 모두 백천맹으로 향하기로 했다.

"그럼 눈 좀 붙이게. 내일부터는 눈코 뜰 새 없이 바쁠 텐데."

궁명 도장은 자애로운 표정으로 신도원에게 취침을 권했다.

"예! 사형도 푹 쉬십시오. 저는 잠시 바람이라도 쐬고 오렵니다."

"그러시게."

궁명 도장은 앉은 자세 그대로 살며시 눈을 감았고, 신도원은 소리 없이 몸을 일으켜 숲 속으로 걸음을 옮겼다.

숲 속으로 한참을 걸어 들어온 신도원이 걸음을 멈추자 나무 뒤에서 검은 무복을 걸친 인영이 연기처럼 스르륵 모습을 드러냈다.

"추밀원주님께서 직접 마중을 나오셨을 줄은 미처 몰랐습니다."

신도원이 다소곳이 허리를 숙이자 추밀원주가 뒷짐을 진 채 한 걸음 앞으로 걸어나왔다.

"지금까지 독자적으로 행동했던 이유를 설명해 주겠나?"

"죄송합니다. 사문에 변고가 생겨 보고를 드릴 만한 경황이 없었습니다. 하지만 곤륜을 떠나 이곳으로 향할 때는 곧바로 상황 보고를 드렸습니다. 혹시 제가 보낸 전서를 받지 못하셨습니까?"

"굉천자가 죽었다는 소식은 들었네만……."

순간, 신도원을 보며 말끝을 흐리던 추밀원주가 두 눈을 빛냈다.

"만수관주를 죽인 일에 대해서는 왜 보고를 하지 않습니까?"

"만수관주를 죽이다니 그게 무슨 말씀이신지……?"

추밀원주의 어투가 대번에 바뀌자 신도원은 일순 당황한 표정을 지으며 물었다.

"저는 지금 추밀원주로서가 아니라 흑심당주의 신분으로 묻습니다!"

"……."

신도원이 잠시 입을 다물고 추밀원주의 얼굴을 뚫어져라 응시했다. 추밀원주가 백천맹의 감찰기관의 장임과 동시에 흑천의 감찰부서인 흑심당의 당주라는 사실은 신도원으로서도 너무나 뜻밖이었다.

"그랬었군요! 그래서 제가 아무 의심 없이 백천맹에서 자리잡을 수 있었고, 추밀 요원까지 될 수 있었던 거였군요. 추밀원주가 보증을 하니 어느 누구도 의심하지 않았을 테죠. 하지만 지금까지 가만히 있다가 왜 이제 와서 제게 정체를 드러내는 겁니까?"

"속하, 소천주께서 만수관주를 제거하신 직후 천주님의 명을 받았습니다. 이제부터 추밀원은 소천주님의 직속 부대로서 활동합니다."

"추밀원이라니……?"

"근래 새로 뽑힌 몇몇 요원을 제외하면… 추밀원은 흑심당 인원들로 구성되어 있다고 보시면 됩니다."

"흠! 그렇다면 백천맹의 심장을 이미 거머쥐고 있다는 말이군요. 그동안 당주님의 노고가 크셨습니다."

“흑천의 뜻을 이어가는 일에 노고라는 말은 없습니다. 이 일은 제가 살아가는 이유니까요!”

신도원의 칭찬에 추밀원주가 결연한 눈빛으로 머리를 조아렸다.

이윽고 추밀원주는 고개를 숙인 채로 계속해서 말을 이어갔다.

“벽력문이 빙월마궁과 만수관의 싸움에 끼어드는 통에 청해는 차지하지 못했으나, 만수관이 있던 서장과 천독문의 운남, 그리고 화양마부의 영역이던 귀주까지 모두 흑천의 세력하로 들어왔습니다. 이에 천주께서는 명년 원단을 기해 백천맹에 흑천의 깃발을 게양하신다고 선포하셨습니다. 그리고 소천주님께는 따로 명이 계셨습니다.”

“그게 뭡니까?”

“원단까지 남은 기간은 두 달! 그전에 검황의 수급을 취하십시오!”

“으음. 쉽지 않은 일이군요. 시간이 부족하겠어요.”

“그건 걱정하지 않으셔도 됩니다. 현재 만수관을 제외한 육패 모두가 백천맹으로 오고 있습니다. 이 때문에 검황도 백천맹에 와 있지요.”

“그래요?”

신도원이 의외란 눈으로 묻자 추밀원주가 번쩍 고개를 쳐들었다.

“천주께서는 이제 모든 은원을 정리하려 하십니다. 마사회에 몸담고 있는 세작들의 보고로는 타락수라가 정도와의 일전에 대비코자 마도인들을 규합하기 시작했다고 합니다. 그리고 이를 빌미로 육패를 비롯한 강호 세력들이 백천맹에 모일 수 있는 분위기가 조성되었습니다.”

“중원 세력들이 백천맹에 모이는 이유는… 역시 서장, 운남, 귀주에 대한 욕심일 테지요.”

신도원이 씁쓸한 표정으로 대꾸하자 추밀원주는 살며시 고개를 끄덕이며 다시 입을 열었다.

“그렇습니다. 흑천의 발아래 놓이게 될 세력들이 모두 백천맹으로 몰려오고 있습니다!”

“천주께서는 중원의 모든 시선이 지켜보는 가운데 검황을 누르기를 바라시는 거군요.”

신도원이 크게 고개를 끄덕였다. 신도화수의 바람은 가문의 복수뿐만이 아니다. 그는 신도원이 육패를 희생양으로 밟고 일어서 만천하에 흑천이 출현했음을 알리라는 것이다.

“그렇습니다. 하지만 천주께서는 적어도 원단까지는 곤륜의 이름을 업고 활동하라고 하셨습니다. 아직 조심해야 할 것이 한 가지 더 남아 있기에…….”

“그게 뭡니까?”

“탈혼광랑입니다! 그를 처리하기 전까지는 조용히 계시라는 당부를 하셨습니다.”

“…….”

신도원은 살며시 두 눈을 감았다. 예상했던 일이었으나 막상 직접 들으니 가슴이 천 근 돌덩이를 얹어놓은 듯 답답했다.

‘너와 나의 인연은 여기까진가 보구나!’

신도원이 말없이 몸을 돌려 곤륜 일행 쪽을 향해 걸음을 옮기자 잠시 그의 등을 바라보던 추밀원주는 이내 짧게 고개를 숙여 보인 후 곧바로 몸을 날렸다.

휘이잉!

신도원과 추밀원주가 있던 자리의 낙엽들이 어지럽게 휘날리며 그들이 만들어놓았던 흔적들이 점점 사라져 간다.

벌컥!

문이 열리고 한 사내가 장내로 들어서자 각자의 일에 열중하던 사람들이 모두 자리에서 일어나 일제히 허리를 굽혔다.

"수고가 많군! 추밀원주는 어디 있나?"

공황식은 주변을 둘러보며 물었다.

"요원들을 데리고 잠시 출타했습니다."

"출타라니… 무슨 일로?"

"맹을 찾는 이들의 정체를 파악하기 위해서입니다."

한 추밀 요원이 차려 자세를 취하며 보고를 하자 공황식이 고개를 끄덕이며 다시 입을 열었다.

"어떤 무리가 오기에 추밀원주가 직접 나섰단 말인가?"

"우선 황보세가인들이 금일 신시 초를 기해 맹 내로 들어왔습니다."

"그건 나도 알고 있네."

"익일(翌日)에는 곤륜의 방문이 있을 것으로 보입니다."

"곤륜이라? 허허! 신도원 요원이 기어코 큰일을 해냈군."

처음에는 다소 놀란 표정을 짓던 공황식이 이내 만면에 웃음을 머금고 고개를 끄덕였다.

"그리고 앞으로 보름 이내에 벽력문이 도착할 것으로 보입니다. 이동 경로로 보건대 십 중 구 할은 백천맹이 목적지입니다."

"인원은?"

공황식의 눈이 찰나지간 빛을 발했다.

"대략 이백 정도로 추산하고 있습니다."

"그럼 악의로 찾는 발걸음은 아니군."

공황식은 속으로 가슴을 쓸어내리며 중얼거렸다.

“네?”

“아니네! 그래, 벽력문과 곤륜 말고 이곳을 찾는 세력이 더 있나?”

추밀 요원의 되물음에 공황식이 고개를 저으며 피식 엷은 미소를 머금었다.

“그것이…….”

“그 보고는 제가 드리겠습니다!”

공황식은 자신에게 보고 중인 요원의 말을 가로막고 황급히 다가오는 추밀원주를 향해 고개를 돌렸다.

“죄송합니다! 워낙 돌연한 상황이라 직접 확인 후 보고를 드리려다 보니 이렇게 보고가 늦었습니다.”

“괜찮네! 말해보게.”

공황식은 추밀원주의 당황한 얼굴을 보자 궁금증이 일었다. 도대체 어떤 일이면 이 감정없는 인간이 놀라고 당황할 수 있을까.

“현재… 수정공주가 이곳으로 오고 계십니다.”

“수정공주라니……?”

공황식의 눈이 찢어질 듯 커졌다. 소향군주는 무림에 한 발을 딛고 사는 사람이니 그나마 이해가 갔지만, 수정공주라면 얘기가 다르다. 전전대 황제 주첨기의 금지옥엽이자 현 황제 주옥의 누이동생인 그녀는 무림과는 하등 연관이 없는 사람이었기 때문이다.

“그것은… 아직 파악하지 못했습니다. 그러나 어림친위군 위주로 구성된 황궁 무사 삼백만을 대동한 것으로 보아, 황제 폐하의 공식적인 재가를 얻은 이동으로 보입니다.”

“백천맹으로 오는 것이 확실한가?”

공황식은 여전히 불신의 기색이 어린 눈빛으로 물었다. 그러나 추밀원주의 대답 또한 변함이 없었다.

"다른 곳으로는 일체 시선을 두지 않고 계림관로를 타고 이곳을 향해 직진하고 계십니다. 숭산으로 가실지, 이곳으로 오실지는 아직 확실히 알 수 없으나 두 분 모두 불자가 아니시라고 들었습니다. 그리고……."

"으음. 알겠네!"

공황식이 한 손을 들어올려 추밀원주의 입을 막고 천천히 몸을 돌렸다.

'이게 무슨 괴사란 말인가? 혹시 구양극호와 소향군주가 손을 맞잡고 나를 치려는……?'

생각을 이어가던 공황식은 이내 고개를 저었다. 아무리 대명황실의 군주라고 해도 이렇게 공공연하게 군사를 이끌고 와 자신을 칠 수는 없는 노릇이다. 이곳은 백천맹 십만 무인이 제집 드나들 듯 하며 지내는 무림의 황궁. 그런 곳으로 고작 삼백을 이끌고 들어와서 뭘 어쩐단 말인가?

"흠! 모를 일이군. 모를 일이야."

공황식이 고개를 흔들며 한 발 한 발 걸음을 옮겨 밖으로 빠져나가자 추밀원주는 아직 다 하지 못한 보고를 할까 고민하다가 이내 입을 다물었다. 현재로서는 황실 말고 더 큰일은 없었다.

*　　　*　　　*

마사회에 들러 화무영에게 사비의 소식을 전하고 돌아온 위진군, 그의 눈에 일순 어리둥절한 빛이 스쳤다.

"대협……!"

"왔냐?"

사비는 술에 잔뜩 취한 게슴츠레한 눈으로 짧게 외쳤다.

"저분은 누구시죠?"

맞은편에 앉아 있던 당미량이 동공이 풀린 눈으로 위진군을 힐끗 쳐다봤다.

"딸꾹! 그러게? 누구더라?"

사비가 머리를 긁적이자 당미량이 실눈을 뜨고 위진군을 쳐다보다가 피식 웃으며 입을 열었다.

"혹시… 혼천팔극로라는 춤에 일가견이 있다는 혼세광마 위진군이라는 사람 아닙니까?"

"어! 맞아! 근데 그걸 어떻게 알았어?"

"맞아요? 음하하하!"

당미량은 허리를 꺾으며 웃었다.

'감히 남의 무공을 춤이라 하다니 살기 싫은가 보군!'

위진군의 눈썹이 역팔자로 꿈틀했다. 하지만 그는 이내 언제 그랬냐는 듯 살살 눈웃음을 치며 시치미를 뚝 뗐다. 취해서 다 풀려가던 사비의 눈이 갑자기 빛을 발했기 때문이다.

사비는 위진군에게 시선을 꽂아 그의 살기를 잠재운 후 당미량에게 고개를 돌렸다.

"이제 취한 척은 그만 하자. 재미없다!"

"그러게요."

사비가 술병을 또르르 굴리자 당미량도 본래의 눈빛을 하며 고개를 끄덕였다. 삼 일 밤낮을 술에 쩌들어 있던 인간들이라고 보기에는 믿기지 않는 멀쩡한 모습이었다.

당미량은 타고난 체질이 술에 강했고, 사비는 화류패공을 익힌 후 몸에 술이 들어가도 금세 호흡을 통해 밖으로 날아가 술에 취하지 않았기 때문이다. 이에 둘은 서로의 주량에 크게 감탄하며 삼 일을 연거푸 술을 기울였다.

"고생 많았어. 올라가서 쉬어!"

"저어, 추룡객은……?"

"아! 맞다! 그 인간이 있었지?"

사비는 제 무릎을 탁 치며 자리에서 일어났다. 그제야 이층 객실에 누워 있을 추룡객이 생각났다.

"젠장! 의원이라도 불러줬어야 했는데."

"다쳤습니까? 누가 그랬습니까?"

위진군이 당미량을 힐끗 쳐다보며 물었다.

"쓸데없는 데 신경 쓰지 말고 얼른 올라가서 추룡객이나 살펴봐 줘. 그러고 보니 그동안 밥은 먹었는지 모르겠네."

위진군은 사비의 말이 끝나자마자 허둥지둥 점소이에게 달려가 추룡객의 방이 어딘지를 물은 후 곧바로 이층 객실로 뛰어 올라갔다. 이를 본 사비는 잠시 미안한 표정으로 계단 쪽을 바라보다가 이내 고개를 갸웃거리며 당미량에게 시선을 돌렸다.

"미량아!"

"왜요?"

"나랑 동갑이라며?"

"그랬죠."

"근데 왜 자꾸 존대냐? 간지럽게."

"므흐흐! 제 맘이죠."

"너 자꾸 그렇게 웃으면 시집 못 간다!"

사비가 샐쭉 눈을 흘기자 당미량은 자못 심각한 표정으로 양팔을 턱에 괴고 엎드렸다.

"가고 싶어도 갈 수 없는 몸이오."

"왜?"

"사천 땅에 사는 사람들은 당미량이 남자인 줄 아니까. 세상에 남자한테 장가 올 남자는 없으니까."

"널 남자로 알다니 그게 뭔 말이야?"

사비가 흥미로운 표정으로 쳐다보자 당미량은 한숨을 푹 내쉬며 다시 말을 이었다.

"난 천재요! 나는 아니라고 생각하는데 세상 사람들은 나를 그렇게 부르지요. 특히 당가 식구들은 심합니다. 그래서 난 어릴 적부터 당가의 모든 무공을 섭렵하고 천하 최고수의 반열에 올라야 한다는 막중한 책임감 속에 항상 수련해야 했지요."

"그래서… 다 섭렵했어?"

"네! 열다섯 살 때. 그리고 그때부터 실전 경험을 쌓았지요."

"실전 경험? 누구하고?"

"처음에는 아버지. 아버지를 이기고 난 후에는 다시 사천에 있는 무림인들. 그리고 그 뒤에는 내 소문을 듣고 타지에서 몰려온 무인들."

"자식! 고생 많이 했구나."

"고생은요… 지금은 그 대가로 이렇게 차기 당가의 가주로 낙점되었고, 아미, 청성, 점창이라는 거대 문파와 고수들 틈에서 사천제일수로 불리고 있지요. 하지만… 그 덕분에 남자로 살아야 했어요. 당가의 가주는 남자여야 하거든요."

"자식! 속 많이 상했겠네."

"정말… 그렇게 생각해요?"

당미량의 눈에 이채가 서렸다. 여태껏 배부른 자의 푸념이라 생각하며 속에 있던 불만을 다스렸었다. 그러다가 도저히 못 견디고 조금이라도 그런 기미를 드러낼라 치면 여지없이 주변에서는 질책이 쏟아졌다. 하지만 사비는 아니다. 자신이 사천제일수라 불림을, 당문의 차기 가주로 내정되었다는 사실을 들었으면서도 이를 전혀 부러워하지 않고, 오히려 동정하고 있다. 그렇다고 객기를 부리는 것 같지도 않았다. 당미량이 볼 때 사비의 눈은 오직 그녀의 신세에 대한 연민과 동정의 눈길이었다. 이에 당미량의 가슴은 신선한 충격에 빠져들었다.

'이 사람은 나를 진심으로 안타까워하고 있어!'

당미량이 자신을 뚫어져라 응시하자, 사비는 흐릿한 눈빛으로 그녀의 가슴을 가리키며 천천히 입을 열었다.

"사람마다 중요하게 여기는 게 있잖아. 너도 나처럼 머리보다는 여기가 시원했으면 하는 인간인가 보지!"

당미량은 살포시 미소를 머금었다. 사비의 말은 가려운 곳을 시원하게 긁어주는 손길이었다. 어두침침한 그늘로 비춰지는 햇살이었다.

"나… 결정했어요!"

"뭘?"

"당신하고 같이 가기로!"

"어딜 같이 가? 너도 백천맹에 볼일있어?"

당미량의 뜬금없는 발언에 사비가 고개를 갸웃거리며 되물었다.

"백천맹에 가는 길이었어요?"

"응!"

당미량의 내심을 알 길이 없는 사비는 가라앉은 눈빛으로 고개를 끄덕였다.

당미량이 의외라는 눈빛으로 사비의 얼굴을 빤히 쳐다봤다. 어디에 속해 있으리라는 생각은 미처 하지 못했던 사비가 백천맹과 연관이 있다는 사실이 마냥 신기했다. 하지만 그것도 잠시, 당미량은 속으로 피식 미소 지으며 고개를 끄덕였다.

'아무리 흑화일심대 고수들과 합공을 했었다고 해도, 도황마제와 겨룰 실력이면 백천맹에 욕심을 낼 만하지!'

당미량의 귀에 들린 소문은 그렇게 와전되어 있었다. 처음에는 도황마제와 탈혼광랑의 단독 비무라고 떠들던 세인들은 아무리 생각해도 이해할 수 없었는지 탈혼광랑의 능력을 깎아내리기 시작했고, 흑화일심대와 합공을 했을 거라는 가장 그럴듯한 가정을 기정사실화했다. 이 때문에 당미량은 사비를 백천맹에서 마도와의 일전을 앞두고 무인들을 소집한다는 소식과 맞물려 생각했다.

"그럼 나도 갈래요! 백천맹!"

"그러던가."

사비가 흔쾌히 고개를 끄덕였다. 추룡객이나 위진군의 동행을 허락할 때와는 전혀 다른 태도.

'이 녀석… 지 말대로 천재야! 혈매화만큼 강해!'

사비가 속으로 되뇌는 사이 당미량이 천천히 몸을 일으켰다. 오래도록 앉아 있다가 일어나서 갑자기 현기증이 도는지 당미량은 아미를 살짝 찌푸리며 피식 웃었다. 사비는 문득 그런 그녀의 모습이 귀엽다는 생각이 들었다. 하지만 그것도 잠시 당미량은 두 눈에 힘을 주며 빠르게 걸음을 놀렸고 사비도 미련없이 몸을 돌렸다.

"그럼 동생들 보내고 올게요. 짐도 싸야 하고! 이따가 여기서 다시 봐요!"

"그럼 난 그동안 눈 좀 붙여야겠군!"

사비는 비틀비틀 걸으며 피식 미소를 머금었다. 당미량의 성미가 자신만큼 급하다는 생각이 들었다.

너울거리는 물결, 흔들리는 갈대. 그리고 그 위로 비추는 석양.

한동안 눈앞의 정경에 취해 있던 당미량은 천천히 눈길을 돌렸다.

"아름다운 곳이죠? 여기가 단강구(丹江口)예요. 무당산과 삼백 리 거리에 있는데도 흑도나 수적들은 찾아볼 수 없다는 걸 보면 무당파의 위세가 대단하긴 대단한가 봐요."

"그러게."

당미량이 말을 건네자 사비가 무심한 얼굴로 고개를 끄덕였다.

"아무렴 당가의 위세를 따를 수 있을까?"

사비의 등 뒤로 추룡객의 퉁명스런 음성이 들려왔다. 위진군의 부축을 받으며 걸어오는 그의 얼굴에는 심통이 가득했다. 혼절한 상태로 있으며, 삼 일 내내 물 한 모금 먹지 못했던 추룡객은 사비와 당미량이 곱게 보이지 않았다. 하지만 사비에게 노기를 드러낼 정도로 어리석지는 않았던 추룡객은 원망의 대상을 애꿎은 당미량으로 삼았다.

"사천제일수는 결코 사천을 떠나지 않는다! 이 원칙까지 깨며 우리와 동행하는 저의가 뭐요?"

"……."

추룡객이 물었지만 당미량은 이를 못 들은 척 사비에게 향한 시선을 고정한 채 입을 놀렸다.

"오늘 내로 건너려면 서둘러야겠어요."

"이봐! 내 말이 들리지 않나?"

추룡객은 이토록 철저하게 무시당하고 있는 자신의 모습에 자존심이 상하고 속이 부글부글 끓었다.

"난 그런 치졸한 수법으로 남의 돈이나 뜯는 백일적(白日賊)과는 입씨름할 생각이 없다!"

"뭣이!"

"그만 해! 도대체 왜 그래? 넌 천하 최고의 해결사라 불리는 추룡객이야. 제발 냉정을 찾으라고."

추룡객이 노호성을 터뜨리며 앞으로 나서려 하자 위진군이 급히 그의 팔을 잡으며 뜯어말렸다. 하지만 추룡객은 분이 안 풀리는지 씩씩거리며 다시 입을 열었다.

"그래! 내가 훔쳤다! 자신들 세만 믿고 유세를 떠는 당문이 하도 눈꼴 셔서 골탕 좀 먹였다고! 어쩔 테냐?"

"흥! 그럴 줄 알았어. 돈에 눈이 먼 소인배 같으니라고!"

당미량이 눈썹을 꿈틀하며 추룡객을 향해 노한 눈초리를 던졌다.

"뭐? 소인배? 내가 고작 금자 삼십 냥 때문에 그런 짓을 벌였다고 생각하는 거냐? 웃기는 소리! 만일 내가 당문에서 받은 돈을 내 일신의 안위를 위해 단 일 문이라도 썼다면 개아들이다!"

"그럼 돈은 왜 받아갔지?"

"당문 인간들에게 아무 이유 없이 얻어터지거나 돈 뺏긴 사람들한테 다시 돌려주기 위해서였다."

"당문에는… 그런 후안무치한 인간이 없다!"

"웃기는 소리! 당문에 속한 하인도 돈이 아니면 움직이지 않는다는 사실은 천하가 다 안다."

"그만 하지!"

"흥! 그만 하자는 걸 보니 찔리는 게 있긴 있나 보군. 가만! 그러고 보니 당신 하는 짓도 수상쩍어. 탈혼광랑에게 하는 걸 보면 마치 계집애가 지 낭군 대하듯 하는 것 같은데… 혹시 남색(男色)이라도 하는 거냐?"

"한 번만 더 그따위 소리를 지껄이면… 내일 아침은 들개 위장 속에서 맞이하게 될 것이다!"

당미량이 성난 일갈을 터뜨리자 추룡객이 어깨를 움찔 떨며 급히 입을 다물었다.

'대단한 기도! 역시 사천제일수라 불리는 이유가 있었어!'

챙!

당미량의 눈에서 폭사되어진 살기에 온몸이 따끔거린 추룡객은 더는 참지 못하고 허리에 차고 있던 장검을 뽑아 들었다.

"어디 일수불생이라는 별호처럼 이 추룡객의 목숨도 한 수에 끝낼 수 있는지 한번 보지!"

"내 지금까지는 탈혼광랑의 안면을 보아 참았으나, 더 이상은 그 주둥아리를 참아 넘겨줄 수 없구나!"

당미량은 굳은 얼굴을 한 채로 추룡객을 향해 슬며시 몸을 돌렸다.
이에 위진군이 당황하며 사비에게 고개를 돌렸다. 하지만 사비는 시큰
둥한 표정으로 두 사람을 쳐다보기만 할 뿐 말릴 생각을 하지 않았다.

"그냥 있어. 어차피 이 인간들 못 싸워."

사비는 추룡객 곁에서 안절부절못하고 서성이고 있는 위진군에게
고개를 저어 보였다.

"못 싸운다니… 그게 무슨 말씀……."

입을 열던 위진군은 사비의 눈길을 따라 천천히 고개를 돌렸다. 그
의 눈에 자신들 쪽을 향해 느릿느릿 다가오고 있는 한 무리 무인들이
들어왔다. 또한 그들의 등 뒤로 일고 있는 뿌연 먼지구름이 까마득히
길게 이어져 있는 것으로 보아, 뒤따르고 있는 인원의 수가 족히 수천
은 되어 보였다.

'으음! 저들은 신농방(神農幇)!'

이동 중인 대열의 여기저기 펄럭이는 깃발에 신농(神農)이라는 글귀
가 적혀 있음을 확인한 위진군은 놀란 가슴을 추스르며 사비를 향해
급하게 고개를 돌렸다.

"혹시 신농방과 인연이 있으십니까?"

"아니! 왜?"

사비는 의아한 눈으로 고개를 흔들었다.

"그럼 너는?"

위진군이 추룡객에게 시선을 옮겼다.

"나도 없어. 하지만 당문이라면 또 모르지. 성깔 더러운 가문으로
유명한 곳이니……."

추룡객이 자신을 힐끗 쳐다보자 당미량은 살짝 이마를 찡그리며 천

천히 입을 열었다.

"신농방도들이 방주와 방 내의 인사 몇몇을 제외하고는 절강성을 떠나는 일이 없는 것처럼 당문도 가주님의 재가를 얻지 않으면 사천을 벗어나지 않지요. 제가 아는 바로는 당문과 신농방이 마찰을 일으켰던 적은 없어요. 그런데 저런 엄청난 인원이 나왔다는 건……."

"전쟁이지!"

당미량이 근심 어린 기색으로 말끝을 흐리자 추룡객의 입에서 진중한 음성이 터져 나왔다.

"전쟁?"

사비가 의아한 눈으로 묻자 추룡객이 고개를 끄덕이며 천천히 입을 열었다.

"신농방은 태양신 염제(炎帝)를 섬겨요. 평시에는 농사를 천하의 근본으로 알고 살아가는 순박한 사람들이지만, 신농 염제의 계시를 받으면 그 어떤 이들보다 강한 군대로 변하지요. 신앙으로 똘똘 뭉친 이들이라 죽음도 두려워하지 않고요."

"그럼 신농방도들은 모두 무공을 익히나?"

"네! 하지만 고급 무공을 익힌 고수는 그리 많지 않아요. 그들의 힘은 방금 전 말씀드렸듯이 신앙이지요. 그리고 인원만으로 치면 십만 방도를 보유한 개방보다 훨씬 많다고 해요. 아니, 절강성 전체라고 해도 과언이 아니지요."

당미량이 심각한 어조로 답하자 위진군 역시 수심이 가득한 얼굴로 입을 열었다.

"사십 년 전 절강성을 나와 신도세가를 피로 물들였던 신농방도들의 수는 불과 이백이었다고 들었습니다. 물론 다른 육패의 무인들을 포함하면 엄청난 수가 모여 신도세가를 쳤을 테지만, 지금의 저 인원에 비하면 아무것도 아니겠군요. 아무래도 신농방 총 전력이 나온 것이 아닌가 하는 생각이 듭니다.”

“그러게! 마도의 씨를 말리겠다는 생각인 모양이야.”

위진군의 말에 고개를 끄덕여 동조한 추룡객은 전면에서 다가오는 신농방을 걱정스런 눈빛으로 바라봤다.

그사이 신농방 무리들의 얼굴이 육안으로 식별할 정도로 가까워지자 사비는 그들 사이에 끼어 있는 낯익은 얼굴을 발견하고 피식 미소를 머금었다.

[오랜만이군!]

사비의 잔잔한 음성이 허공을 타고 신농방의 길 안내를 맡고 선두에서 이동 중이던 상관경의 귓가로 흘러들어 갔다. 이에 그녀의 얼굴로 점점 놀란 기색이 번져 갔다.

‘천리전음(千里傳音)!’

상관경은 믿기지 않는 눈초리로 백 장 앞 전면에 서 있는 사비를 뚫어져라 응시하다가 이내 곁에 있는 막첨을 슬쩍 쳐다봤다. 막첨 역시 사비의 음성을 들었는지 적개심 가득한 눈으로 전면을 응시하고 있었다.

철그렁!

“아는 자들인가?”

상관경이 고개를 돌렸다. 구릿빛 피부에 기골이 장대한 노인이 날이 셋으로 갈라진 쇠스랑을 지팡이 삼아 다가왔다.

신농방주 복인문. 지난 반세기 동안 신농방도들의 우상으로 숭배받아 온 사람치고는 꽤 소박한 차림이었다.

"흠! 상당한 기도로군!"

흥미로운 눈초리로 사비 일행을 바라보던 복인문은 상관경을 힐끗 쳐다보며 다시 말을 이었다.

"하지만 괴이한 일이야. 저런 고수들이 어찌 함께 모여 있는 거지? 게다가 저 검은 옷을 입은 자의 기도는 가히 압도적이구먼! 보아하니 낯이 있는 자들인 것 같은데……?"

"그게…….'"

상관경이 잠시 주저하며 입을 열지 못하자 그녀의 곁에 있던 막첨이 정중한 어조로 말했다.

"일전에 화평에 갔을 때 한번 본 적이 있는 자입니다. 탈혼광랑이라 고……."

"탈혼광랑? 그렇다면 저자가 흑화일심대와 함께 도황마제를 꺾었다 는 그 탈혼광랑이란 말인가?"

복인문의 노안에 이채가 어렸다. 처음 사비의 소문을 들었을 때는 약관을 갓 넘긴 나이에 도황마제에게 덤볐다는 것만으로도 그 배짱과 담력은 칭찬받아 마땅한 것이라고 생각했었는데, 막상 사비를 대하니 그 정도가 아니었다.

'이 녀석의 소문은 너무 심하게 축소되어 있었군! 십이제천에 속해 도 전혀 모자람이 없어. 도황마제를 이겼다는 것도 어쩌면… 우연이 아니었을지도……!'

복인문은 먼발치에서 자신을 노려보고 서 있는 사비를 향해 감탄 어 린 눈길을 보냈다. 하지만 그 눈길에서는 간간이 질시의 빛이 피었다 가 사그라지기를 반복했다.

'아! 복 방주가 살기를 드러내다니!'

잠시 멍한 눈길로 사비를 바라보던 상관경은 복인문에게서 부지불식간 일어난 섬뜩한 기운에 정신을 차리고 힐끗 고개를 돌렸다. 이글거리는 눈동자로 사비를 노려보고 있는 복인문의 얼굴이 들어왔다.

"심성이 사악한 자입니다! 그리고 방주님께서 손수 나서셔야 할 정도로 극악한 무공을 익힌 자입니다."

"지금 그게 무슨 소리야?"

복인문의 곁에서 공손히 서 있던 막첨의 엉뚱한 발언에 상관경이 깜짝 놀라 물었다. 하지만 막첨은 상관경의 외침은 못 들은 척하며 복인문을 향해 몸을 틀고 다시 말을 이었다.

"저자는 흑화검성 사군우의 전인입니다. 그냥 두면 장차 무림에 수많은 해악을 끼칠 인간입니다."

"허허허! 하지만 저자는 제 목숨을 걸고 도황마제를 죽인 사람이지 않은가?"

복인문이 짐짓 인자한 웃음을 터뜨리며 되묻자 막첨이 강하게 고개를 저었다.

"사정이 그렇게 단순하지 않습니다. 저놈은 그전에 화평에서 야문순찰단과 천독문의 여검수들도 죽였습니다. 그것도 백천맹의 공적으로 발표된 타락수라와 합심하여……."

"그만 해! 저 사람은 우리 목숨을 구해준 생명의 은인이야!"

상관경이 더 이상 참지 못하고 뾰족한 외침을 터뜨렸다.

"그것도 저놈의 계략 중 하나일 거다! 그게 마도 놈들의 특징이니까. 너나 나는 속았던 거야."

상관경을 향해 잠시 씁쓸한 눈빛을 던지던 막첨이 다시 복인문을 향해 고개를 돌렸다.

"저희가 방주님을 모시려 한 이유는 마사회를 주축으로 모이고 있는 마도인들을 발본색원하여 무림의 평화를 이어가기 위해서였습니다. 탈혼광랑은 마도를 대표하는 고수로 급부상 중인 마도인으로 방주님의 신위를 다시금 천하에 알릴 좋은 재물이 될 것입니다."

"후후후! 종남의 장문제자 막첨의 혀가 이리 날카로운 줄 몰랐군. 자네 말대로 하지 않으면 난 탈혼광랑이 두려워 몸을 피하는 다 늙어 빠진 노인이 되니 말이야."

"당치 않습니다. 제가 어찌 감히!"

막첨이 급히 고개를 저으며 허리를 숙였다.

"하지만 그렇다고 소문이나 자네 말만 듣고 섣불리 움직여서야 어찌 일파를 이끄는 방주라 할 수 있겠나? 우선 저자를 불러보도록 하지!"

"……."

복인문이 피식 웃으며 자신을 쳐다보자 막첨은 살짝 인상을 굳히며 입을 굳게 다물었다.

"그럼 누가 가서 저 친구를 데리고 올 텐가?"

"제가 다녀오겠습니다."

상관경은 복인문을 향해 다소곳이 고개를 숙여 보인 후 곧바로 사비를 향해 신형을 날렸다.

그사이 신농방의 긴 대열이 복인문이 번쩍 든 쇠스랑을 신호로 똬리를 트는 뱀처럼 일제히 사비 일행을 포위해 들어갔다. 복인문은 막첨에게 건넨 말과 달리 사비를 호락호락 보내줄 의향이 없었다.

'혼자서 신농방의 삼천 방도를 상대할 수는 없어!'

사비를 향해 신법을 전개해 달려가는 상관경의 머릿속으로 오만 가지 생각이 교차했다. 운무산에서 그와 헤어지고 청룡대의 호위를 받으

며 백천맹으로 복귀한 그녀와 유백 등은 장시간 요양을 하며 화양마부
와 혈투를 벌이며 입었던 부상을 치유했고, 함께 복귀한 흑화일심대는
백천맹 북동쪽 끝에 위치한 그들의 거처로 들어가 지금까지도 나오지
않고 있었다.

이후 운무산에서 벌어졌던 일들은 남궁원예와 막첨 등에 의해 엉뚱
하게 조작되어 중원 전역으로 급속도로 퍼져 갔다. 하지만 상관경은
이를 알면서도 아무 말도 하지 않았다. 그들의 입에서 나온 말이 백천
맹 상부에서부터 하달된 명령이라는 것을 알기 때문이었다. 그러나 그
보다는 사비가 명리를 탐하는 중원 무인들의 표적이 되지 않기를 바라
는 마음이 더 컸다. 그리고 그런 상관경의 심정을 알기라도 하는 듯 유
백 측 인물들의 입에서도 아무런 말이 나오지 않았다.

그들은 사비와 관련된 소문이 한차례 소낙비처럼 잠시 잠깐 중원을
휩쓸고 지나기만 기다렸다. 하지만 상관경이나 유백 같은 이들의 바람
과 달리 얼마 후 타락수라가 마사회를 접수했다는 더 큰 소문이 폭풍
처럼 중원에 몰아쳤다.

그 소문의 파장으로 백천맹은 발칵 뒤집혔고, 그들을 포함한 백천맹
의 향주급 간부들은 천하 각지에 퍼져 있는 정도와 중도 세력을 규합
하기 위하여 맹을 빠져나온 상태였다.

상관경과 막첨이 맡은 곳은 신농방이었고, 유백 등은 개방을 부르기
위해 북경으로 달려가 있었다.

'휴우! 하필이면 이런 때 나타나다니……'

상관경은 속으로 아쉬운 한숨을 내쉬었다. 사비를 향한 막첨의 질시
와 적개심을 아는 까닭이다.

이윽고 상관경이 사비 앞에 내려섰다.

"아픈 데는 없고?"

"……."

상관경은 사비의 다정한 음성에 괜스레 코끝이 시큰해졌다. 그가 자상한 성격이 아님을 잘 알고 있던 터라, 한편으로는 그의 물음이 이상하게 느껴졌지만 이내 사비와 눈이 마주친 상관경은 그 이유를 짐작할 수 있었다. 그것은 여유였다.

이유 모를 반항과 삐딱한 사고방식을 온몸으로 내뿜던 이전의 모습과 달리 사비의 얼굴에는 여유로운 미소가 넘쳐흘렀다. 함께 있어 미처 눈치채지 못하고 있는 당미량 등과 달리 잠시 떨어져 있던 상관경은 사비의 그런 변화를 확실히 느낄 수 있었다.

'이 사람, 운무산에서 봤을 때보다 더 강해 보여.'

한동안 사비의 얼굴을 물끄러미 응시하던 상관경이 천천히 입술을 뗐다.

"네, 잘 지냈어요. 당신은요?"

"나야 뭐 늘 잘 지내지! 신농방주가 날 보자고 하던가?"

"……."

사비는 눈가에 어린 미소를 지우지 않으며 물었다. 이에 잠시 망설이던 상관경이 이내 고개를 저으며 입을 열었다.

"아니요! 신농방주님은 집법원로회 참석 때문에 다른 일은 생각하실 여력이 없으신 모양이에요."

"그래?"

신농방주를 만나보기 위해 일부러 전신 기도를 드러냈던 사비는 상관경의 대답에 고개를 갸웃거렸다. 복인문도 도황마제처럼 당연히 자신을 부를 것이라 확신했었기 때문이다.

“역시 오왕이 삼황보다는 못한가 보군.”

사비의 중얼거림을 들은 당미량이 한 걸음 앞으로 나오며 입을 열었다.

“사 공자, 오늘 내로 단강구를 건너려면 시간이 많지 않아요.”

“맞는 말입니다. 지금 저들과 엮여봤자 피곤한 일만 잔뜩 생길 것입니다.”

위진군이 고개를 끄덕이며 당미량의 말에 동조했다. 각오하고 나온 길이었지만 벌써부터 정도인들과 마찰을 일으키고 싶지 않았다. 더욱이 그 대상이 신농방주라면…….

“그렇겠지?”

“그럼 백천맹에서 뵙죠!”

사비가 고개를 끄덕이자 상관경은 속으로 안도의 한숨을 쉬며 슬쩍 몸을 돌렸다.

“잠깐!”

상관경이 애써 무심한 표정을 지으며 고개를 돌리자 사비가 두 눈을 빛내며 물었다.

“신농방도 단강구를 건너겠지? 배도 준비되어 있을 테고…….”

“그야 그렇지만…….”

사비의 의미심장한 미소를 보는 상관경의 얼굴이 보기 안쓰럽게 일그러졌다.

복인문의 시선은 줄곧 사비에게서 떠나지 않았다.

‘기재(奇才)로고!’

반면 복인문의 시선을 받는 사비의 표정은 시큰둥했다. 슬쩍 주위를 둘러보던 사비가 입을 열었다.

"신농방은 농사꾼 패거리라고 들었는데 뭐 이렇게 인상들이 험악한 거야? 안 그래?"

"그, 그러네요!"

사비의 곁에 서 있다가 엉겁결에 고개를 끄덕였던 위진군은 대답을 하자마자 자신을 향해 엄습해 오는 예기에 크게 당황하며 마른침을 꿀꺽 삼켰다. 하지만 그는 이내 생각보다 자신의 반응이 대범했었다는 생각을 떠올리며 속으로 고개를 갸우뚱했다.

'왜지? 별로… 두렵지가 않아!'

이전 같으면 생각도 못할 일이었다. 신농방에 고수가 드물다는 얘기는 신농방이 보유한 엄청나게 많은 인원에 비례해 나온 말이지, 절대적인 수치만 놓고 보자면 웬만한 중소방파 수십을 합친 것보다 훨씬 많은 고수가 있는 곳이 신농방이다. 더욱이 이곳에 있는 신농방주가 직접 이끌고 온 이들은 그중에서도 엄선한 고수들로 구성되어 있을 터. 위진군은 이런 이들의 시선에도 아랑곳하지 않고 사비와 대화를 나누고 있는 자신의 모습이 스스로가 생각하기에도 대견하고 신기했다. 위진군은 문득 자신의 이런 모습을 위청양이 보면 얼마나 기뻐할까 하는 생각에 슬며시 미소가 피어올랐다.

'귀신이 곡할 노릇이군! 저 친구 담이 언제 저렇게 커진 거지?'

곁눈질로 위진군의 웃는 모습을 쳐다보던 추룡객이 어리둥절한 표정으로 고개를 갸우뚱했다. 자신의 친우인 혼세광마 위진군은 꽤 겁이 많고 소심한 인간이다. 담력이라는 것이 지닌 무공과 비례하지는 않는 모양인지 그의 부친인 위청양에게 배운 무공은 자신이나 소요검 유백과 비교해도 전혀 꿀리지 않았으나, 워낙에 다른 이들과의 싸움을 싫어하는 까닭에 실전 경험도 거의 없었다. 마검사 서열 칠백구십일위도 위청양을 부친으로 두지 않았으면 결코 얻지 못했을 그가 변한 것이다.

'그래! 하면 되는 거야! 저 인간처럼 다른 사람 신경 쓰지 않고, 내 스스로에게 두렵지 않으면 되는 거야. 그러면!'

사비를 힐끗 쳐다보며 기분 좋은 웃음을 흘리던 위진군은 심호흡을 하며 주변을 쓸어봤다.

"저는 농업을 업으로 삼고 사는 이들이 한창 추수로 바쁜 시기에 이렇게 돌아다니는 것도 당최 이해가 가지 않습니다."

"그렇지?"

사비가 한 손으로 턱을 어루만지며 위진군의 말에 맞장구쳤다. 이에 위진군과 사비를 향한 살기가 더욱 짙어졌다. 하지만 그들의 표정에는 아무런 변화가 없었다.

"자네는?"

신농방주는 그런 위진군을 보며 흥미로운 눈길을 던졌고, 이에 위진군은 담대한 표정으로 입을 열었다.

"혼세광마 위진군! 그게 내 이름이오!"

"호오! 그렇다면 자네가 위청양의……?"

"그렇소! 그분이 내 가친이외다!"

위진군이 크게 고개를 끄덕였다. 천하의 신농방주 앞에서도 당당하게 입을 열고 있는 자신이 또 한 번 대견하게 느껴졌다. 입을 떡 벌리고 자신을 쳐다보는 추룡객의 시선도 느껴졌으나 위진군은 그에게는 시선을 주지 않았다. 지금은 자신의 이런 담대한 행동을 스스로의 가슴에 각인시키는 것이 더 중요했다.

"탈혼광랑과 위진군이 동행을 하다니… 역시 세간의 소문대로 탈혼광랑이 마도에 뜻을 두고 있는 것인가?”

복인문이 이마에 주름을 모으며 사비를 향해 시선을 옮겼다.

“누가 마도의 뜻을 뒀다고 그래? 같이 다니면 다 마도인이야? 그럼 당신도 나하고 같이 있으니 마도인이겠군?”

“감히 복 방주님께 마도 운운하다니 살기가 싫은 모양이구나!”

이제껏 잠자코 서 있던 막첨이 버럭 고함을 치자 사비가 피식 웃으며 답했다.

“후후후! 너한테는 방주일지 몰라도 내가 보기에는 다 죽어가는 늙은이로 보일 뿐이야.”

쌔쌔쌔애액!

사비가 말을 끝맺기도 전에 그를 향해 날카로운 창날이 짓쳐들었다. 누가, 어디서, 어떻게 시전했는지조차 모를 정도로 신출귀몰한 공격이었다.

카카캉!

하지만 그 창날들은 튀어나왔던 것보다 훨씬 빠른 속도로 잘라져 나갔다.

“육혼망!”

막첨은 사비에게로 향하던 창끝을 잘라 버린 암기가 육혼망임을 알아보고 짧은 외침을 터뜨렸다. 이에 사비의 뒤에 서 있던 당미량이 뒷짐을 진 채 소리없이 걸어나왔다.

“당미량이 복 방주를 뵙습니다!”

“후후후! 신농방의 일에 개입한 사람이 누군가 했더니… 그렇다면 자네가 사천제일이라는 일수불생이란 말인가?”

“그렇게 불리고 있긴 합니다.”

당미량은 신농방주에게 가볍게 포권을 취해 보인 후 다시 그의 좌측
에 서 있던 상관경에게 고개를 까딱해 보였다. 하지만 막첨에게는 눈
길 한번 주지 않았다. 사비를 향한 그의 말투가 몹시 귀에 거슬렸기 때
문이다.

막첨이 이를 모를 리 없었다. 그는 자신을 무시하는 당미량과 사비
를 성난 눈으로 노려보다가 입을 열었다.

"신농방주께서는 육패 중 한곳을 이끄시는 수장이시다! 감히 한참
어린 무림말학들이 어찌 그런 건방진 태도를 보이는 것이냐?"

"처음 보는 무림 선배보다는 오래된 친구를 위하는 게 건방진 행동
이라면 난 그렇게 살지!"

막첨을 싸늘한 표정으로 노려보던 당미량은 이내 사비 곁으로 뒷걸
음질쳐 주변을 쓱 둘러봤다. 한 번 더 살초를 전개하면 어느 누구도 용
서치 않겠다는 서릿발 같은 눈길이었다.

"그런 너는 얼마나 대단한 배분을 지녔기에 그따위 말투로 지껄이는
거지?"

추룡객이 눈썹을 잔뜩 찌푸린 채로 앞으로 걸어나왔다.

"넌 또 뭐냐?"

"나? 강호에서 나를 필요로 하는 곳이라면 어디든지 달려가는 인간!
추룡객이지!"

엄지손가락으로 제 가슴을 가리켜 답한 추룡객이 당미량을 향해 한
쪽 눈을 찡긋해 보였다. 이에 당미량의 얼굴에 엷은 보조개가 파였다.
둘 사이에 오가던 내적인 갈등이 막첨이라는 외부의 갈등 요소로 인해
해결되는 순간이었다.

'으음! 혼세광마에 추룡객, 거기에 일수불생까지 함께하다니. 저놈

이 언제부터 저렇게 발이 넓었지?

막첨은 속으로 침음성을 삼켰다.

마, 중, 정도의 고수가 사비의 곁에서 그의 수족처럼 맴돌고 있다는 사실에 크게 놀랐다. 하지만 정작 당사자인 사비는 이전까지 실실 웃던 모습과 달리 자못 진지한 표정을 하고 있었다.

'미약하지만 분명 화기(火氣)였다. 태양신 염제 신농을 섬긴다더니 무공도 열양공 쪽으로 익힌 모양이군.'

사비는 좀 전 자신을 공격했던 신농방도들의 공격을 떠올리며 피식 미소를 흘렸다. 불을 다스리는 무공이라면 자신을 당할 자가 없다. 그것은 도황마제와 겨뤄봄으로 해서 증명된 사실. 이에 사비의 머리는 빠르게 돌아갔다. 신농방도들이 화기를 다루는 무공을 쓴다면 화류패공을 익힌 자신에게는 전혀 상대가 되지 않는다. 수천, 수만 명이 밀려와도 오히려 사비의 화류패기를 키워주는 장작의 역할을 할 뿐.

사비는 천천히 눈을 들어 주위를 감싸고 있는 신농방도들을 바라봤다. 자신을 향해 창을 던졌던 것으로 보이는 삼 인이 천천히 다가오고 있었다. 모두 복인문보다 더 나이가 들어 보이는 얼굴에 비수처럼 예리한 안광을 한 노인들이었다.

염왕삼숙(閻王三肅)이라 불리는 이 노인들의 창끝에는 당미량이 잘랐던 창날 대신 시퍼런 기운이 맺혀 있었다.

"이자들은 내가 상대하죠!"

당미량이 안색을 굳히며 앞으로 나섰다. 염왕삼숙의 창끝에 맺힌 기운이 범상치 않음을 알아보고 사비와 복인문의 싸움에 대비해 자신이 나서야 한다고 판단한 것이다. 그녀는 사비와 겨뤄보지 않고도 자신보다 사비의 무공 실력이 우위에 있음을 부지불식간 인정하고 있었다.

“아무리 사천제일고수가 나선 거라고 해도 삼 대 일이면 너무 치사하잖아. 이 추룡객이 그런 일을 두고 봤다면 천하가 웃을 거라고! 당문의 빚은 이것으로 마무리합시다!”

추룡객이 당미량 옆으로 걸어나오며 엄지손가락으로 검집을 튕기자 검신 전체로 파란빛을 머금은 검이 나타났다. 염왕삼숙에 비해 전혀 달리지 않는다는 것을 보여주기 위한 일종의 시위였고, 염왕삼숙의 눈에 이채가 서리는 것으로 보아 추룡객의 의도는 어느 정도 먹힌 것 같았다.

“자네!”

당미량과 눈빛을 주고받으며 피식 웃던 추룡객이 입을 꾹 다문 채 나오는 위진군을 보며 놀란 외침을 터뜨렸다.

그의 양 소매가 펄럭이며 웅혼한 기운이 주위로 퍼져 나갔다. 추룡객이 보여줬던 것에 비해 전혀 손색이 없는 신위.

‘아버지가 왜 당신을 따라나서라고 했는지 이제야 이해가 갑니다!’

위진군은 강 건너 불구경 나온 사람처럼 한가로워 보이는 사비를 향해 살짝 고개를 숙여 보인 후 천천히 입을 열었다.

“앞으로는 나 혼세광마도 이런 일에는 결코 빠지지 않는다!”

그의 외침은 다른 사람들이 아닌 자기 자신을 향한 다짐이었다.

이렇게 염왕삼숙과 당미량 등이 서로를 마주 보며 대치하는 사이 사비는 팔짱을 낀 채 그들이 하는 양을 바라봤다. 마치 자신과는 전혀 상관이 없는 일을 쳐다보는 사람처럼 무심한 눈길이었다.

“어이, 신농방! 싸그리 객사하고 싶지 않으면 그냥 얌전히 있어!”

“…….”

사비의 덤덤한 음성은 주변에 감돌던 투기의 소용돌이들을 일시에

잠재웠고, 염왕삼숙과 격돌 직전이던 당미량 등의 얼굴에도 일순 당혹
이 스치고 지나가게 만들었다.

"지금 무슨 말을……?"

놀란 눈으로 묻던 위진군이 사비의 몸에서 벌어지는 기현상을 보며
곧 입을 다물었다.

사비는 붉은빛이 가득한 눈으로 사방을 쓸어보고 있었다. 더불어 그
가 입고 있던 흑의는 시뻘건 핏빛으로 화해 있었고, 그의 머리카락들도
활활 타오르는 불꽃처럼 붉게 물든 채 하늘 쪽으로 모두 솟구쳐 너울
거렸다.

화르르륵!

곧이어 사비의 몸에서 뿜어져 나온 화류패기가 엄청난 열기를 유지
한 채 원호를 그리며 뻗어나갔다.

"여, 염제!"

염왕삼숙 중 하나의 입에서 경악성이 터져 나왔고, 그 외침은 사비
등을 둘러싸고 있던 신농방도들의 입에서 입으로 퍼져 갔다. 그들은
신농방에 내려오던 전설이 드디어 자신들의 눈앞에서 실현되고 있다고
생각했다.

참을 수 없는 뜨거움. 하지만 고통과 함께 엄청난 힘의 충만감이 그
들의 가슴에 들끓었다.

"신농께서 현신하셨다!"

"오! 염제시여!"

여기저기서 경건한 외침이 터져 나왔다. 사비가 염제 신농의 현신이
아니고서는 도저히 보일 수 없는 가공할 화기를 보였기 때문이다. 이
에 당황한 이는 신농방주 복인문이었다.

그는 사비를 향해 하나둘 오체투지를 감행하는 어리석은 수하들을 바라보며 입술을 파르르 떨었다.

"감히 신농의 힘을 흉내 내다니!"

복인문은 짧게 외치며 전신 공력을 극대로 끌어올렸다. 부지불식간에 자신조차 무릎을 꿇을 뻔했다는 사실이 떠오르자 등줄기로 식은땀이 삐질 흘렀다.

만일 그 찰나의 욕구를 참지 못했더라면 이제껏 자신이 이룩한 모든 업적들은 말짱 사라져 버리고 말았을 것이다.

'네놈은 신농방을 위해서라도 반드시 사라져야 할 존재였구나!'

복인문은 이를 악물며 오른발을 끌어 앞으로 내밀었다. 사비가 토해 내는 가공할 열기는 여전했지만, 복인문은 다른 이들과는 차원이 다른 고수. 그는 사비의 가슴과 복부를 향해 자신의 독문무공 쌍강연환퇴를 날릴 생각이었다.

그때였다.

휘이이이잉!

청량한 바람 소리와 함께 주변을 들끓어오르게 하던 가공할 열기가 씻은 듯이 사라졌다. 이에 광신도처럼 염제 신농을 부르짖던 신농방도들이 하나둘 정신을 차리고 자리에서 일어났고, 사비를 공격하려던 복인문은 그 생각을 잠시 보류하고 사비의 일거수일투족을 살폈다.

'으음! 내 공격에 대비하기 위해 화기를 거둬들였다!'

피식 미소 짓고 선 사비를 바라보는 복인문의 두 눈이 잘게 떨렸다.

당미량을 위시해 사비의 곁에 서 있던 동료들과 복인문의 곁에 서 있던 상관경과 막첨은 무슨 일이 일어났는지 전혀 영문을 모르는 표정으로 주위를 두리번거렸다. 사비가 신농방도들에게 화류패기를 흘려

보내며 그들의 몸은 마령심기로 감쌌기 때문이었다.

이윽고 사비가 자신을 뚫어져라 응시하고 있는 복인문을 향해 천천히 입술을 뗐다.

"배 좀 얻어 탑시다. 설마 고까짓 것 가지고 좀스럽게 안 된다고 하지는 않겠지?"

"……."

사비의 엉뚱한 발언에 복인문은 속으로 잠시 당황했다. 하지만 말하는 투로 보아 농은 아닌 것 같았다.

'으음. 그렇다면 방금 전에 보인 그 힘은 뭐란 말인가?'

복인문은 아무리 생각해도 사비의 심사를 짐작할 길이 없었다. 사비가 배를 태워달라는 협박으로 그런 가공할 신위를 보였다는 것은 꿈에도 짐작치 못했다.

이윽고 복인문이 눈빛을 착 가라앉히며 천천히 입을 열었다.

"그리도록 하지!"

복인문은 뒤에 시립해 있던 수하 하나에게 명을 내렸다.

"저 친구들에게 배 한 척을 내어주도록 해라!"

"존명!"

명을 받은 수하가 부리나케 뛰어갔고, 이를 물끄러미 바라보던 복인문이 다시 고개를 돌렸다.

"자네는 탈혼광랑이라는 별호가 딱 어울리는 친구로군."

"칭찬으로 듣지!"

"허허허! 그럼 조심해서 가시게."

복인문이 실소를 터뜨리며 천천히 걸음을 옮기자, 그의 양옆에 시립해 있던 상관경과 막첨이 그 뒤를 따라 몸을 돌렸다.

'뭐야? 이 영감이 실성을 했나? 왜 그냥 보내는 거지?'

복인문의 등을 바라보는 막첨의 두 눈이 당혹감으로 일렁였다.

"탈혼광랑의 처리는 백천맹에 당도해서 해도 늦지 않을 것 같군."

복인문은 막첨의 의아한 심사를 풀어주려는 듯 나직한 목소리로 중얼거렸다. 이를 들은 막첨의 얼굴에는 여전히 불만이 가득했고, 상관경의 눈에는 안도의 빛이 스치고 지나갔다. 하지만 복인문의 심사는 편하지 못했다. 도대체 사비가 어떤 방법으로 전 방도들을 무릎 꿇렸는지 이해가 되지 않았다.

"정녕 염제 신농의 불을 지닌 자가 나타나리라는 말이 전설만이 아니었단 말인가?"

철그렁!

복인문이 지팡이 삼은 쇠스랑이 땅에 부딪치며 나는 소리가 조금씩 빨라지기 시작했다.

당미량은 서둘러 걸음을 옮기는 복인문의 뒷모습을 의혹 어린 시선으로 바라보다가 사비를 향해 고개를 돌렸다.

"어떻게 한 거죠?"

"뭘?"

"당신을 찢어 죽일 듯 노려보던 신농방도들의 눈빛과 태도가 왜 갑자기 그렇게 바뀌었냐고요."

"누가 나를 찢어 죽여?"

사비가 버럭 고함을 치며 고개를 획 돌리고 사방을 살피자 당미량이 어이없는 표정으로 고개를 흔들며 다시 물었다.

"꼭 누가 그렇게 말을 했다는 게 아니고요. 그냥 말이 그렇다는 거예요. 제가 묻는 요지는 신농방이 왜 갑자기 저렇게 서둘러 자리를 뜨는지 혹시 아세요?"

"아! 그거? 그야 신농보다 더 강한 불을 겪어보니까 안 되겠다 싶었나 보지. 그럼 우리도 슬슬 가보자고."

헤벌쭉 웃으며 몸을 돌린 사비는 복인문의 명으로 남아 있던 신농방도 쪽으로 걸음을 옮겼다. 이에 그의 뒤를 쫓아 걸음을 옮기는 당미량 등은 서로를 쳐다보며 고개를 갸웃거렸다.

전면에서 자신들을 기다리는 신농방도의 표정이 지나치게 굳어 있었기 때문이다.

'결코 우습게볼 실력은 아닌데… 왜 저렇게 굳어 있는 거지?'

당미량은 더욱 깊어지는 의혹을 풀지 못해 갈증이 났다. 하지만 사비는 성큼성큼 걸음을 옮기기만 할 뿐 더 이상 말이 없었다.

'히히히! 나도 이참에 교주나 해봐……?'

*　　　　*　　　　*

선린교 위.

공황식과 그보다 조금 더 나이 들어 보이는 호안의 노인이 어깨를 나란히 하고 호면 위로 어슴푸레 뜬 상현(上弦)을 바라보고 있다.

"후회는 없느냐?"

"전혀 없습니다!"

공황식이 단호한 어조로 고개를 저었다.

"의외구나. 네가 그런 결단을 내리다니……."

"저도 아버님처럼 공가의 피를 타고난 사내입니다. 그 사실을 조금 늦게 깨달은 것뿐이지요."

공황식이 쓸쓸한 미소를 머금었다.

"공가의 피라… 그렇구나. 너도 돌연변이는 아니었어."

공우생의 입가로 옅은 미소가 걸쳐졌다.

"맹 내에서는 정의회와 평심회의 밥그릇 싸움으로 조용할 날이 없고, 육패는 겉으로만 빙빙 돌며 마찬가지로 제 밥그릇 지키기에만 급급합니다."

"세상 이치가 그런 것이다. 모두 밥그릇 싸움이지. 차이가 있다면 난 빼앗기 위해 싸웠고, 넌 지키기 위해 싸우고 있다는 것뿐."

"마도가 정리되었습니다. 그리고 그 과정에서 아버님께서 우려하셨던 대로 그들과 연관이 깊어 보이는 사건들이 속속들이 밝혀지고 있습니다."

"역시 신도연 그 친구는 그렇게 쉽게 당할 사람이 아니었어. 하긴 그때 그렇게 완전히 무너졌다면 신도세가가 천하제일가라고 불리지도 않았을 테지."

공우생은 피식 미소를 머금고 고개를 끄덕였다. 이를 본 공황식의 눈에 이채가 한가득이다. 그리고 그 이채에는 안도의 빛도 섞여 있다. 공우생의 눈에서 신도세가에 대한 우려와 두려움의 빛이 더 이상 보이지 않음을 알아챘기 때문이다.

'내가 검성의 그늘에서 헤어나지 못했던 것과 달리 아버님은 신도가의 그늘에서 벗어나셨군! 무공에 성취가 계신 거야!'

공황식은 더욱 편안한 마음이 되어 나직이 입을 열었다.

"타락수라가 신도세가 후예의 조종을 받는지는 정확히 모르겠습니다만, 분명한 것은 마도의 몰락과 새로운 질서 수립의 시발점이 화평에서부터였다는 겁니다. 야문 순찰단이 죽고, 천독삼절과 삼화의 죽음을 기점으로 그들이 음지에서 모습을 드러내기 시작했지요.”

“그래서 육패를 모두 불러 모으고 있는 게냐?”

“이제 시기가 됐습니다.”

“시기?”

“우리 공가가 백천맹이라는 껍질을 깨고 밖으로 나올 시기 말입니다. 저는 그 시기를 지금으로 보고 있습니다.”

공황식이 가볍게 고개를 끄덕이며 다시 말을 이었다.

“이제 더 이상 천하를 나눠 가질 필요가 없습니다. 만수관은 멸문했고, 헌원세가는 이번 싸움에 참전을 거부했습니다. 다른 육패와 대등하게 움직일 만한 힘이 남아 있지 않다는 뜻이지요. 따라서 현재 남은 육패는 본 가를 제외하면 단 셋뿐입니다.”

“천하에 큰 피바람이 몰아치겠구나!”

공우생이 비소를 머금은 눈빛으로 하늘을 바라봤다.

“저는 그들을 이용할 생각입니다. 아버님은 잠시 쉬시며 그들의 행보를 지켜보십시오. 그들이 개방, 신농방, 야문을 치고 나면 그때 나서 주시면 됩니다. 백천맹의 주 전력도 그때를 대비해 남겨둘 생각입니다. 그전까지는 이곳으로 모여드는 세력과 십회만으로도 충분합니다.”

“알겠다!”

공우생은 천천히 고개를 끄덕이며 걸음을 옮겼다. 공황식과 더 대화를 나누고 싶지 않았다. 달라진 공황식의 눈빛이 그로 하여금 이전에 자신이 행했던 일들에 깊은 회의감이 들게 하고 있었다.

‘변했어! 진정한 무도를 꿈꾸며 성장했던 아이가 나를 닮아버렸어!’

공우생은 속으로 크게 한탄했다. 하지만 그것도 잠시뿐 다른 한편으로는 공황식의 그런 변화가 오히려 다행스럽게 느껴졌다. 공황식으로 인해 강소공가의 위상이 더욱 굳건해지리라는 확신 때문이었다.

백천수호대에 비상이 떨어졌다. 조만간 벌어질 마도와의 일전에 참전키 위해 하루가 멀다 하고 찾아오는 세력들 때문이었다. 이에 백천수호대의 부향주로 있는 종야기는 몹시 심란했다.

"휴우. 젠장! 하필 이런 시국에 정문을 맡을 게 뭐람. 막 향주님도 안 계신 판에… 그나저나 향주님은 왜 아직까지 감감무소식이지?"

막사에 들어앉아 한숨을 푹푹 토해 내쉬던 종야기는 신농방과 함께 이곳으로 오고 있을 막첨이 좀 늦는 것 같다는 생각을 하며 고개를 갸우뚱했다.

"부향주님! 입맹, 입맹입니다!"

수하 하나가 소리치며 막사 안으로 뛰어들어 왔다.

"이번에는 어딘가?"

종야기는 짜증난 기색으로 물으며 자리에서 몸을 일으켰다.

"저어, 열혈갱생회라고……."

"열혈갱생회?"

수하가 머리를 긁적이며 답하자 종야기가 어리둥절한 표정으로 되물으며 밖으로 걸어나갔다.

'황건(黃巾)이라?'

종야기는 머리에 누런 두건을 뒤집어쓴 무리를 발견하고 속으로 중얼거렸다. 하나같이 커다란 덩치에 험상궂은 인상을 하고 있어 일반인들이 봤다면 쭈뼛쭈뼛 뒤로 물러날 분위기를 하고 있는 사내들이었지만 구파 후기 중에서도 선두를 달리고 있는 종야기가 그런 외관에 주눅 들 리 없었다.

"점창의 종야기라고 합니다. 입맹을 원하신다고 들었습니다
만……."

열혈갱생회 인물들을 쭉 살펴보던 종야기가 곧 말끝을 흐렸다. 처음
에는 상당히 험악하고 호전적으로 보이던 이들이 다시 살펴보니 어딘
지 모르게 엉성하고 허전한 느낌이 들었다.

'이런! 무림인이 아니군!'

종야기는 일순 어처구니없는 표정을 짓다가 보고한 수하를 향해 못
마땅한 눈길을 던졌다. 그러나 수하를 탓할 수만도 없었다. 얼핏 봤을
때는 자신조차 속을 정도로 꽤 그럴듯한 분위기를 풍겼기 때문이다.

'이젠 별 잡것들까지 꼬이는군.'

백천맹은 정도인들에게 있어서는 성역이나 다름없는, 웬만한 세력
이 아니면 방문할 엄두조차 못 내는 곳이다. 적어도 지난해까지는.

그러나 지금은 상황이 예전에 비해 많이 달라졌다.

백천맹과 마도 사이에 전면전이 시작될 거라는 소문이 나돌기 시작
하자 중원 유수의 대문파, 무림세가들은 물론이거니와 잘 알려지지 않
은 낭인 무리들부터 전에는 한 번도 들어본 적 없는 신흥 세력에 이르
기까지 모두 대별산으로 몰려왔다.

그리고 이런 상황은 마사회도 마찬가지였다.

정과 마의 대립. 그것은 힘없는 자들에게는 환란이지만, 힘이 있는
자들에게는 기회. 그 기회를 얻기 위해서는 힘이 있는 측에 붙어야 했
기에 천하 각지에 단체란 단체들은 모두 백천맹이나 마사회에 붙기 위
해 사력을 다했다.

열혈갱생회도 그런 축들 중 하나라고 판단한 종야기가 좋게 타일러
돌려보내야겠다는 생각에 막 입을 열 때였다.

"혹시 탈혼광랑이라고 들어보셨수?"

"……?"

"지, 지금 뭐라고 하셨소?"

장대한 체구의 거한이 앞으로 나오며 우렁우렁한 목소리로 묻자 종야기의 눈이 휘둥그레졌다.

"소문 들었는지 모르지만, 우리는 삼악파라는 암흑 세계에 몸담고 있던 주먹들이었수다. 하지만 지금은 탈혼광랑 회주님을 만나서 개과천선하고 새 삶을 살기로 다짐한 인간들이오. 그래서 왔소! 이번에 백천맹에서 마도와 싸울 사람들을 모은다기에 한 힘 거들까 하고……."

"그러셨군요. 실례지만 존성대명이 어떻게 되시는지요?"

"존성대명이랄 것까지야. 난… 개산대협 강창기라고 하오! 하하하!"

종야기가 이전과는 사뭇 다른 정중한 어조로 묻자 강창기가 머리를 긁적이며 헤벌쭉 웃었다.

"이거 못 알아봐서 죄송합니다. 산동에서 무명이 쟁쟁하신 강 대협이셨군요. 잠시만 기다려 주십시오."

종야기는 속으로는 고소를 머금었지만, 겉으로는 자못 공손한 태도를 보이며 슬며시 몸을 돌렸다. 탈혼광랑과 관련된 자가 오면 즉시 보고하라는 상부의 명을 이행하기 위해서였다.

"형님, 개산대협이라니 그게 누굽니까?"

종야기가 빠른 걸음으로 장내를 벗어나자 이수천이 앞으로 걸어나와 물었다.

"험! 그냥 이름만 말하면 쪽팔리잖아. 그래서 급하게 지었다."

"켁! 뭐요? 아무리 그래도 그렇지. 자기 입으로 대협이라고 말하는 사람이 어디 있습니까?"

“그야… 근데 이 자식이! 오냐 오냐 해줬더니 요새 들어서 자꾸 기어오르는 경향이 있는 것 같다.”

일순 멋쩍은 표정을 짓던 강창기가 이수천을 향해 눈을 부라렸다.

“기어오르긴… 누가 기어올랐다고 그러십니까?”

이수천은 두 손을 내저으며 어물거리며 뒷걸음질쳤다. 이를 바라보는 강창기의 입맛은 썼다.

이수천을 비롯해 삼악파 시절부터 데리고 있던 모든 수하들의 자신을 대하는 태도는 이전과 판이하게 달랐다. 사비에게 같이 혼쭐이 날 때 생겼던 원망감이 아직 남아 있었기 때문이다.

그나마 다행인 것은 자신이 아직까지 수하들에게 있어 두려운 존재라는 데는 변함이 없다는 것이고, 두려운 눈을 하고 피하던 일반인들이 어느 순간부터 자신을 존경의 눈빛으로 바라본다는 사실이었다.

그동안 밥 먹듯 하던 나쁜 짓들을 멈추고, 이제는 깨끗이 손을 털고 착한 짓만 골라 하며 나타난 현상이었다. 때로는 몸이 근질거리고 좀이 쑤셔서 못 견딘 적도 많았지만 그렇다고 예전의 삼악파를 그리워하지는 않았다.

‘이게 다 부회주님 덕분이지!’

강창기는 이곳에 오기 전까지 서찰로, 때로는 직접 방문을 해서 열혈갱생회를 관리하던 현현을 떠올리며 가볍게 미소 지었다. 오늘 그녀의 놀라운 능력에 또 한 번 감탄했기 때문이다.

처음 백천맹으로 가라고 할 때는 과연 맹에서 자신들 같은 시정잡배들을 받아줄까 하는 의구심에 선뜻 나서기가 쉽지 않았다. 하지만 거만한 눈길로 자신들을 바라보던 종야기는 현현이 말했던 것처럼 탈혼광랑이라는 말을 듣자 꽁지가 빠져라 안으로 들어갔다.

"맹주님께서 여러분을 안으로 모셔도 좋다는 명을 내리셨습니다."

백천맹 성내로 들어갔던 종야기가 다시 나와 말했다.

"정말 맹주님이 직접 말씀하신 거요?"

"그렇습니다. 하지만 아직 남은 절차가 있습니다. 그 절차만 끝내주시면 전 여러분을 바로 모시고 들어갈 예정입니다."

강창기가 의외라는 듯 묻자 종야기가 피식 웃으며 고개를 끄덕였다.

"좋수다! 애들아! 일어나라!"

강창기가 수하들을 향해 고개를 돌리자 종야기 역시 뒤에 시립해 있던 무사 하나에게 고개를 돌렸다.

"이분들을 사마석(邪魔石)으로 안내해라."

"사마석으로 말입니까?"

"목숨이 왔다 갔다 하는 전장에서 어쭙잖은 실력을 지닌 사람들을 희생양으로 쓸 수는 없지 않느냐?"

수하의 놀란 되물음에 종야기가 눈살을 찌푸리며 버럭 호통을 쳤다. 이에 열혈갱생회 장한들의 얼굴이 급격히 굳어졌다. 종야기가 자신들을 무시하고 있음을 비로소 깨달았기 때문이다.

"이보……!"

참지 못하고 앞으로 나와 입을 열려던 이수천은 번쩍 치켜든 강창기의 손에 막혀 걸음을 멈췄다.

"하자! 저 사람 말이 틀린 건 없으니까!"

강창기의 차분한 어조에 종야기의 눈에 일순 이채가 서렸다. 지난 모습보다 꽤 참을성있는 태도를 보이는 강창기가 의외였다. 하지만 그것은 어디까지나 일시적인 감탄에 지나지 않았다.

"이쪽으로 오십시오들!"

열혈갱생회원들은 백천수호대 무사의 안내를 받아 움직이기 시작했고, 종야기는 그들의 뒷모습을 보며 비릿한 미소를 흘렸다. 사실 그는 상부에 보고를 하기 위해 갔던 것이 아니라, 그런 척했던 것뿐이다. 그것이 입맹하겠다고 설쳐 대는 인간들을 아무 불평불만 없이 돌려보낼 수 있는 방법이었기 때문이다.

사마석은 백천맹에 입문하고자 하는 무사들의 실력을 가늠하는 기준으로 쓰이는 수천 근에 달하는 돌로 기껏해야 이류급 정도의 실력인 강창기 등으로서는 불가능한 관문이었다.

열혈갱생회원들의 등을 바라보던 종야기가 천천히 고개를 돌렸다. 전면으로 뿌연 흙먼지를 일으키며 말을 몰아 다가오는 일단의 무인들이 시야에 들어왔다. 무려 이백에 육박하는 엄청난 인원.

"이것들이 오늘로 아예 날을 잡았나 보군."

종야기는 눈살을 찌푸리며 정면을 꼬나봤다. 하지만 그것도 잠시, 다가오는 이들의 기도가 심상치 않음을 느낀 그는 즉시 안색을 바꿨다.

"당신들은……."

종야기는 눈앞까지 다가와 하마를 하고 다가오는 무인들을 바라보며 잠시 입을 다물었다. 가슴에 새겨진 뇌전 문양이 유난히 눈에 띈다. 청해와 서장을 넘나들며 근래 들어 더욱 세를 떨치는 벽력문의 독문표식이었다.

"점창의 종야기가 선배님들을 뵙습니다!"

종야기는 앞서 다가오는 중년 무인 둘을 향해 정중히 허리를 숙였다. 하지만 두 중년인은 자신들 뒤에 있던 사내가 종야기의 인사를 받을 수 있게 살며시 양옆으로 갈라져 나갔다. 그들 사이를 뚫고 짧은 머리에 기골이 장대한 사내가 뚜벅뚜벅 걸어나왔다.

“벽력문의 장도라고 하오!”

종야기는 자신과 비슷한 연배로 보이는 장도의 얼굴을 확인하고 당황한 표정을 감추며 물었다.

“백천맹에는 어인 일로 오셨소이까?”

“손을 보태러 왔소!”

“따라오시오!”

장도의 무뚝뚝한 음성에 종야기는 내심 심사가 뒤틀렸으나 애써 담담한 표정을 지으며 몸을 돌렸다. 이에 장도는 뒤에 있던 동료들에게 눈짓을 했고, 그의 신호를 받은 벽력문원들은 모두 말에서 내려 장도의 뒤를 따라 질서정연하게 이동했다.

“어라! 저것들은 왜 그냥 들어가지?”

“그러게 말이다!”

이수천의 물음에 강창기가 떨떠름한 표정으로 입맛을 다셨다. 보아하니 자신들과는 비교도 안 될 정도로 세가 큰 대문파일 거라는 생각은 들었지만, 그래도 이렇게 눈에 띄는 푸대접을 받자 기분이 무척 상했다.

“이걸 어떻게 하라는 거유?”

이수천이 불편한 심기를 드러내며 자신들을 안내해 준 수호대 무사에게 물었다.

“뭐, 간단합니다! 여기 이 사마석에 사마외도를 척결하겠다는 뜻으로 성명을 기입하고 들어가면 되는 겁니다.”

“뭐요? 정말 여기다 글을 쓰기만 하면 되는 거요?”

의외로 간단한 시험에 이수천은 더욱 의심스런 눈초리가 되었다.

“그렇습니다. 단 손을 사용해야 한다는 규칙이 있습니다. 그것만 지키시면 됩니다. 저는 그럼 이만 물러가겠습니다.”

겸연쩍은 표정으로 고개를 끄덕인 수호대 무사는 괜히 옆에 있다가 불똥이 튀는 것이 싫은지 잽싸게 몸을 돌렸다.

“으음! 되돌아가라는 말이로군.”

강창기는 허리춤에 손을 괴고 고개를 숙였다. 자신들의 무공 실력이야 뻔한 것이니 사마석에 이름을 새기는 것은 불가능한 일. 정도무림의 중심이라는 백천맹에 걸맞는 축객령이라는 생각이 들었다.

‘그나마 망신 안 당하고 이렇게 무사히 돌아가는 것만도 다행이지.’

강창기가 짧은 한숨을 토하며 천천히 고개를 들 무렵이었다.

“회, 회주님!”

“뭐? 회주님이라니?”

이수천의 외침에 고개를 든 강창기가 급히 주위를 두리번거렸다. 종야기와 실랑이를 벌이고 있는 사비 일행이 눈에 들어왔다. 멀리 떨어져 얼굴을 정확히 확인할 길은 없었지만 나풀거리는 붉은 머릿결로 보아 필시 사비가 틀림없었다.

“그래서 어쩌라는 건데?”

“난 신분을 밝히지 않으면 들어가지 못한다는 말씀을 드린 거외다.”

사비의 삐딱한 물음에도 종야기의 표정은 변화가 없었다.

“신분 밝혔잖아. 사비라고. 그거 가지고는 안 되나?”

“사문이 어디인지, 어디 소속인지… 그리고 저 사람들은 누구이며 찾아온 용건은 무엇인지 모두 밝히라는 말씀이오!”

“아! 그럼 처음부터 그렇게 말할 것이지. 왜 머리 복잡하게 말을 빙빙 돌리고 그래?”

　그제야 알아들었다는 듯 고개를 두어 번 주억거린 사비는 옆에 서 있던 당미량을 향해 턱짓을 하며 다시 입을 놀렸다.

　"나는 아까 말했던 것처럼 사비고, 얘는 당미량이라고 해. 뭐 이렇다 할 소속이나 사문은 없고, 찾아온 용건은… 그냥 개 한 마리 잡으러 왔다고 해두지."

　사비는 아무 소리 않고 자신이 하는 양을 지켜보는 당미량이 얄미웠다. 하지만 여기까지 오면서도 사천에서 벗어나 본 적이 없다는 핑계를 대며 전적으로 사비에게 모든 것을 의지했던 당미량이었기에 지금에 와서 뭐라고 면박을 주기도 그랬다.

　추룡객이라도 있었으면 한결 나았을 테지만 괜히 말썽의 여지를 만들지 말자며 혼세광마 위진군과 따로 떨어져 오겠다기에 그러라고 놔두었던 것이 실수라면 실수였다.

　"개를 잡으러 오다니……?"

　"여기 공황식이라는 개가 살고 있다고 하던데… 아니야?"

　"감히!"

　채채애앵!

　사비가 던진 말에 종야기의 뒤에 서 있던 무사들이 일제히 검을 뽑아 들었다. 하지만 그들의 검은 종야기가 번쩍 든 손에 의해 멈췄다.

　"당신 같은 사람과 말장난할 시간 없으니 썩 물러가시오!"

　종야기가 굳은 얼굴로 한 손을 내젓자 사비를 향해 경풍이 몰아쳤고, 이로 인해 사비의 신형이 잠시 휘청거렸다. 이를 본 종야기는 그러면 그렇지 하는 표정으로 코웃음을 치며 더 볼 것도 없다는 듯 몸을 획 돌렸다. 그는 사비가 쓸데없는 일에 미리 힘 빼기 싫다는 이유로 자신의 진기를 그대로 받아 흘렸음은 꿈에도 짐작치 못했다.

마찬가지로 이를 모르는 당미량의 얼굴에도 의외라는 기색이 역력하다. 사비가 종야기의 내력에 밀렸다는 사실이 못내 믿기지 않았다. 그렇다고 그 성질에 겸양을 떨었을 리도 없었다. 하지만 사비는 당미량의 의심스러운 시선에는 아랑곳하지 않고 좌측에서 달려오는 일단의 무리를 느끼고 힐끗 고개를 돌렸다.

"어! 저 인간들은……?"

자신을 향해 달려오는 수많은 장정들을 발견한 사비는 그들이 누구인지를 알아보고 입을 떡 벌렸다.

"누구죠?"

사비의 놀란 침음성에 당미량의 눈이 호기심으로 반짝였다.

"그게… 말이야, 열혈갱생회라고…….."

"가만! 그럼 혹시… 당신도 열혈갱생회 소속이오?"

종야기는 달려오는 강창기 등과 말을 얼버무리는 사비를 번갈아 쳐다보며 물었다.

'이제 보니 이놈도 제 주먹만 믿고 설치는 파락호였군. 오냐! 이번 기회에 정신이 번쩍 들게 해주지!'

지금까지 사비의 오만방자한 태도에 치밀어 오른 노기를 꾹 누르고 있던 종야기는 사비를 바라보며 속으로 비릿한 웃음을 머금었다.

"회주님!"

강창기를 위시한 열혈갱생회원들이 달려와 넙죽 절을 하자 사비가 멋쩍은 표정으로 머리를 긁적이며 종야기를 힐끔 쳐다봤다.

"험! 이 인간들이 왜 절을 하고 그래?"

"이분들과 일행이라면 진작 말씀하시지 그랬습니까? 이거 미안하게 됐습니다!"

　종야기가 일순 미안한 표정을 짓자 사비가 눈을 동그랗게 뜨고 입을 열었다.
　"뭐야? 그럼 열혈갱생회 소속이면 안으로 들어갈 수 있다는 말인가?"
　"물론이오! 방명록에 이름만 쓰면 됩니다."
　종야기가 고개를 끄덕이며 한 손을 들어 사마석을 가리켰다.

|第五章|

흑천대란(黑天大亂)

스팟~!

"크윽!"

쿠웅!

진자융은 등으로 날아든 일검을 피하지 못하고 고목 쓰러지듯 앞으로 고꾸라졌다.

"점창의 검이 날카롭기로 정평이 나 있다고 해서 궁금했었는데 이렇게 직접 견식해 보니 과연 명불허전이외다. 핫하하!"

검집에 검을 집어넣은 흑혈대주는 꾸역꾸역 피를 토하는 진자융의 등 뒤로 다가오며 호쾌하게 웃었다.

"자, 장문!"

십 장 떨어진 곳에서 이쪽을 바라보던 청년 하나가 분루를 삼키며 주먹을 불끈 쥐었다. 그의 뒤로 서 있는 수백 문원의 얼굴도 분한 기색임에는 마찬가지. 하지만 어느 누구도 감히 나서지 못했다.

　주변을 포위하고 있는 백의 무사들에게 이미 무장해제를 당한 상태였기 때문이다. 더욱이 점창 장문과 흑혈대주의 싸움은 누가 봐도 정당한 비무였기에 나설 명분조차 없었다.

　"그럼 우리는 이만 물러가겠소. 다음에 또 봅시다!"

　흑혈대주는 점창 장문에게 가볍게 손을 들어 보인 후 곧바로 몸을 돌렸다.

　"잠깐… 쿨럭!"

　흑혈대주를 불러 세우려고 몸을 일으키던 점창 장문 진자융이 선혈을 토하며 다시 주저앉았다.

　"사부님!"

　"부동(不動)!"

　진자융의 둘째 제자 순웅이 보다 못해 달려나왔고, 이를 본 흑혈대원들이 일제히 검을 뽑아 들며 맹렬한 살기를 드러냈다.

　"그냥 두어라!"

　한 손을 번쩍 들어 수하들을 제지하는 흑혈대주의 입가에는 여전히 미소가 떠나지 않았다.

　"원하는… 게 무엇이오?"

　순웅의 부축으로 겨우 일어선 진자융이 힘없는 목소리로 물었다.

　"흠! 글쎄올시다!"

　잠시 말을 멈추고 점창 문원들을 하나하나 훑어보던 흑혈대주가 빙긋이 웃으며 말을 이었다.

　"강한 점창! 내가 바라는 건 그것뿐이오."

　"……."

흑혈대주의 말에 점창 문원들의 눈에 일순 아연한 기색이 스쳤다.

"도전하시오! 어느 누구라도 좋소! 나를 꺾을 수 있다면… 아니, 내 십 초만이라도 받아낸다면 점창을 인정하지! 그리고 그전까지는 흑천에서 당신들을 보살펴 주겠소! 물론 그 대가로 흑천을 대신해 당분간 사천 관리를 맡아줘야 하오. 후후후!"

흑혈대주의 입가에 스산한 미소가 걸쳤다.

"헛소리!"

흑혈대주의 저의를 파악한 점창인들의 눈이 분노로 타올랐다. 결론적으로 점창을 사천지부로 삼는다는 말이나 다름없었기 때문이다.

"점창은 머리를 숙이기 위해 검을 수련하지 않소! 당신이 무인이라면 그런 조건은 입에 담지 말아야 하오. 어찌 승부를 낸 것도 모자라 상대의 이름까지 먹칠하려 하시오?"

진자융을 부축하고 있던 순웅이 나직하지만 위엄 가득한 목소리로 꾸짖었다. 그는 백천맹에 파견 가 있는 종야기와 함께 점창의 차기 장문으로 거론되고 있는 인물. 유들유들하고 임기응변에 능한 종야기와 달리 대쪽처럼 강단있는 성격다운 태도였다.

하지만 이번에는 상대를 골라도 한참 잘못 고른 것이었다.

"쿡… 쿡쿡! 그 기백은 좋은데… 어디 그만한 실력도 가지고 있는지 한번 볼까?"

흑혈대주가 조소를 흘리며 한 손을 까딱거리자 순웅은 진자융을 조심스레 자리에 기대어 앉히고 천천히 자리에서 일어났다.

"무릇 무인은 상대의 강약을 미리 저울질하여 그 대하는 태도를 달리하지 말아야 하오! 당신은 그런 의미에서 봤을 때 무인으로서의 자격이 전혀 없는 사람이군!"

"크하하하! 점창의 무공 중에 세 치 혀를 사용해 상대를 상하게 하는 무공이 있는 모양이군! 어디 그 자신감이 언제까지 가나 보자!"

"아니! 난 당신을 이길 자신이 없소! 하지만 나와 내 사문이 당신 뜻대로 움직이는 것을 지켜볼 정도로 비겁하지도 않소! 하이얏!"

"우, 웅아!"

진자융은 대경하여 흑혈대주를 향해 몸을 날리는 순웅을 향해 다급히 손을 뻗었다. 하지만 이미 극심한 내상을 입은 터라 서 있는 것조차 힘든 상태. 진자융은 안타깝게도 순웅의 옷자락 대신 허공만 움켜쥐었다.

슈슈슈슈욱!

이 장을 도약한 순웅의 손에는 어느새 검이 들려 있었다.

검에서 눈부신 섬광이 뿜어지며 그의 검이 넷으로 늘어나 흑혈대주의 전신을 향해 일제히 폭사되어 갔다.

분광검법. 날렵하고 표홀한 검법이 특기인 점창의 대표 무공으로 극에 이르면 빛살도 쪼갤 수 있다는 극쾌의 무공이 순웅의 손에서 펼쳐진 것이다.

"분광검법이라. 점창에도 사람이 있었군!"

흑혈대주는 눈을 가늘게 뜨고 피식 미소를 머금었다.

흑혈대주는 석양을 등에 지고 검을 찍어오는 순웅의 몸놀림이 예사롭지 않게 느껴졌다. 일시적으로 시신경을 마비시킬 정도로 눈부신 섬광. 하지만 그것뿐이었다.

"안 돼! 멈추시오!"

슈각······!

진자융의 처절한 외침과 동시에 순웅의 가슴에서 하얀 빛이 번쩍였다. 그리고 그 하얀 빛은 조금씩 붉게 물들어가기 시작했다.

쿠쿵!

순웅의 신형이 반으로 갈라져 지면으로 떨어져 내리자 이를 본 점창 문원들이 두 주먹을 움켜쥐며 눈을 질끈 감았다. 장문인의 명만 아니라면 당장이라도 달려나가 사생결단을 내고 싶었다.

"웅… 아……!"

진자융은 망연자실한 표정으로 제자의 양분된 시신에 눈을 고정했다. 그리고 이내 애써 정신을 추스르며 입술을 질끈 깨물었다.

"어찌 이리도 잔인한……."

망연한 표정으로 흑혈대주를 쳐다보던 진자융의 얼굴에 일순 체념의 빛이 떠올랐다. 순웅을 향했던 흑혈대주의 검이 자신에게 펼쳤을 때보다 두 배는 빨랐다는 사실을 떠올리자 다시 손을 섞어볼 엄두가 나지 않았다.

겁이 나서가 아니었다. 한순간의 분노로 인해 선대 조사들의 피와 땀으로 가꿔온 점창의 명예를 더럽힐 수 없었다. 점창의 명예에 금이 간 것은 지금으로도 차고 넘쳤다.

'갚아주지! 이 오욕의 빚은 반드시 갚아주지!'

속으로 다짐에 다짐을 거듭하는 진자융의 입술 선을 타고 피가 흘렀다.

흑혈대주의 검법은 진자융뿐만 아니라 점창의 장로들 역시 알아채지 못할 정도로 빠른 쾌검. 굳이 말하지 않아도 쾌검으로 소문난 자신들에게 실력을 과시하려고 일부러 내보인 것이 분명했다.

"기백에 어울리는 실력이었다면 더 좋았을 것을……."

흑혈대주는 짐짓 안타깝다는 듯한 말투로 뇌까리며 순웅의 주검을 바라보다가 진자융에게 다시 고개를 돌렸다.

"저 친구가 받은 검에 육성 진기를 실었소! 다시 한 번 말하지만 날 이길 자신이 섰을 때는 언제라도, 어느 누구라도 상관없다! 그럼… 기다리지!"

흑혈대주가 몸을 돌리자 장내를 가득 메우고 있던 살기가 삽시간에 가라앉았다. 주위를 포위하고 있던 흑혈대원들이 그의 뒤를 따라 사라졌기 때문이다.

이윽고 참담한 표정으로 흑혈대주의 떠나는 뒷모습을 바라보던 진자융이 힘없이 고개를 들었다.

"점창은 무기한 봉문에 들어간다. 그리고 본인은 오늘부로… 장문직에서 사임하겠소."

"장… 문!"

문원들이 하나둘 그 자리에 무릎을 꿇고 앉기 시작했다. 소리없이 흐느끼는 그들의 머리 위로 핏빛 석양이 지고 있었다.

아미산(峨嵋山).

붉은빛을 머금은 기암괴석들은 심하게 단절되어 있다. 하지만 조금 더 멀리서 보면 그 단절된 봉우리들이 하나의 거대한 줄기로 이어져 있음을 알 수 있다. 그게 아미산이 지닌 독특한 매력이다. 또한 수백 장에 이르는 절벽들 사이로 깊게 패인 협곡과 한눈에 보기에도 웅장한 산세는 아미천하수(峨嵋天下秀)라는 말을 새삼 실감케 해준다.

그 아미산의 공기가 심상치 않다.

깨알 같은 하얀 점들이 마치 먹이를 노리는 흰개미 떼처럼 구불구불 연결되어 아미산을 둘러싸고 있다.

보다 정확히 말하면 아미의 진원지가 있는 금정봉(金頂峰) 정상이다.

근 삼 장 높이에 이르는 거대한 화엄동탑 앞에 자리한 여승들은 파르라니 깎은 머리를 돌려 한곳으로 시선을 집중하고 있다. 그사이 한차례 싸움이 있었음인지 그녀들의 승복 여기저기에는 핏물이 배어 있고, 청석 바닥에는 채 수거하지 못한 병장기들이 널려 있다.

반대편에서도 같은 곳을 바라보는 이들이 있었다. 하지만 여승들과 달리 한결 차분하고 여유로운 모습. 가슴에 붉은 글씨로 운(雲)이라 새긴 백의 무리의 수는 무려 오백. 이들은 아침 예불이 끝남과 동시에 들이닥친 흑천의 정예 부대, 흑운대의 무사들이었다.

그리고 지금 무정 사태와 이 장 앞에 마주 선, 팔뚝이 보통 사람 두 배 가까이 되어 보이는 노인이 바로 이들의 수장, 흑운대주다.

처음 이들이 아미에 난입했을 당시만 해도 무정 사태 이하 아미 문원들은 별다른 동요를 하지 않았다.

비록 단리무옥을 비롯한 대부분의 일대제자들이 백천맹으로 파견을 간 상황이었으나 본산에 남은 기명, 무기명 제자 수만 해도 육백. 수적으로도, 질적으로도 전혀 밀리지 않는다고 생각했기 때문이다.

하지만 그런 생각이 오판이라는 것은 흑운대 무사들과의 한차례 접전을 통해 대번에 깨닫게 되었고, 무정 사태는 점점 밀리기 시작하는 제자들을 보고 결국 앞으로 나왔다.

그리고 싸움은 소강상태에 접어들었다. 아미 최고수 무정 사태와 겨루기 위해 마찬가지로 흑운대 측에서도 최고수가 나섰기 때문이다.

"빈니는 무정! 아미를 찾은 연유를 대시오!"

무정 사태는 전면에 떡하니 서서 가볍게 고개를 숙인 채 상념에 잠겨 있는 듯한 흑운대주를 보며 절제된 목소리로 추궁했다.

하지만 무심한 듯 입을 연 무정 사태의 속은 참을 수 없는 분노와 강한 의구심에 사로잡혀 있었다. 조금이라도 수양이 부족했다면 벌써 달려나가 검을 휘둘렀을 정도로 극심한 분노였다.

아미파가 생긴 이래 이렇게 많은 수의 적들이, 이렇게 노골적으로 검을 들이밀며 침입을 감행해 온 적은 없었다.

그것은 이곳 아미뿐 아니라 어느 무가라도 마찬가지다. 아무리 철천지원수지간이라도 처음부터 일체의 대화도 거부한 채 이런 식으로 검을 날리며 살초를 전개하지는 않는다.

하지만 흑운대 무사들은 달랐다. 그들은 차갑게 식은 눈으로 아미승들을 바라볼 뿐, 어떠한 감정도 드러내 보이지 않았다. 심지어는 몇몇 아미 문원의 가슴에 검을 틀어박는 그 순간까지도 지극히 무심한 눈빛이었다.

이에 무정 사태는 상대가 누구인지도 모르고, 무슨 이유로 침입했는지도 모르는 상황에서 죽어가는 제자들을 보며 참담함을 금할 길이 없었다.

"흑천! 우린 그곳 사람들이오."

"검은 하늘? 그런 마도 세력은 들어본 적이 없소만……?"

"우리는 마도가 아니오! 물론 정도는 더 더욱 아니지!"

"그렇다면……."

무정 사태는 무의식적으로 고개를 갸우뚱했다. 비록 일면식도 없는 적들이었지만, 마도 측 인물들이겠거니 했던 추측이 여지없이 깨져 버렸기 때문이다.

"난 운이 좋은 것 같소! 여태껏 산적 나부랭이로 살던 나 같은 놈이 구대문파 장문 중 한 명과 이렇게 신명나게 놀아볼 기회가 생겼으니 말이오. 그것도 아미파의… 하하하!"

이제껏 무표정하던 흑운대주가 얼굴 가득 환한 미소를 피어올리며 천천히 고개를 들었다.

온화한 인상이었으나 왼쪽 눈 부위에 사선으로 길게 난 자상 때문에 그런지 그의 말대로 영락없는 산적으로 보였다.

하지만 무정 사태는 결코 그를 단순한 산적 나부랭이로 볼 수 없었다. 쏘아보는 눈빛과 군살이라고는 전혀 찾아볼 수 없는 몸, 전신 곳곳에 새겨진 크고 작은 흉터들. 흑운대주는 한눈에도 싸움이라면 이골이 난 백전노장이었다.

"흑천이라는 곳과 아미는 아무 연이 없는 것으로 아오만……."

"꼭 원한이 있어야 하는 거요? 만일 우리가 원한이 없다고 하면 그냥 돌려보내 줄 생각인 거요? 우리 복잡하게 말 섞지 맙시다. 생각은 일단 붙고 나서 이긴 쪽에서 해도 늦지 않소!"

"……."

무정 사태가 일순 어이없는 표정이 되어 입을 다물자 흑운대주가 피식 웃으며 한 걸음 앞으로 걸어나왔다.

"이럴 때 무림에 적을 둔 인간들은 통성명을 하는 것으로 알지만 난 이름 같은 건 없소! 그냥 흑운대주라고 불려왔고, 앞으로도 그 이름으로 살아갈 것이오. 그럼 시작합시다!"

우두둑!

흑운대주의 손목 어귀에서 뼈마디 부러지는 소리가 나며 그의 팔 근육들이 차례차례 뭉쳐졌다. 그의 손에는 여느 도끼와 달리 손잡이가 짧고 박쥐 날개를 연상시키는 시퍼런 양날을 가진 도끼가 들려 있다.

"복황부(蝠皇斧)라는 녀석이오. 지닌 재주가 변변치 못해 무기의 이

점을 빌리고자 하니 이해하시오. 보기에는 이리 무식하게 보여도 장왕이 만든 물건이라오."

흑운대주는 복황부를 가슴께로 들어올려 무정 사태를 가리켰다.

"장왕의 기보(奇寶)를 어찌 당신이……?"

이제까지 차분한 기색을 보이던 무정 사태가 두 눈을 동그랗게 뜨고 복황부에 시선을 고정했다.

흑운대주의 뒤에 일렬로 늘어선 무사들의 검이 햇빛에 반짝이는 것과 달리 복황부는 그 햇빛을 반사시키지 않고 그대로 머금은… 일견하기에도 보통 병기가 아니었다.

"차아앗!"

후우웅!

흑운대주가 머리 위로 들어올렸던 복황부를 땅을 찍듯 내려치자 그의 전면으로 강풍이 일어났다. 하지만 일반적인 바람이 아니었다. 바람은 색깔을 띠지 않으니까.

검은 바람.

복황부에서 폭사되어 나온 바람이 횡으로 회오리치며 무정 사태를 향했다. 어느 특정 부위가 아닌 전신을 사정권으로 둔 공격이었다.

곁에서 이를 지켜보는 아미 제자들의 눈이 경악으로 물들었으나 무정 사태는 아무런 동요 없이 묵묵히 양 장을 들어올렸고, 그 순간 그녀의 양손이 금빛으로 물들었다. 무상금광신공을 끌어올리며 나타난 현상이었다.

쩡~!

"흡!"

무정 사태의 입에서 당혹성이 터져 나왔다.

보통 힘이 아닐 거라는 예상은 했지만 손목을 타고 전해오는 압박은 그녀로서도 처음 받아보는 엄청난 힘이었다.

흑운대주가 날린 경력에 그의 내력과 더불어 복황부를 통해 발현된 예기까지 더해져 있었기 때문이다. 역시 헌원유천이 만든 병기는 뭔가 달라도 다르다는 생각이 들었으나 지금은 감탄만 하고 있을 상황이 아니었다.

무정 사태는 급히 허리춤에 차고 있던 장검으로 손을 가져갔다. 적수공권으로 상대하기에는 역부족이라고 직감했다.

하지만 이를 보는 아미 문원들의 얼굴에는 이전보다 더한 당혹감이 서렸다. 아무리 기인이사가 많다지만 아미 장문이 무명조차 변변치 못한 노인을 상대로 검을 뽑아 들려 하다니… 눈앞의 현실이 믿기지 않았다. 그러나 곧이어 전개된 둘의 싸움은 더욱 믿기지 않는 상황으로 치달았다.

파파파팡……!

무정 사태의 손에서 강맹한 장풍이 연속적으로 쏟아져 나왔다. 아미의 대표 장공인 복호장이었다. 하지만 복호장을 받는 흑운대주의 입가에는 오히려 미소가 스쳤다.

퍼억!

날카로운 파육음과 동시에 흑운대주의 왼쪽 어깨가 뒤로 밀렸다. 그러나 그것으로 끝이었다.

흑운대주는 여유로운 표정으로 오른발을 앞으로 내밀었다.

"이게 다인가?"

"……."

무정 사태는 불신 가득한 표정으로 두 주먹을 말아 쥐었다.

복호장법, 구음신장, 표설천운장 같은 장법부터 일지금, 복호금강권, 청상권에 이르는 권법에 이르기까지 아미가 자랑하는 대표적인 절학들을 쉴 새 없이 쏟아냈으나 흑운대주는 이를 고스란히 받으면서도 별다른 타격을 입지 않은 듯했다.

'설마 호신강기인가? 아무리 그렇기로서니 어찌 맨몸으로……?'

무정 사태는 흑운대주의 무공 연원을 알아내기 위해 빠르게 염두를 굴렸다. 하지만 아무리 생각해도 자신의 권장을 맨몸으로 받아낼 수 있을 정도로 뛰어난 외문 공부는 떠오르지 않았다.

그녀의 곤혹스런 표정을 즐기는 듯 가만히 지켜보던 흑운대주가 피식 웃으며 입을 열었다.

"그럼 이번에는 내가 하지! 받아랏!"

후아아앙~!

흑운대주의 도끼가 우에서 좌로 비껴 그어졌다.

그 한 동작으로 사방으로 강풍이 일고, 경력이 회오리치며 주변에 모여 있던 사람들을 점점 뒤로 물러나게 만들었다.

쿠쿵!

지면에 깊은 족적을 남기며 뒤로 물러서는 무정 사태의 얼굴이 참담하게 일그러졌다.

무정 사태는 계속해서 뒤로 밀렸다. 흑운대주는 이제 승부를 내기로 마음먹은 듯 가차없이 몰아붙였다.

사사삿─!

어지럽게 발을 놀리며 뒷걸음질치는 무정 사태의 주위로 흙먼지가 흩날렸다. 그리고 그 흙먼지들은 흑운대주가 휘두른 복황부에 잘게 쪼개지며 더욱 미세한 먼지로 화해 주변에서 싸움을 지켜보는 중인들의 시야를 뿌옇게 흐렸다.

'으음. 역시 검으로 승부를 봐야 하는 것인가?

휘휙!

무정 사태는 이대로 가다가는 변변한 타격 한번 못 입히고 패하리라
는 생각에 입술을 잘근 깨물며 지면을 박찼다.

순간 그녀의 신형이 잘게 흔들리며 좌우로 갈리었다.

흑운대주는 무정 사태가 만든 환영을 보며 피식 웃더니 복황부를 횡
으로 휘둘렀다. 그는 복잡한 상승 무리는 모른다. 무정 사태가 만든 환
영이 구전환영보를 펼치며 일어난 현상임은 더 더욱 모른다.

본인 말처럼 산적 출신인 흑운대주는 신도화수가 처음으로 거둔 수
하이며 그것은 그의 두 자긍심 중 하나이다. 그리고 남은 자긍심이 바
로 삼십 년 전 신도화수에게 전해 받은 강수부법(强手斧法).

강수부법은 횡으로 휘두르고, 종으로 내리찍고, 사선으로 비껴 가르
는 단 세 초식의 무공. 하지만 강수부법은 신도세가의 봉공 중 한 사람
이었던 설산옹(雪山翁)의 독문무공으로 신도연이 신도화수에게 정령대
법을 펼쳐 신도세가의 무공을 넘겨줄 때 같이 넘겨준 몇 안 되는 외부
의 무공 중 하나다.

그 사실을 증명이라도 하듯 흑운대주는 무정 사태의 현란한 보법과
신묘한 움직임을 간단히 제압해 나갔다.

반 갑자 동안 강수부법만 꾸준히 연마하여 흑천 내에서도 상위에 속
하는 절정고수인데다 헌원유천이 만든 복황부까지 가미하니 흑운대주
의 전력은 이전보다 두 단계는 껑충 뛴 상태. 무정 사태로서도 역부족
일 수밖에 없었다.

'이정제동(以靜制動)이라. 단 삼 초식에 아미의 무공이 모두 갇히다

니… 선대 조사들을 어찌 뵌단 말인가?

무정 사태는 구전환영보에도 전혀 흔들림없이 자신의 움직임을 완벽히 차단하는 흑운대주를 보며 속으로 장탄식을 토했다.

그녀가 지금까지 선보인 다양한 권, 장법도 훌륭하고 일파의 장문으로 손색이 없는 몸놀림이었지만 그녀의 장기는 난피풍검법, 멸절검법, 무상검식으로 이어지는 검술에 있다.

'저자가 검을 사용치 못하게 하는 것으로 봐서는 보법에 약점이 있을지도……! 그렇군. 검만 뽑는다면 승산이 있어!'

핑그르르르!

무정 사태는 다시 한 번 지면을 박차며 허공으로 숏구쳐 올라 신형을 회전시켰다. 흑운대주가 지금껏 자신의 장풍을 고스란히 받은 이유가 보법의 미숙함에 있을지도 모른다는 생각에 마지막 희망을 걸어보기로 했다.

"복호출동! 구음백조!"

무정 사태의 양손에서 이전보다 배는 강한 위력의 기운이 쏟아져 나왔고, 그녀는 복호권법과 구음신장을 동시에 전개한 직후 곧바로 전력을 다해 뒤로 물러났다.

차아앙!

맑은 검명과 함께 무정 사태의 허리에 잠들어 있던 검이 뽑혀져 나왔다. 무정 사태의 공격에 뒤로 물러섰던 흑운대주가 흥미로운 눈초리로 입을 열었다.

"아미의 무공… 솔직히 기대 이상이오! 괜히 구대문파에 들어 있었던 게 아니었군! 그럼 다시 한 번 붙어봅시다!"

흑운대주가 엄지손가락을 치켜세우며 성큼성큼 앞으로 걸음을 옮기자 무정 사태가 눈썹을 꿈틀하며 검을 앞으로 내밀었다.

"아미의 검은 쉽게 뽑히지 않지만 한 번 뽑히면 용서를 모르오!"

파아아앗!

무정 사태의 몸과 검이 어우러져 솟구치며 현란한 회전을 시작했다. 공중에서 그대로 짓쳐들어오는 그녀를 보며 흑운대주의 얼굴이 처음으로 굳어졌다.

타타타타타탕―!

마치 하늘에 수놓은 별들이 땅으로 내려온 듯 사방으로 튀는 불꽃들.

복황부와 부딪친 탄력을 이용해 다시 허공으로 솟구친 무정 사태는 검과 함께 회전하며 흑운대주의 정수리를 향해 쉴 새 없이 검을 찔렀다. 이를 막는 흑운대주의 손도 분주히 움직였다. 이전까지와는 다른 날렵한 놀림이었다.

타아아아아아아앙……!

길게 이어진 금속성. 얼핏 들으면 한 번의 울림 같지만 실상은 무정 사태의 검이 수십 번에 걸쳐 복황부와 부딪치며 발생한 소리가 이어진 것이었다.

"쿨럭!"

목구멍을 타고 치밀어 오르는 선혈을 꿀꺽 삼키는 무정 사태의 표정은 더 이상 인자하지도, 여유롭지도 않았다.

흑운대주가 단순히 막기만 한 것이 아니었기 때문이다. 그는 전력을 다해 부딪쳐 오는 무정 사태에게 마찬가지로 막대한 내력을 쏟아 부으며 반격을 가했던 것.

복황부의 묘용이 여기에 있었다.

　상대의 내력을 돌려보내며, 더불어 사용자의 내력까지 가미해 공격할 수 있는 신병.

　내기가 진탕된 무정 사태의 눈에서 붉은 핏물이 흘러내렸다. 시신경이 흑운대주의 기운을 견디지 못하고 터져 버린 것이다.

　'아아! 보법이 약점이 아니었군!'

　흑운대주를 쏘아보는 무정 사태의 눈이 심하게 떨렸다. 전력을 다했는데도 부질없는 몸짓에 불과할 뿐임이 증명된 순간, 지난날 자신이 뼈를 깎는 고통 속에 수련해 왔던 무공들이 모두 보잘것없게 느껴졌다.

　이윽고 두 눈을 질끈 감은 무정 사태의 귀로 흑운대주의 메마른 음성이 들려왔다.

　"당분간 문을 닫으시오. 앞으로 어떤 일이 벌어져도 장님, 귀머거리가 되어 사시오. 그럼 아무 문제도 없을 게요."

　"……."

　무정 사태는 절망에 찬 얼굴로 천천히 고개를 들었다. 예상은 했지만 이렇게 직접적으로 봉문을 원할 줄은 몰랐다. 도대체 흑천이라는 세력이 어떤 곳이기에 구대문파 중 하나인 아미에 난입해 이렇게 다짜고짜 봉문을 강요하는 것일까.

　무정 사태는 문득 지금 아미에서 일어나는 일만이 전부가 아닐지도 모른다는 생각이 들었다. 흑운대주 하나만 봐도 흑천이 구대문파를 모두 봉문시킬 힘이 있을지도 모른다는 불길함이 엄습해 왔다. 하지만 그렇다고 이자의 말만 듣고 봉문을 할 수도 없는 노릇.

　무정 사태는 양 볼을 타고 흐르는 핏물을 소매로 꾸욱 누르며 천천히 입을 열었다.

　"한 문파의 봉문을 어찌 외부인이 관여하시려는 게요? 우리 아미는 강압에 휩쓸리는 호락호락한 문파가 아니오!"

"내 얘기를 아직 이해하지 못했나 본데… 난 부탁을 하는 게 아니라 당신에게 명령을 하는 거요!"

"무슨 자격으로!!"

"크… 크크! 당신은 정말 훌륭한 고승 같소이다! 이렇게 생사를 도외시한 발언을 서슴없이 하는 것을 보면 말이오."

무정 사태가 노호성을 터뜨리자 흑운대주가 호쾌하게 웃으며 그녀를 향해 뚜벅뚜벅 걸어왔다. 이에 물밀듯이 몰려온 아미 제자들이 무정 사태를 에워싸며 검을 뽑아 들었다.

하지만 흑운대주는 아무 거리낌이 없었다.

복황부를 어깨에 척 걸치고 다가온 그는 아미 제자들의 시선을 받으며 입술을 비틀었다.

그것은 강자만이 지닐 수 있는 자신감이었고, 패한 무정 사태와 아미 제자들에게 보내는 비웃음이었다.

"그럼 말이야. 장문이 죽으면 어떻게 되지? 그 정도 일이 벌어지면 봉문이 아니라 봉문 할아비라도 해야 하지 않을까?"

"악적! 무슨 말을 하는 거냐?"

"크하하하! 악적? 참으로 오랜만에 들어보는 소리로군. 악적이라. 내 비록 소싯적에 산적질로 입에 풀칠하고 살던 사람이라지만 아무리 네년들보다 더 추잡한 짓을 하고 살았을까?"

한 여승의 외침에 흑운대주가 파안대소하며 주변을 둘러봤다.

"지금 무슨 소리를 하는 건가?"

무정 사태는 흑운대주의 말에서 이전에는 느끼지 못했던 원망을 느꼈다. 어쩌면 이자와 아미가 자신도 모르는 원한 관계가 있는지도 모른다는 생각이 들었다.

"묻겠다! 너희가 보호비 명목으로 뜯는 돈과 산적들이 통행료를 빙자해 뺏는 돈이 뭐가 다르지? 설마 불자들이 바치는 시주로만 산다고는 못하겠지?"

"……."

흑운대주의 말에 어느 누구도 입을 열지 못했다.

그의 말은 사실이었다.

아미파는 사천성 남동부에서 활동하는 이들에게 재정적인 지원을 받는다. 물론 구대문파 중 하나인 아미로 보내는 자발적인 지원이자 시주이기는 하지만 흑운대주가 말하는 것처럼 삐딱한 시선으로 보면 보호비나 다름이 없다. 거대 방파를 꾸려가기 위해 어쩔 수 없이 존재하는 원칙인 것이다.

"역시 대답하지 못하는군. 우리 흑천에는 유식한 사람도 있고, 무식한 사람도 있다. 물론 글쟁이보다는 농사꾼이나 나무꾼처럼 머리에 든 것 없는 인간들이 더 많지. 하지만 그래도 알 건 다 안다! 사람은 자고로 남의 것을 빼앗으며 살면 안 된다는 것! 그건 말이야, 굳이 배우지 않아도 알 수 있는 거야. 안 그래?"

후아악~!

잠자코 흑운대주의 말을 듣던 무정 사태의 두 눈에 검은 그림자가 스쳤다. 이에 다급히 뒤로 물러나려 했지만 온몸이 올가미를 뒤집어쓴 사슴처럼 말을 듣지 않았다.

퍼어억!

둔탁한 파열음과 함께 무정 사태의 눈앞에 불이 일었다. 흑운대주의 기습에 속수무책으로 당하고 만 것이다.

그녀의 주변에 있던 제자들이 놀란 눈으로 분분히 자리에서 일어났으나 이미 흑운대주는 빠르게 뒷걸음질쳐 뒤로 물러난 상태.

무정 사태는 지금 받은 일격을 자신이 최상의 몸 상태를 지니고 있었다 해도 결코 막을 수 없으리라는 생각이 들었다.

"암운(暗雲)이로고… 앞으로 몰아칠 피바람이 걱정이로구나."

무정 사태는 오싹한 한기가 몰려왔다. 복황부에 의해 갈라진 가슴 사이로 휑하니 바람이 들어오고 있었다.

"자, 장문!!"

무정 사태의 가슴을 손으로 틀어막고 있던 한 제자가 뾰족한 비명성을 질렀다. 하지만 그녀의 비명은 흑운대주의 우렁찬 외침에 의해 묻혀 버렸다.

"이백이다! 아미승 이백을 죽여 흑천의 앞길을 막는 본보기로 삼을 것이다. 출(出)!"

"흑천의 이름으로!!"

흑운대주의 명에 주변을 둘러쌌던 흑운대 무사들이 신형을 날렸다. 마치 하얀 눈이 날리듯 천지에 가득한 그들의 모습은 세상을 깨끗하게 만들기 위한 하늘의 염원 같았다.

하지만 그들의 눈은 이전과 달랐다. 더 이상은 이전의 담담하던, 아무 사심 없던 눈빛이 아니었다.

"흐흐흐! 힘없는 자들을 위한 정의 실현! 이것이 흑천의 뜻이다."

흑운대주는 검에 잘리고 썰리는 아미승들을 보며 음침한 괴소를 흘렸다. 하지만 그는 몰랐다. 지금 그의 모습은 그가 그토록 증오하고 치를 떨던 강자들이 약자를 대하던 모습과 다를 바 없다는 것을.

붉게 지는 노을을 바라보는 신도화수의 입술이 굳게 다물려 있다.

그의 등 뒤에 시립해 있는 신도화정도 말이 없기는 마찬가지다.

신도화정은 안다.

지금 신도화수의 가슴은 자신으로서는 짐작조차 할 수 없을 만큼 벅찬 떨림으로 요동치고 있음을. 사십 년간 쌓인 회한의 감정들을 일순간에 풀 수는 없는 일. 그렇기 때문에 신도화수에게는 감정을 추스를 시간이 필요하다.

이에 신도화정은 입을 다물고 있었다. 그는 신도화수의 마음이 어느 정도 풀릴 수만 있다면 수십 년 말을 하지 않아도 상관이 없다고 생각하며 살며시 입술을 베어 물었다.

이윽고 신도화수가 붉은 잔상만이 아련히 남은 하늘에서 시선을 떼며 입을 열었다.

"이제 시작이구나."

"그렇습니다! 드디어 형님과 저의 한, 우리 가문의 한을 풀 때가 왔습니다!"

신도화정이 기다렸다는 듯 힘차게 고개를 끄덕이며 말을 이었다.

"사천이 넘어왔습니다. 아미의 저항이 조금 거세 다소 지체되고 있기는 하나 점창과 청성은 순조롭게 우리 측 인물들로 장문이 교체되었습니다. 아미도 조만간 좋은 소식이 있을 것입니다."

"당문은?"

"처음 계획대로 상호 불가침 조약을 맺었습니다."

"잘했다. 당문을 접수하는 것이 불가능한 일은 아니지만 그로 인해 시간을 끄는 것보다는 그냥 우군으로 놔두는 것도 우리에게는 득이 되는 일이지. 그럼 절강과 안휘를 접수하면 일차 계획은 아무 차질 없이 이루는 것이구나!"

신도화수가 흡족한 미소를 지으며 고개를 끄덕였다.

"절강성과 안휘성의 패자로 있는 신농방과 남궁세가의 주축 세력들이 모두 백천맹으로 향했으니 그도 전혀 문제될 것이 없습니다. 그리고 말씀하신 대로 본 세가와 원한이 없는 세력들은 되도록 건드리지 않고 있습니다. 당문을 통해 전례를 남기는 셈이니 다른 세력들도 가급적 우리와 부딪치지 않고 싶어할 것입니다. 그러니 이 또한 아무 문제가 없습니다."

"그래. 난 흑천을 통해 더 이상 신도세가와 같은 비극이 세상에 일어나지 않기를 바란다. 그러기 위해서는 지닌 힘을 보여주면서, 더불어 이에 걸맞는 아량이 있음을 알릴 필요가 있지."

"하지만 육패와 협조하는 세력들에게 베풀 자비는 없습니다. 마도와의 싸움을 빙자해 자신들의 세를 불리려고 속속들이 모여드는 추악한 인간들은 씨를 말려야지요!"

"마사회에 음양마교의 주구들이 있다는 정보는 확실한 거겠지?"

"그렇습니다. 마사회의 태상호법으로 있는 한음신마와 축융마존이 도황마제, 빙후와 더불어 음양마교의 사대호법이었음을 확인했으니 그곳이 바로 음양마교를 승계한 곳입니다!"

"그렇다면 우리가 정리할 이들은 백천맹과 마사회로 압축되는군. 빙후의 위치는 파악이 됐느냐?"

"그것이… 아직 정확한 소재 파악은 되지 않았습니다. 하나 흑천의 눈과 귀가 천하에 깔려 있으니 조만간 그 모습을 드러낼 수밖에 없을 것입니다."

"신도세가의 멸문에 관여한 인간들은 결코 쉽게 죽지 못하게 만들어

줘야 한다!'

결연한 표정으로 고개를 끄덕이던 신도화수가 불현듯 떠오른 생각에 신도화정을 향해 눈을 돌렸다.

"관부의 동태는 어떠하냐?"

"아직은 무림인들의 세 다툼이라 생각하고 개입하지 않고 있습니다만, 앞으로 많은 사상자가 속출할 것은 불을 보듯 뻔하니 조만간 대명 황실에서도 모종의 조치를 취하겠지요."

"흥! 황실은 무슨……!"

신도화수의 얼굴에는 불쾌한 기색이 역력했다. 신도세가의 멸문에 잠자코 있었던 명황실에 대한 적개심을 노골적으로 드러냈다.

"이십 년 전 천하제일 비무대회가 열리지만 않았어도 우리의 복수는 그때 끝을 낼 수 있었다. 그들은 우리에게 헛된 희망을 품게 하여 이십 년을 더 허비하게 만든 어리석은 종자들이다!"

"이제 더 이상 연경에서 주씨를 보는 일이 없을 것입니다."

"음양마교의 후예가 성공했느냐?"

"황제는 더 이상 보좌에 앉지 못합니다!"

신도화정이 의미심장한 미소를 머금고 다시 말을 이었다.

"걸림돌 둘만 마저 정리하면 쓰레기를 치우는 일이 남을 뿐입니다."

"걸림돌이라… 흑화검성 말고 네게 그런 평가를 받을 만한 자가 아직까지 있었단 말이냐?"

신도화수의 눈썹을 모으며 고개를 갸웃거렸다. 신도화정이 두려워했던 이는 오직 사군우뿐이다. 육패나 십이제천 같은 고수들도 신도화정에게는 발톱에 긴 때만큼도 못하게 여겨졌다. 그런데 흑천의 걸림돌이라니… 속으로 의문에 잠겼던 신도화수는 불현듯 떠오른 한 사내의 얼굴에 저도 모르게 의자 손잡이를 쥔 손에 힘을 꾹 주었다.

"그를 만난 모양이구나!"

"그렇습니다! 탈혼광랑… 그리고 타락수라 화무영. 뜻하지 않은 곳에서 흑천의 행보를 방해하고도 남을 걸림돌이 튀어나왔습니다. 제가키운 업보라고 할 수 있지요."

신도화정이 씁쓸한 표정을 지으며 먼발치로 시선을 돌렸다.

어느새 어둑해진 사위가 그의 시야를 가렸다. 하지만 신도화정은 속으로 신도화수에게 자신의 표정을 들키지 않아 다행이라는 생각이 들었다.

'군우! 자네에게는 두 번 몹쓸 짓을 저지르는군. 자네를 죽인 것도모자라 자네가 남긴 후인까지 없애야 하다니… 이제 더 이상 미안하다는 말은 하지 않겠네. 이 업보 그대로 다 지고 갈 생각이네.'

신도화정이 안구에 찬 습기를 바람에 말리는 사이, 신도화수도 자신만의 상념에 빠져들었다.

'시기와 질투가 없는… 욕심과 다툼이 없는 세상을 만들 것이다! 반드시!'

삐이걱—!

신도화수와의 대화를 마치고 내실로 자리를 옮긴 신도화정은 살며시 열리는 문소리에도 미동하지 않았다.

누가 왔는지 아는 까닭이다.

조용히 뒤에 서서 자신의 입이 떨어지기만 기다리고 있을 사내. 그는 흑천의 고위 간부이자 신도화정의 오랜 지기였다.

"황 조장… 우리가 함께 일한 지 얼마나 됐지?"

“…….”

흑살조장 황초명. 그는 신도화정의 반듯한 뒷모습을 바라보며 곰곰이 생각했다. 신도화정이 자신과 함께한 삼십 년 세월을 잊었을 리 만무했기 때문이다.

“세상은 고였어. 아니, 이젠 고이다 못해 썩어버렸어. 그건 강호는 물론 관부도 마찬가지다. 황실은 우리가 강남의 다섯 개 성을 장악할 때까지도 아무것도 모르는 허수아비임을 여실히 증명해 보였고… 정사무림인들은 물론 관리들, 화적 떼 할 것 없이 소위 조금이라도 힘을 지닌 인간들은 자신들의 세를 불리기 위해 혈안이다. 힘없는 자들, 소외된 자들은 그들에게 착취를 당하면서도 아무 소리도 하지 못하는 게 작금의 현실. 아무도 이런 이들은 거들떠보지 않아!”

“그래서… 천주께서 흑천을 만드신 것 아닙니까?”

황초명이 두 눈을 빛내며 고개를 들어올렸다.

“꼭 그런 것만은 아니지. 형님과 내가 육패를 없애기 위해 흑천을 만들었다는 것은 자네도 잘 알지 않나? 솔직히 흑천이 만들어진 동기는 중원 평화를 위해서라든지, 헐벗은 민초들을 구제한다든지 하는 거창한 이유만은 아니었지. 허허허!”

“하지만 저는 천주께서 단지 가문의 복수만을 위해 흑천을 만들고 키우셨다고는 생각지 않습니다. 제가 아는 흑천은…….”

신도화정이 씁쓸한 미소를 머금자 잠시 망설이던 황초명이 이내 두 눈에 힘을 주며 다시 말을 이었다.

“물론 육패는 강호의 어느 세력보다 강력한 힘을 지녔지만 흑천에 비할 바는 못 됩니다!”

“후후후! 정말 그렇게 생각하나?”

"흑천은 무림인들로만 구성된 세력이 아닙니다. 관부와 상계, 농민, 심지어는 기녀와 화적 떼에 이르기까지 모든 방면에 걸쳐 한마음으로 뭉친 곳이지요. 바로 새로운 하늘을 열고자 하는 염원 말입니다!"

황초명은 두 눈을 차갑게 빛내며 열변을 토했다. 그는 신도화정과 이런 대화를 나누게 될 줄은 몰랐다. 신도화정은 선혜원에서 활동을 하고 자신은 주로 화평에서 신도화수를 보필하느라 깊은 대화를 나눈 적은 드물었지만, 한 번도 서로 다른 마음을 품고 있다는 생각은 해본 적이 없었다. 이 때문에 황초명은 흑천의 숭고한 뜻을 훼손하는 듯한 신도화정의 발언에 일말의 배신감마저 느꼈다.

이윽고 신도화정의 맑은 음성이 방 안에 울려 퍼졌다.

"사실 형님과 난 흑천이 이 정도로 세력이 커질 것이라고는 전혀 예상치 못했네. 우리 둘만으로는 육패에 대한 복수가 불가능해서 만들었을 뿐… 그래서 처음에는 수하로 써먹기가 가장 손쉬운 산적들을 목표로 삼았고, 광주에서 이백 리 떨어진 남곤산으로 들어갔었지."

"……."

신도화정이 지그시 눈을 감으며 옛일을 꺼내기 시작하자 황초명은 지그시 입술을 물었다. 그 역시 흑천이 어떻게 시작됐는지에 대해서는 전혀 아는 바가 없다.

삼십 년 전, 절강성 항주 땅에서 칼밥을 먹고살던 청부 살수였던 그는 신농방의 노여움을 사서 광주까지 피신을 했고, 이미 광주 일대를 장악하고 있던 신도화수와 화정 형제를 만나 인연을 맺고 지금까지 그들의 수족이 되어 움직이고 있다. 황초명이 기억하기로 흑천이라는 이름으로 불린 건 그가 신도가와 인연을 맺고 십 년이 더 흐른 뒤의 일이다. 그래서 가끔은 과연 저 두 형제가 어떤 방법으로 광주를 장악할 수 있었을까 하는 의문에 젖기도 했었다. 지금 신도화정은 그동안의 의문을 풀어주려는 듯 입을 놀리고 있는 것이다.

"남곤산 산적들의 세는 생각보다 강성했네. 산채에서 사는 남정네들만 기백에 이르더군. 형님은 몸이 불편하셨고, 내 무공도 그리 뛰어난 것은 아니었지만 다행히 그들을 제압할 정도는 됐지. 그래서 그 산적들을 모두 수하로 삼을 수 있었고… 이후 일 년에 걸쳐 인성 교육과 무공 수련을 시켜 광주로 진출했다네. 광주를 접수하는 건 생각보다 훨씬 수월했지. 비록 훈련 기간은 짧았지만 광주 주먹패들에 비하면 정예 강병이었으니까 말이야. 그렇게 해서 광주부터 차츰차츰 그 세를 넓혀갈 수 있었네. 정말 우리로서도 믿기 힘든 놀라울 정도로 빠른 속도였지. 그래서 형님과 나는 우리가 간과한 사실이 하나 있음을 깨달았네. 그게 뭘 것 같나?"

신도화정이 천천히 몸을 돌리고 황초명의 의아해하는 두 눈을 바라봤다.

"……."

질문을 받은 황초명이 일순 주저하며 대답하지 못하자 신도화정이 피식 웃으며 다시 입을 열었다.

"나만 사는 세상도 아니고, 나만 힘든 세상도 아니라는 거지! 가문의 멸문을 지켜본 형님과 부모 없이 자라야 했던 나보다 더 가련하고, 더 안타까운 사연을 가진 사람들이 수두룩하다는 것을 깨달은 게지. 세상은 위에서 군림하고 지배하는 사람보다 밑에서 학대받고 고통받는 사람들이 더 많다는 지극히 당연한 사실 말이야. 한 많은 사람들이라 그런지 형님과 내가 전하는 것들을 받아들이는 데 전혀 주저함이 없더군. 아니, 그들은 세상 어느 누구보다 간절하고 절실하게 이를 받아들였지."

그랬다. 신도화수의 머릿속에 담긴 신도세가의 무공과 학문들, 신도화정이 자라며 배우고 습득한 다방면에 걸친 지식들은 산으로 숨어들어 화적질을 했던 그들에게 있어 일생일대의 기회였다.

농업에 뜻을 둔 사람들에게는 농사 기술을 전수했고, 관에 뜻을 둔 사람에게는 학문을, 무인에 뜻을 둔 이들에게는 제대로 된 무공을 가르쳤다.

처음에는 시큰둥한 반응을 보이던 사람들도 날이 갈수록 신도화수 형제가 전하는 것이 그들이 새롭게 거듭날 수 있는 길임을 깨닫기 시작했고, 이를 아무 대가 없이 전하는 두 형제의 소문은 입에서 입을 타고 강남 전역으로 퍼져 나갔다.

이후 신도화정이 굳이 설득이나 회유를 하지 않아도 그들은 공통된 희망을 가지고 하나둘 뭉치기 시작했다.

같이 사는 세상.

함께 웃을 수 있는 세상.

지금처럼 황제에게, 관리에게, 이도 아니면 칼을 든 자에게 빼앗기며 살지 않아도 되는 세상을 만들 수 있다는 희망.

"오백 년 전, 자네 선조 중에 황소(黃巢)라는 이가 있었네. 그가 일으킨 반란으로 힘이 크게 약화된 당조는 반란이 끝난 몇 년 뒤에는 결국 붕괴됐지. 황소… 대단한 인물이지만 사실 당을 붕괴시킨 그 시작은 다소 의외였다네. 재주가 출중했음에도 불구하고 과거 시험에 낙방한 황소는 세상을 비관하며 살다가 나중에는 이래선 안 되겠구나 하고 퍼뜩 정신을 차렸지. 그리고는 정부의 소금 전매제도를 무시한 채 소금 밀매업으로 직업을 바꾸었고, 소금 밀매업을 하며 생긴 수하들을 기반으로 거사를 일으켰다네!"

"……?"

황초명의 얼굴에는 여전히 의아한 기색 일색이다. 갑작스레 자신의 조상을 들먹이는 신도화정의 심사를 알 길이 없었다. 하지만 신도화정은 황초명의 반응을 모른 척하며 계속해서 말을 이어갔다.

"이후 황소는 수천 명의 추종자들을 모아 여러 차례 반란을 일으켜 중국 전역을 휩쓸고 다녔다네. 그리고는 군대를 남쪽으로 이끌어 당시 가장 부유한 무역 도시였던 광주를 점령했고, 삼 년 후 북쪽으로 방향을 틀어 수도 장안까지 점령했지. 그 후 스스로를 대제(大齊)의 초대 황제라고 칭했네!"

황초명의 어깨가 흠칫 떨렸다.

신도화정이 무슨 말을 하려는지 그제야 짐작이 갔다.

'드디어……!'

신도화정은 황초명의 흔들리는 눈동자를 바라보며 속으로 피식 미소를 머금었다.

황초명의 반응, 예상했던 대로다.

두 주먹을 불끈 쥐고 희열에 들뜬 눈으로 자신을 바라보는 것으로 보아 대역죄인으로 몰려 죽을 수 있다는 두려움보다는 천하를 도모한다는 부푼 꿈을 가득 안은 대장부의 모습이었다.

"하지만 안타깝게도 장안에 대한 식량 공급선을 확보하는 데 실패했고 결국 돌궐 부족 중 하나인 사타(沙陀)의 도움을 받은 당 왕조에 의해 장안에서 내몰렸지. 이듬해 황소는 체포되어 처형되었으나, 십 년간의 반란으로 당은 급격하게 쇠퇴했다네. 당을 최종적으로 전복했던 주전충(朱全忠)이 황소의 부하 장군이었다지? 그러고 보니 지금 황제로 있는 주원장과 같은 성이로군!"

황초명의 강인한 시선을 맞받는 신도화정의 눈빛은 맑고 투명했다. 개인적인 사리사욕을 품은 사람은 전혀 지닐 수 없는 순전한 눈빛.

"원주님의 말씀은 반은 맞고 반은 틀립니다! 주씨가 황제로 있는 곳은 강북일 뿐! 겉으로 드러나지 않았을 뿐이지 흑천은 이미 강남을 다스리고 있는 일국이나 다름없지 않습니까?"

"허허! 황 조장의 말도 일리있군. 하지만 당은 쇠락기에 접어들었을 때였고, 명은 이제 갓 시작된 신흥국가라는… 그때와는 다른 엄연한 차이도 있지. 흑천의 세상이 올 수 있을지는 더 두고 봐야 알 수 있는 일이야."

"하지만… 저는 믿습니다! 천주께서 결정하신 일이라면 중원은 머지 않아 흑천의… 아니, 전 중원인들의 세상으로 바뀔 것입니다! 반드시 그렇게 될 것입니다!"

"하지만 쉽지 않은 일! 우리는 관군과 더불어 정사무림을 전부 상대해야 하니까."

"저는 원주가 아무런 계획도 없이 이런 말 하는 것이라고는 보지 않습니다. 그리고 제 짧은 소견으로 봐도 흑천은 관군과 무림을 동시에 상대할 수 있는 충분한 저력이 있다고 봅니다. 또한 황소는 공급선 확보에 실패했지만… 우리에게는 대륙상회가 있지 않습니까?"

"바로 봤네. 우리에게는 대륙상회라는 든든한 공급책이 있지. 뿐만 아니라 우리는 관군이 아니라 황실만 상대하면 되지!"

신도화정이 살며시 고개를 끄덕이며 미소 지었다. 이에 황초명이 그의 얼굴을 응시하며 무겁게 입술을 뗐다.

"솔직히 저는… 원주께서 무슨 말씀을 하고 싶은 건지 아직 잘 모르겠습니다! 이제껏 사람을 죽이기 위한 방법만을 연구했고, 또 그 방법을 써먹으며 살아온 저로서는… 원주가 예전처럼 누구를 죽여야 한다고 말해주면 그것으로 족할 뿐입니다. 저는 천주나 원주가 하는 일이 옳다고 확신합니다. 설령 이후 그것이 옳지 않은 길이었다고 여겨져도 전 제가 선택하고 행한 일에 결코 후회하지 않을 겁니다!"

"……."

신도화정이 이전까지 담았던 여유로운 미소를 거두고 지긋한 눈으로 황초명의 얼굴을 잠시 바라봤다.

한 자루 검에 반생을, 흑천을 키우는 데 나머지 반생을 바친 사내가 눈앞에서 자신의 입이 떨어지기를 기다리고 있다.

신도화정은 일말의 표정 변화 없이 자신의 두 눈만 주시하는 황초명의 얼굴을 바라보며 천천히 입술을 뗐다.

"흑혈대와 흑운대가 사천을 장악했네. 조만간 흑찰대 또한 절강과 안휘로 무혈입성하게 될 터. 삼천각은 이후에 벌어질 관부와의 전투를 위해 그 세 지역으로 나뉘어 북상 중이네."

"버, 벌써 제일계가 시작되었습니까?"

황초명의 두 눈에 놀란 기색이 가득했다.

"미리 알려주지 못한 점은 미안하게 생각하네만 각 대주들도 자신들이 맡은 임무 외에는 알지 못하네. 그리고… 일계는 물론 이미 이계까지 완료됐네. 이젠……."

"흑살조가 나설 차례군요!"

황초명의 두 눈에 정광이 어렸다. 저도 모르게 내력을 끌어올렸는지 그의 몸에서 짙은 살기가 흘러나왔다.

흑천대계(黑天大計).

흑천 내에서도 최고위층에 위치한 간부들만이 아는 것으로 흑천이 천하를 도모하는 다섯 가지 전략을 일컫는다.

일계는 강남을 위시해 가능한 최대한의 영토를 확보해 천하를 일통할 교두보로 삼는 것으로 이제 절강과 안휘를 얻으면 완료가 된다. 이계는 대문파를 기습하여 적의 예봉을 꺾는 것으로 흑운대와 흑혈대는 아미, 점창, 청성을 꺾어 그 임무를 훌륭히 완수해 주었다.

그리고 이제 삼계가 진행될 차례.

황초명은 다른 건 몰라도 삼계에 대해서는 어느 누구보다 잘 알고 있다. 그와 그의 수하들의 숙명이나 다름없는 임무이기 때문이다.

팔랑~!

신도화정의 손을 떠난 종이 한 장이 황초명의 눈앞으로 이동했다.

"생각보다 적군요!"

종이 위에 적힌 깨알 같은 글자들을 훑어 내려가던 황초명이 피식 웃으며 고개를 들었다.

살생부(殺生簿).

그 한 장의 종이 위에는 무려 백여 명에 육박하는 정사무림 인사들의 성명이 기재되어 있다. 흑천이 중원을 거머쥐는 데 방해될 인물들.

이름과 나이 외에는 아무것도 적혀 있지 않았지만 황초명은 더 이상의 설명은 필요없었다. 이 정도만 있어도 흑살조가 움직이는 데는 아무 문제가 없기 때문이다.

"그럼 저는 이만 가보겠습니다!"

황초명은 신도화정의 대답도 기다리지 않고 곧바로 몸을 돌렸다.

"어쩌면… 흑천의 세상이 오는 것을… 보지 못할 수도 있네……."

"……."

방문을 나서는 황초명의 등에 대고 신도화정이 나직이 말했다.

"그런 것이 두려웠다면 애초에 흑천에 몸담지도 않았을 겁니다. 그냥 살수로 살았겠지요. 살수로…… 후후후!"

신도화정을 향해 한 가닥 미소를 던져 보인 황초명은 이내 미련없이 문을 밀었다.

*   *   *

천웅전 안에 감도는 침묵은 단순한 침묵이 아니었다.

미세한 기류.

대전에 자리한 사람들이 서로 주고받는 눈빛으로 인해 얼기설기 얽힌 기류가 마치 눈에 보이지 않는 그물에 둘러싸인 것처럼 답답한 기분이 들게 했다.

"이렇게 갑작스레 총회주와 회주들을 선출하고자 하는 이유는 현 상황이 그만큼 화급을 다투기 때문이오. 양해 부탁드리겠소!"

공황식은 탁자에 두 손을 가지런히 내려놓으며 장내를 스윽 둘러봤다. 이에 그의 시선을 받는 사람들의 얼굴이 가볍게 굳었다.

이전의 자상하고 인자하던 맹주의 눈빛이 아니다. 자신들이 내심 유약하다고 우습게 여겼던 공황식이라면 결코 이런 말투와 눈빛을 하지 않는다.

그리고 보니 자신들이 앉은 탁자도 이상했다. 이제까지 다른 사람 위에 서지 않는다는 상징적인 의미로 두었던 원탁이 자취를 감추고, 십장에 이르는 기다란 탁자가 천웅전 중앙에 자리해 있었다.

그리고 그 중앙 끝으로 공황식이 떡하니 앉아 장내에 모인 인사들을

굽어보고 있다. 게다가 그가 앉은 태사의는 다른 이들에 비해 상대적
으로 두 단 정도 높았다.

"우리가 싸워야 하는 적이 마사회가 아니라는 겁니까?"

남궁덕천이 턱수염을 쓸어내리며 물었다.

"그렇소이다! 그 때문에 지금 전대 맹주께서 주최하는 집법원로회도
동시에 진행되고 있소."

"지금 이곳에 검황 어르신이 계시다는 겁니까?"

공우생이 와 있다는 말에 좌중이 크게 동요했다.

공황식에게 맹주 자리를 물려주고 두문불출하던 공우생은 노환으로
앓아누운 것이 아니냐는 추측까지 불러일으켰던 까닭에 그가 백천맹에
와 있다는 사실 하나만으로도 사태가 이만저만 심각한 것이 아님을 짐
작할 수 있었다.

공황식은 그런 좌중의 동요를 보며 속으로 흡족한 미소를 머금었다.

공우생이 아직까지도 여전히 정도 명숙들에게 있어 큰 영향력 있는
인물이라는 생각에 내심 기분이 좋았다.

"전대 맹주께서 오신 연유는 현재 돌아가는 상황이 생각보다 심각하
기 때문입니다. 마사회와의 일전에 대한 염려 때문이었다면 오시지 않
았을 테지요."

"아미타불! 맹주님의 말씀은 마도와의 싸움보다 더 심각한 일이 벌
어지고 있다는 뜻으로 들립니다만… 빈승이 제대로 들은 것입니까?"

"바로 보셨습니다. 지금은 마도가 문제가 아닙니다. 그들보다 더욱
강하고 악랄한 적들이 중원을 노리고 있습니다."

소림의 도상 대사가 나직한 불호성과 함께 입을 열자 공황식이 가볍
게 고개를 끄덕이며 그의 말을 받았다.

　잠시 좌중의 술렁임이 잠잠해지기를 기다리던 공황식이 다시 입을 열었다.

　"지금껏 귀주는 화양마부의 영역으로 어느 누구도 감히 넘보지 못한 땅이었습니다. 천독문의 운남도, 만수관의 서장도 마찬가지였지요. 그러나 추밀원의 조사 결과 놀라운 정보가 입수됐습니다."

　대전 안에 모인 이들의 눈이 일제히 공황식의 입으로 쏠렸다.

　처음 듣는 얘기에 뜻밖이라는 표정이었다. 공황식이 말한 지역들은 모인 이들 대부분이 큰 관심을 가지고 지켜보는 곳이기 때문이다.

　"맹주의 말씀은 심히 의심스럽군요."

　팽가주가 사방으로 뻗친 눈썹을 휘날리며 걸걸한 음성을 토했다.

　오대세가는 예로부터 타 지역으로의 진출을 가급적 자제했다. 최근 남궁세가가 황보세가의 쇠락을 틈타 산동에 눈을 돌리기는 했었지만 세가가 지닌 인원의 한계로 인해 영역을 확장한다는 것은 어느 때고 문원 확충이 가능한 다른 일반적인 방파들과 달리 요원했다. 하지만 이번의 서장, 운남, 귀주처럼 동시에 주인이 없어진 경우라면 얘기가 달랐다. 그래서 다른 때와 달리 깊은 관심을 보이고 있었기에 팽가주는 얼굴에서 실망의 기색을 감추지 못했다.

　"물론 팽가주가 그리 생각하는 것도 무리는 아닙니다. 가솔들이 직접 그곳에 나가 있으니 금시초문의 얘기를 믿기가 쉽지 않겠지요. 하지만 본 맹주가 말한 것은 분명한 사실이외다!"

　팽가주를 향해 싱긋이 웃어 보인 공황식은 단호한 어조로 말하며 깍지를 꼈다.

　"하지만……."

　"일단 맹주의 말씀을 좀 더 들어보도록 합시다."

남궁덕천이 팽가주의 입을 막으며 주의를 환기시켰다. 그는 다른 세가나 방파와 달리 타 지역으로의 확장에 관심이 없었다. 산동으로 갔다가 큰 낭패를 봤던 일로 인해 다시 움직이기가 쉽지 않았기 때문이다. 그런 그로서는 공황식의 얘기가 오히려 반가운 소식이 아닐 수 없었다.

"그동안 빙월마궁, 화양마부 같은 마도의 세력이 득세를 해도 그냥 지켜보기만 했던 까닭은 그들이 아무리 강해도 백천맹의 전력을 뛰어넘을 수 없기 때문이었습니다. 특히 야문과 개방이라는 우리가 지닌 정보력은 그들이 결코 따라올 수 없는 막강한 장점이지요."

공황식의 말은 반론의 여지가 없었다. 야문과 개방이라는 단체가 모두 백천맹 소속이며, 그 두 단체가 정보에 있어서는 따를 곳이 없다는 것도 모두 사실이었기 때문이다. 또한 공황식의 이 한마디는 지금 자신이 하는 얘기들이 모두 야문과 개방의 정보력을 통해 검증된 사실이라는 다른 말이기도 했다.

공황식은 천천히 자리에서 일어나 탁자 주위에 앉은 중인들을 하나하나 훑어보며 말을 이었다.

"하지만 암중 세력은 그 모든 눈을 피해 세력을 키워온 모양입니다. 귀주, 운남, 서장이 모두 그들에게 넘어갔습니다."

"……."

공황식의 진중한 어조에 좌중이 일순 어리둥절한 표정을 지었다. 그의 말뜻을 이해하지 못했기 때문이다.

공황식은 좌중의 얼굴에 역력한 불신의 기색을 보고는 나직한 한숨과 함께 다시 입을 열었다.

"흑천이라는 곳입니다. 수해 전 신농방에서 강남 땅을 조사했을 때는 미처 발견치 못한 세력입니다만 이번에 정체가 확실히 파악되었습니다. 그것도 그들이 직접 모습을 드러내지 않았으면 지금까지도 모르고 있었을 것입니다. 그들이 서장, 운남, 귀주를 장악했습니다. 그리고… 강남 땅은 이미 모두 그들의 영역이라고 보시면 됩니다.”

“뭣이? 아니, 어찌 그런 일이 있을 수 있단 말입니까? 일개 단체가 어떻게 그 많은 곳을 관리하고 영역으로 삼을 수 있단 말입니까? 그렇게 될 때까지 관부에서는 가만히 있었단 말이오?”

팽가주의 놀란 물음에 공황식이 일순 눈살을 찌푸렸다. 팽가주뿐만 아니라 대전 안에 모인 중인들은 모두 어안이 벙벙한 표정이다.

공황식은 그들의 표정이 십분 이해가 갔다. 추밀원주에게 오늘 아침 보고를 받을 때의 자신 또한 그런 심정이었으니까. 하지만 분명한 차이점도 있었다. 저들은 닥친 현실을 깨닫게 되면 앞으로의 일을 걱정하며 노심초사할 테지만, 자신과 공가는 이를 기회로 중원무림의 단일지배 계층으로 완전히 자리매김할 수 있도록 사력을 다할 것이기 때문이다. 그리고 그 얘기는 이미 끝난 상황이었다.

‘이제 당신들은 앞에서 사냥개 노릇만 해주면 되는 거야. 후후후!’

공황식은 속으로 비소를 삼키며 다시 입을 열었다.

“흑천은 단순한 무림 세력이 아닙니다. 무림, 관부, 상계 등 각 분야 전반에 걸친 조직이지요. 또한… 흑화검성 사군우와 타락수라를 키운 세력이기도 하지요.”

“으음!”

공황식의 말은 좌중의 불신에 쐐기를 박는 결정적인 발언이었다. 이에 너무 놀라 아무 말도 못하는 이들 사이에서 담천자가 고개를 갸웃거리며 입을 열었다.

"흑화검성이 그들과 관련이 있다는 말의 근거는 어디에 있습니까? 제가 아는 바로는 아직 흑화검성이 실제로 그런 천인공노할 짓을 벌이고 다녔는지도 확인치 못한 것으로 아는데요."

"빈승도 담 도장의 말씀에 동의합니다. 아미타불!"

무당 담천자의 발언에 동요하던 중인들이 도상 대사의 나직한 불호성을 들으며 마음을 가라앉히고 고개를 끄덕였다. 공황식이 거짓을 말할 리는 없지만, 그렇다고 전적으로 믿기에는 미심쩍은 구석도 있었다. 강남이 넘어갔다는 말은 조사하면 바로 알게 될 일이니 의심의 여지가 없지만, 흑화검성과 관련된 일은 그렇지가 않았기 때문이다.

세간의 소문과 달리 중원의 명숙들, 그러니까 흑화검성과 한 번이라도 대면해 본 사람들은 그와 관련된 소문을 좀처럼 믿지 않고 있었다.

담천자는 이런 혼란스런 상황에서도 이를 짚고 넘어간 것이고, 좌중은 그의 지적을 통해 사군우 건을 흑천과 맞물려 교묘히 떠넘기려던 공황식의 의도를 의심하게 된 것이다.

'담천자! 네놈이 기어코……!'

공황식은 속으로 이를 갈았다. 하지만 겉으로는 애써 담담한 표정을 지으며 입을 열었다.

"담 도장의 말씀도 일리가 있습니다. 정확히 확인된 사실이 아니니 흑화검성 건은 아직까지는 추측일 뿐입니다. 하지만 추밀원의 보고에 의하면 흑천과 사군우가 깊은 연관이 있을 가능성이 큽니다."

"흠! 아무튼 사 대협과 관련된 일은 확실한 것이 아니라고 하셨으니 우리는 갑작스레 나타난 흑천과 마사회에 대한 대응책을 모색하는 것이 우선이라는 생각이 드는군요."

이번에 입을 연 이는 화산 장문 상관우였다. 이를 본 좌중의 반응은 각

양각색이었다. 평심회 측 인사들은 의외라는 표정이고, 정의회 측 인사들은 당혹스런 기색이 역력했다. 정의회에서도 최상위 간부직에 있는 사람이 평심회 측 인사들에 동조하여 공황식을 몰아붙이고 있었기 때문이다.

"옳은 말씀이오!"

"상관 장문의 말씀에 동의하오!"

도상과 담천자가 다소 어리둥절한 표정으로 고개를 끄덕였다.

"그럼 본인도 한마디 하겠소!"

"말씀하시지요."

공황식의 음성에 상관우를 제외한 좌중이 일제히 입을 다물었다. 그 음성에 실린 노기를 읽었기 때문이다. 하지만 정작 당사자인 상관우는 이를 눈치채지 못한 듯 태연하기만 하다. 아니, 알면서도 일부러 도발을 했던 까닭에 오히려 공황식의 저런 반응이 달가웠다.

'감히 내 여식을 사지로 몰아? 내 결코 이대로 넘어가지 않겠다!'

상관우는 딸에 대한 사랑이 지극했다. 그런 딸이 화양마부에게 쫓겨 죽다 살아난 정황을 알게 되자 공황식이 곱게 보이지 않았다. 이에 그에게 딴죽을 걸었던 것인데…….

"상관 장문은 지금 잘못 생각하고 있는 게 있소."

"잘못이라… 어디 내가 무엇을 그리 잘못 생각하는지 들어봅시다."

상관우는 의자 등받이에 몸을 기대며 팔짱을 꼈다. 공황식을 바라보는 그의 눈빛에는 불쾌한 기색이 역력했다.

아무리 맹주라고 해도 이런 공식 석상에서 자신에게 타박을 주는 행위는 있을 수 없는 일이다. 화산 장문이자 섬서회주로 있는 자신이 공황식을 밀지 않았다면 이토록 오랜 기간 동안 맹주 자리를 지속할 수 없었을 터, 정의회에서도 그 영향력이 적지 않은 상관우로서는 공황식의 이러한 태도가 다소 의외였다. 하지만 그렇다고 지금에 와서 물러설 생각은 추호도 없었다.

이윽고 공황식이 착 가라앉은 칙칙한 눈빛으로 입을 벌렸다.

"백천맹은 중원의 평화와 안위를 위해서 존재합니다."

"그래서요?"

"평시였다면 상관 장문을 위시한 다른 회주나 장문들의 말을 존중하고 경청했을 겁니다. 하지만 지금은 다릅니다. 마사회로 뭉친 마도가 이빨을 드러내고 있고, 흑천이라는 듣도 보도 못한 세력이 하루아침에 중원의 반을 집어삼켰습니다. 아직까지 자세한 보고는 올라오고 있지 않지만 그 과정에서 정도무림이 극심한 피해를 입었을 가능성이 큽니다. 한마디로… 전시 상황이지요. 어쩌면… 중원무림에 다시없을 위난이 닥쳤는지도 모릅니다."

"그런 말로 모든 행위를 정당화할 수 있다고 생각하는 것이오? 아무리 적들의 힘이 강성하다고 하나 결코 백천맹의 힘을 따를 수는 없소이다! 맹주의 말씀대로라면 지금 이곳에는 육패와 구대문파, 그리고 오대세가의 인물들까지 중원 전체라 해도 과언이 아닐 고수들이 모여 있소! 그런 우리를 어느 누가 건드릴 수 있단 말이오? 게다가 흑화일심대는… 아니지! 흑화일심대는 맹주의 탁월한 혜안 덕분에 극심한 타격을 입었으니 제외합시다!"

공황식은 안타깝다는 얼굴로 수염을 쓸었다. 상관우가 자신에게 삐딱하게 구는 이유를 그제야 알아챘기 때문이다. 하지만 그렇다고 지금 이 자리에서 구차한 변명을 늘어놓을 수는 없었다.

"이런 때일수록 상하 간에 명확한 지휘 체계가 필요하지요."

"흥! 이제 보니 맹주는 이번 기회를 이용해 전 무림을 수족처럼 둘 생각을 하고 계셨군. 전시를 빙자해 우리에게 입 닥치고 맹주의 말이나 따르라는 것 아니오?"

쾅!

"말을 삼가시오!"

공황식이 불붙듯 붉어진 얼굴을 하고 탁자를 내려칠 때였다.

콰아아아앙~!

엄청난 굉음이 들림과 동시에 지붕이 들썩일 정도의 울림이 천웅전으로 전해져 왔다.

"무슨 일이냐?"

"……."

공황식의 내력을 실은 외침에도 경비를 서고 있을 무사들은 전혀 반응을 보이지 않았다.

"음! 이것은……?"

팟~!

공황식이 눈을 좁히며 태사의를 박찼다.

그 뒤를 따라 장내에 앉아 있던 이들 역시 날렵한 동작으로 달려나갔다.

천웅전에 모여 있던 이들은 모두 정도를 대표하는 고수들. 달려나가는 그들의 눈에는 하나같이 놀란 기색이 가득하다. 굉음과 함께 전신을 조여오기 시작한 엄청난 압박감 때문이었다.

천웅전 밖으로 뛰쳐나온 이들은 의천단 무사들과 대치 중인 두 사내를 발견하고 당혹스런 눈길을 던졌다. 일견하기에도 꽤 젊어 보이는 둘이었지만 지닌 분위기만은 사뭇 달랐다.

하나는 붉은 머리에 특이한 형태의 검은 옷을 입고 있고, 나머지 하나는 곱상한 인상에 깔끔한 녹의를 입은 서생이었다.

중인들은 저도 모르게 설레설레 고개를 저었다. 둘 중에 하나가 자신들 모두에게 가공할 기도를 느끼게 했을 인물이라는 것이 도무지 믿기지가 않았다.

하지만 유독 공황식은 보기 안쓰러울 정도로 굳어진 얼굴로 사비를 뚫어져라 응시했다. 머리가 얼굴을 가려 정확한 외모를 확인할 길은 없었지만 공황식은 그가 누구인지를 대번에 알아챌 수 있었다.

"네놈은!!!"

공황식의 눈가에 경련이 일었다.

"오랜만이야."

붉은 머리가 바람에 날리며 본얼굴이 드러난 사내가 씩 웃으며 공황식을 향해 한 손을 들어 보였다. 누가 보면 마치 오랜만에 만난 친구를 대하는 듯한 태도였지만 주변에 서 있는 이들은 찰나지간 밀려오는 서늘한 기운에 등줄기가 쭈뼛 섰다.

바로 이 기운이었다. 좀 전부터 중인들을 긴장시켰던 그 압박감.

붉은 머리 사내의 몸에서 뿜어져 나오는 가공할 살기였다.

공황식을 향해 살소(殺笑)를 피워 올리는 사내.

그는 정문 앞에서 실랑이를 벌이고 있어야 할 사비였다.

|第六章|
사자불언(死者不言)

ㅊㅅㅅㅅ슛……!

들녘 위로 물결치는 갈대들이 석양에 반짝인다.

그 소리를 음미하듯 살포시 눈을 감은 채 무릎을 쪼그리고 앉아 있는 청의 여인. 그녀의 옷자락이 가볍게 떨린다.

이윽고 눈을 뜬 여인은 눈앞으로 흐르는 강물을 향해 가만히 손을 내밀었다. 찰랑이는 물결이 손바닥을 간지럽힌다.

"이제… 길이 없다."

여인의 나직한 독백이 갈댓잎들에 부딪쳐 점점이 퍼져 간다.

이윽고 그녀가 자리에서 일어나며 머리를 쓸어 올렸다.

바람에 휘날리는 그녀의 자태가 너무나도 눈부시다.

요. 미. 선. 자!

그녀는 사비와 헤어진 후 정처없이 떠돌았다.

그동안 그녀는 다시 되돌아가 사비를 죽이고 싶다는 생각을 몇 번이나 했는지 모른다. 자신에게 돌아올 진실을 밝힌 대가가 얼마나 클지를 짐작했기 때문이다. 하지만 그럴 때마다 그녀는 마음을 다잡기 위해 무던히도 애를 썼다.

사비로부터 되도록 멀리, 아주 멀리 떠나야 한다는 생각에만 전념하며 혼신의 힘을 다해 달렸다. 사비를 떠올리자 사군우가 떠올랐고, 사군우를 떠올리자 심장이 터져 버릴 듯 아파왔기 때문이다.

그리고 닿은 곳이 청도에서 정북으로 백 리에 위치한 즉묵이다.

요미선자는 천월사도로 돌아가 대천사에게 벌을 청하기로 마음먹었다. 처음에는 아무도 찾지 못할 외지로 들어가 죽을 때까지 은거할까 하는 생각도 했지만 대천사의 능력을 아는 그녀로서는 그 생각이 얼마나 어리석은 것인지 잘 안다. 그럴 바에는 차라리 대천사에게 돌아가 용서를 구하는 것이 더 현명한 처사였다.

"월의 권능을 얻지 못한 이상 저항은 부질없는 일."

그녀는 눈을 가늘게 뜨고 강 건너편을 바라봤다.

어림으로 십 장 정도의 강폭.

그녀의 발이 갈대밭에서 떨어져 허공을 밟았고, 이어 수면 위로 내디뎌졌다.

첨벙……! 첨벙……!

발목까지 잠겨 들어갔던 요미선자의 가녀린 발목이 조금씩 떠오르기 시작했다.

무력답수(無力踏水).

도가에서 전설적인 비전이라 일컬어지는 등평도수보다도 두 단계는 상위의 경공이었다. 등평도수가 수면과의 마찰을 이용해 빠르게 이동하는 신법인 반면 요미선자는 물 위를 마치 평지 밟듯 살포시 밟고 이동하고 있었다.

순간, 하늘하늘 강물 위를 이동하던 요미선자의 눈이 좁혀졌다.

'이 기운은……!'

쿠르르르르~!

요미선자는 발밑에서 느껴지는 극렬한 기운에 대경하여 급히 허공으로 솟구쳤다. 그녀의 발밑으로 이해할 수 없을 정도로 거대한 소용돌이가 치고 있었다.

덥석~!

일순 신형이 밑으로 푹 꺼져 들어가는 느낌에 요미선자의 눈이 당황으로 일그러졌다.

자신의 발목을 잡아채어 당기는 하얀 손이 보였다. 가늘고 긴 손가락들이었으나 요미선자로서도 빠져나오기가 불가능할 정도로 엄청난 악력이었다. 그리고 그 놀라움은 소용돌이치던 강물부터 갈대밭을 스치던 바람까지 모두 정지해 버리는 순간 두려움으로 번져 갔다.

손의 주인이 누구인지를 직감한 요미선자가 경악성을 터뜨렸다.

"대천사님!"

파앗……!

요미선자의 외침과 동시에 그녀의 발을 잡고 있던 손에서 힘이 빠지며 수면 아래 있던 백광이 솟구쳐 올랐다.

슈우욱!

솟구쳐 오른 백광에서 뻗어져 나온 손이 요미선자의 볼을 향했다. 이에 그 손을 피해 뒤로 물러나려던 요미선자가 이내 입술을 잘근 씹으며 곧바로 신형을 멈췄다.

철썩!

쿠웅……!

안면에 강한 타격을 받은 요미선자가 그 충격을 이기지 못하고 강 건너편으로 날아가 지면에 곤두박질쳤다.

"왜… 피하지 않은 게냐?"

허공에 둥실 떠 있는 백광이 점점 한 여인의 형상으로 화해갔다.

"소, 소천사 현영! 대천사님을 배알합니다!"

쓰러져 있던 요미선자는 자세를 고쳐 엎드리며 배례를 올렸다.

"너마저 나를 실망시킬 줄은 몰랐다!"

"……."

요미선자는 이미 인간의 감정에서 초탈한 대천사가 노한 음성을 터뜨릴 정도로 화가 나 있다는 걸 알면서도 미동조차 하지 않았다. 이미 각오한 일이다. 다만 그녀가 직접 자신을 찾아 중원으로 월영체를 내보낸 것이 의외일 뿐.

"묻겠다!"

"……."

대천사의 물음에 요미선자가 천천히 고개를 들었다.

대천사는 본래 그녀의 이런 당당한 태도를 마음에 들어했었다. 다른 소천사들이나 여사제들과 달리 요미선자는 자신을 두려워하지 않는다. 아니, 속으로는 두려움과 공포에 사로잡혀 있을지라도 겉으로는 전혀 그런 내색을 하지 않는 담대함. 그래서 소천사 셋 중에 요미선자에 대한 기대가 남달랐던 것인데 오늘은 저 담대함에 살심이 솟구쳤다.

"이유가 무엇이냐? 도대체 율법을 어기고 월의 비밀을 전한 까닭이 무엇이냔 말이다!"

“……”

대천사의 월영체가 크게 일렁였지만 요미선자는 여전히 말이 없었다. 그것이 구차한 변명보다는 처벌을 달게 받겠다는 뜻임을 눈치채고 다소 마음이 풀린 대천사의 목소리가 잦아들었다.

“후회하고 있구나. 그렇다면 한 번 더 기회를 주겠다!”

“……?”

요미선자의 눈에 일순 의아한 기색이 스쳤다. 대천사의 이런 관대한 처분은 기대하지도 않았기 때문이다.

“현월과 현현을 천월사도로 복귀시켜라!”

쌔애액!

말을 마친 대천사의 월영체가 순식간에 허공으로 솟구쳐 올랐다. 하지만 요미선자는 여전히 엎드린 채 일어나지 않았다. 다른 소천사들을 데리고 오라는 명만 남기고 간 대천사의 결정이 믿기지 않아 일시적인 공황 상태에 빠졌기 때문이다.

                    *   *   *

공황식은 나뭇조각처럼 굳어진 얼굴로 마른침을 삼켰다. 자신을 바라보는 사비를 보자 등줄기로 식은땀이 삐질 흘렀다. 그가 뿜어내고 있는 살기 때문이 아니었다.

그의 눈을 보고 있자니 흑화검성 사군우의 두 눈이 자신을 쏘아보는 듯한 착각이 들었다. 하지만 그것도 잠시, 공황식은 살며시 눈을 감았다 뜨며 이내 특유의 인자한 표정으로 입술을 벌렸다.

“자네는……”

“자네? 이런 개새끼가……! 어따 대고 자네야!”

사비의 신경질적인 목소리에 사위가 찬물을 끼얹은 듯 조용해졌다.

공황식은 삽시간에 얼굴이 푸르뎅뎅하게 변해 사비를 쏘아보았다. 아무리 마음을 진정시키려 해도 사비의 입에서 튀어나온 개새끼라는 말이 귓가를 맴돌아 노화가 치밀었다.

하지만 공황식도 결코 녹록한 인물은 아니었다. 그는 주변에 있는 이들이 자신의 표정을 채 살피기 전에 급히 안색을 고치고 부드러운 목소리로 입을 열었다.

“도대체 이런 소란을 피우는 이유가 뭔가?”

“내가 왜 왔는지 정말 몰라서 물어?”

“허허허! 자네가 입을 열지 않는데 내 어찌 자네가 이곳에 온 이유를 알 수 있겠나?”

“크… 큭큭! 미치겠군!”

사비는 자신을 스스럼없이 대하는 공황식을 보며 어이없는 헛웃음을 집어삼켰다.

역겨웠다. 사군우의 일로 왔음을 뻔히 알면서도 다른 사람들의 시선을 의식해 한없이 인지하고 관대한 양 떠드는 공황식의 가면을 벗겨 버리고 싶었다.

‘좋아! 네가 정 그렇게 나온다면… 하지만 아직은 대기! 날 여기까지 불러들인 인간이 모두 올 때까지만 참아주지!’

당장이라도 달려나갈 사람처럼 두 눈을 빛내며 으르렁거리던 사비는 주변을 한 번 스윽 둘러본 후 속으로 크게 심호흡을 했다.

‘도황마제… 그 인간과 맞먹는 놈들이 넷! 정신 바짝 차려야겠군. 이거 잘못하면 뼈도 못 추리겠어.’

성질 같아서는 공황식부터 작살내고 볼 일이었지만, 이곳에는 그 말고도 엄청난 고수들이 즐비했다. 비록 아직 눈앞에 나타나지는 않았지만 느낌만으로도 알 수 있었다.

'이 사람… 갑자기 왜 이러지?'

당미량은 금방이라도 폭발하려는 사람처럼 험악한 표정을 짓던 사비가 언제 그랬냐는 듯 입가에 웃음기까지 머금자 어리둥절한 표정으로 장내를 살폈다.

사비의 주먹과 발길질에 나가떨어진 수호대 무사들이 선린교 밑에서 양손을 허우적거리며 빠져나오고 있었다.

전면에서는 일견하기에도 대단한 기세를 보이고 있는 오십 인의 무사가 자신들에게 검을 겨눈 채 부챗살 모양의 검진을 펼치고 있었다. 금룡이 양각된 백색 검집을 들고 있는 것으로 보아 맹주의 친위대로 무명이 쟁쟁한 의천단일 것이다.

그리고 그 뒤로 공황식과 더불어 백천맹을 이끌어가는 정도의 수장들이 노기 띤 눈으로 자신들을 노려보고 있다.

'일났군!'

당미량은 난감한 얼굴로 사비의 소매를 슬며시 잡아끌었다.

사비가 이 정도로 막무가내일 줄은 정말 몰랐다.

점창 문하생으로 보이는 자가 사마석을 들라며 비아냥거릴 때만 해도 재미있다는 표정으로 그가 하는 양을 지켜보기만 하던 사비는 어느 순간 사자가 먹잇감을 발견하고 이빨을 드러내듯 강렬한 살기를 토해내며 엄청난 속도로 신법을 전개해 이곳으로 달려왔다.

당미량은 곧바로 사비의 뒤를 따라왔으나, 그녀가 당도했을 때는 이미 천웅전 앞을 지키던 경비 무사들이 모두 곤죽이 되어 나가떨어진 뒤였다.

그리고 지금 당미량으로서는 처음 보는, 막연히 소문으로만 대하던 무림의 기라성 같은 명숙들과 대면하고 있는 것이다.

'흠! 이제 보니 십회가 진행되고 있었던 모양이군.'

당미량의 호기심 어린 눈이 공황식과 그의 주변에 서 있는 사람들을 맴돌았다.

모두 사비를 바라보는 눈에 까닭 모를 적의가 가득하다. 그나마 도 상대사와 담천자의 눈만이 심연처럼 고요하고 맑을 뿐, 화산 장문 상관 우를 위시한 공동, 종남 장문들의 눈에는 질시와 견제의 빛이 역력했 다. 사비가 일부러 본인의 힘을 드러내고 있었기 때문이다.

"젊은 나이에 대단한 공력을 지녔군! 사문이 어딘가?"

사비의 몸에 흐르는 이 갑자 진기를 느낀 팽가주가 이채 띤 눈으로 걸어나오며 물었다.

이 갑자라면 여기 모인 수장들에 비해서도 전혀 손색이 없는, 아니, 무당이나 소림 쪽 인사들에 비견되는 엄청난 공력. 하지만 나이는 오 대세가나 구파 후기 정도로 보이니 당연히 사문이 궁금하지 않을 수 없었다. 이에 다른 이들을 대신해 물어본 것인데 돌아온 대답은 참담 하기 이를 데 없었다.

"어디서 개가 짖어? 공황식이 쫄따구들은 그냥 조용히 입 닥치고 있 어줄래?"

"뭣이……? 이런 발칙한!!"

사비가 귀를 후비적거리며 뇌까리자 팽가주의 얼굴이 시뻘겋게 달 아올랐다.

"입 찢어지기 전에 아가리 닫는 게 좋을 거야!"

“이노오옴!”

파아앙~!

분기탱천한 팽가주가 사비의 안면을 향해 장력을 날렸다.

“흡!”

이에 사비보다 곁에 서 있던 당미량이 신음성을 집어삼켰다. 얼마나 강한 위력이 실렸는지 은연중에 내력을 끌어올렸는데도 호흡이 가빠왔다. 이 정도 장력을 안면 부위에 정통으로 맞는다면 아무리 사비라 해도 멀쩡할 수 없을 것 같았다.

‘안 돼! 하지만 여기서 손을 썼다가는 당문과 백천맹의 관계가 소원해질 텐데……’

그 찰나지간의 고민 끝에 당미량은 입술을 질끈 깨물었고, 그 직후 그녀의 손이 눈에 보이지 않는 속도로 움직였다. 마치 손이 여덟 개로 늘어난 듯 보일 정도.

슈슈슈슛……!

사비의 지척에 이른 장력이 당미량의 손에 의해 머리 어림부터 쪼개져 나가기 시작했다.

“천수관음(千手觀音)!”

담천자의 입에서 놀란 탄성이 터져 나왔다. 중원무가들 중에서 저런 손놀림을 보일 수 있는 곳은 단언컨대 단 한 곳뿐이다.

사천당가.

암기, 독의 일절로 불리며 오대세가 중 유일하게 백천맹과 손잡지 않고 독자적인 노선을 걷고 있는 곳.

빠빠빠바아앙!

당미량이 흘린 팽가주의 장력이 그녀의 후면 삼 장 바닥을 쪼개며 요란한 소리와 함께 파편을 튀었다.

"사천당문에서 왔나?"

남궁덕천이 앞으로 나와 급하게 입을 열었고, 당미량의 동작에서 당문의 무공을 느낀 팽가주는 당황한 기색이 역력했다. 무림에 적을 둔 자라면 당문을 적으로 만드는 바보짓은 하지 않는다. 제아무리 대단한 무공을 지녔다고 해도 수많은 독과 기관진식으로 무장한 당문의 공격을 막기가 쉽지 않기 때문이다.

하지만 그렇다고 팽가주의 얼굴에서 사비에 대한 노기까지 없어진 것도 아니었다.

"인사가 늦었습니다. 사천에서 온 당미량이라고 합니다."

"허! 이제 보니 자네가 바로 사천제일수, 일수불생이었군!"

당미량이 사천이라는 말을 강조하며 가볍게 포권을 취하자 남궁덕천이 앞으로 나오며 가벼운 탄성을 내질렀다.

남궁세가는 예로부터 당문과 남다른 친분 관계를 유지해 왔다. 비록 작금에 이르러 남궁세가는 백천맹에 가입하고, 당문은 별개로 활동하여 소원한 관계에 있다고 하나 그것은 어디까지나 선대에 비해서이지, 타 문파에 비하면 형제나 다름없는 사이.

남궁덕천의 눈길은 자연 온화해질 수밖에 없었다. 그리고 일수불생이라는 명호는 그뿐만 아니라 이곳에 있는 모든 이들이 익히 잘 알고 있는 것이었다. 사천에서 단 한 번도 떠난 적이 없다는 특이한 이력과 함께.

"그래, 가존께서는 무고하시고?"

"염려해 주신 덕분에 잘 지내고 계십니다."

남궁덕천의 스스럼없는 어투에 당미량이 가볍게 웃어 보였다.

"남궁가주! 회포는 나중에 풀고 일단은 해결되지 않은 문제부터 처리합시다!"

남궁덕천이 더 입을 열려고 하자 팽가주가 신경질적인 목소리로 소리치며 사비를 노려봤다.

"아무래도 그게 좋을 것 같습니다. 본 맹과 왕래가 없던 당문이 왜 이곳으로 와서 시비를 거는지 일단… 그것부터 들어보지요."

"으음!"

공황식까지 동조하며 나서자 남궁덕천이 난감한 표정으로 당미량과 사비를 번갈아 쳐다봤다.

그때였다.

"잡아라!"

백천맹의 공식 연무장인 맹호장과 와룡장 사이 대로로 무수한 인영이 달려왔다. 종야기와 그의 부름을 받고 달려온 백천수호대 무사들이었다.

"네, 네놈이 감히!"

종야기는 사비를 손가락으로 가리키며 헐레벌떡 거친 숨을 몰아쉬었다.

"이런 소란이 일어날 때까지 백천수호대는 뭘 하고 있다가 이제야 나타나는가?"

팽가주의 핀잔 섞인 외침에 종야기는 그제야 주변에 맹 내 고위 간부들이 모여 있음을 깨닫고 얼굴을 붉혔다.

"그것이 이자가… 사마석을 들고 도주하는 바람에……."

종야기의 말을 들은 중인들의 눈에 일순 어리둥절한 기색이 스쳤다. 사마석의 무게가 수천 근에 달한다는 사실을 아는 까닭이다.

"지금 무슨 소리를 하는 건가? 사마석을 들고 도주하다니… 다시 차근차근 말해보게!"

보다 못한 상관우가 눈살을 찌푸리며 앞으로 나섰다. 종야기는 점창의 대제자로 진자융이 없는 지금은 그와 남다른 친분에 있는 자신이 대신 살펴주어야 했다. 굳이 그런 이유가 아니더라도 자칫 같은 구파의 명성에 누가 될까 염려됐다.

종야기의 기색은 그만큼 다급하고 당황스러워 보였다.

상관우의 절제된 음성에 어느 정도 정신이 든 종야기는 좀 전에 겪은 황당한 일을 주저리주저리 떠들기 시작했다.

사람들의 시선이 종야기에게 쏠린 사이 공황식은 넌지시 의천단원들을 향해 눈짓을 하며 사비의 움직임에 촉각을 곤두세웠다. 하지만 사비는 대차게 나오던 좀 전의 기세와 달리 한가로운 표정으로 당미량의 어깨에 손을 척 걸치고 종야기의 말을 남 애기 듣듯 경청했다.

"저자는 산동에서 온 열혈갱생회라는 단체의 장으로 사마석에 서명을 해야 하는 원칙을 무시하고… 그 돌을 들고 이곳으로 도주했습니다. 저도 곧바로 이곳으로 달려오려고 했으나, 열혈갱생회의 나머지 인원이 정문에 남아 있어 다른 동료들에게 그곳을 지키게 하고 부랴부랴 달려온 것입니다."

"지금 나더러 그 말을 믿으라는 건가?"

"솔직히 저도 믿기지 않습니다만, 분명 본 대로 말씀드린 것입니다."

"허! 자네 말대로라면 저자가 훔쳐 달아난 사마석은 어디 있나?"

"그것이… 어! 저기! 저기 있지 않습니까?"

상관우가 눈썹을 모으며 묻자 자신없는 목소리로 웅얼거리던 종야기가 고개를 번쩍 치켜들었다.

그의 손가락을 따라 고개를 돌린 중인들의 눈이 경악으로 커졌다. 선린교 좌측으로 오십 장 떨어진 곳에 자리한 거대한 전각 벽면에 커다란 구멍이 뚫려 있었기 때문이다. 또한 그 구멍 틈으로 삐죽이 엉덩이를 내밀고 있는 것은 분명 사마석이었다.

하지만 중인들이 놀란 이유는 사비가 사마석을 들고 왔다는 사실 때문이 아니었다.

전각, 사마석에 커다란 구멍이 뚫린 전각이 집법원로들이 회의를 하고 있는 곳이라는 이유가 더 컸다.

"자, 자네… 해서는 안 될 짓을 벌였군!"

공황식은 떨리는 음성으로 천천히 고개를 돌렸다.

"맹주, 당가와 관련이 있는 인물일지 모르니 일단 자초지종을……."

"아니! 단언컨대 저자는 당가와 관련이 없는 인물이니 그럴 필요 없소이다!"

공황식의 단호한 외침에 그를 말리려던 좌중이 일순 입을 다물었다.

그와 동시에 공황식이 몸속으로 진기를 일주천시키며 앞으로 걸음을 내밀었다.

"백천맹이 그렇게 호락호락한 곳인 줄 알았더냐!"

콰지지직—!

그가 걸음을 옮길 때마다 청석 바닥이 부서져 나갔다.

모인 중인들이 놀란 얼굴로 입을 떡 벌렸다. 그들도 내로라하는 고수임에는 틀림없지만 공황식처럼 이런 신위를 보일 수 있을지는 미지수였기 때문이다.

'누가 사극을 십이제천 중 하위라 했던가?'

공황식의 걸음에 공기가 뒤틀리는 것으로 보아 자신들이 판단했던 무위와 커다란 차이가 있음을 깨달은 것이다.

'이 갑자 공력이라… 그동안 애 좀 쓴 모양이지만 너 같은 놈이야 의천단으로도 간단히 처리할 수 있다!'

중인들의 시선을 한 몸에 받으며 사비를 향해 한 걸음 한 걸음 움직이는 공황식은 속으로 만족스러운 미소를 머금었다.

사비의 일 장 앞에 이른 공황식이 나직이 입술을 뗐다.

"넌… 성급했다!"

"지랄!"

"허! 하늘 높은 줄 모르는 망아지로구나!"

사비의 뇌까림에 공황식의 눈에서 극도의 노기가 표출됐다. 하지만 사비의 고개는 공황식이 아닌 다른 쪽을 향해 돌아갔다.

"역시 나를 부른 사람은… 따로 있었군!"

"대단하구나! 설마 했는데 내가 보낸 기파를 감지해 내다니……."

"늙은이 방귀 뀌는 소리 들은 게 뭐 그리 대단한 거라고… 후후후!"

일제히 한곳으로 시선을 돌렸던 중인들의 얼굴이 사비의 발언에 일순 벌레 씹은 사람처럼 아연실색해졌다.

"하하하!"

하지만 그들의 놀란 반응과 달리 잔잔하고 부드러운 웃음소리와 함께 수염을 휘날리며 다가오는 노인과 그의 뒤를 따라 다가오는 삼인.

그들을 발견한 중인들의 기색이 당황에서 감탄으로 바뀌어갔다. 하나같이 백발이 성성한 사 인의 노고수가 모두 허공을 평지 밟듯 하며 선린교를 향해 걸어오고 있었기 때문이다.

앞장선 이는 검황 공우생, 그 뒤로는 걸왕 마항산, 농왕 복인문, 야왕 은강후로 그들은 모두 십이제천의 상위를 차지한 절대고수들이었다. 아니, 보다 정확히 말하면 도황마제의 죽음과 빙후의 실종으로 인해 그들은 이 땅에서 가장 강한 사 인이라고 불려도 전혀 과함이 없는 인물들이었다.

'가, 강하다! 장문들도 강하지만 이들은 그보다 두세 단계는 위의 실력! 가만! 혹시 이들이 십이제천?'

다가오는 그들의 기도에 놀라 무의식적으로 뒷걸음질친 당미량은 이전까지 자신감에 찼던 얼굴을 딱딱하게 굳힌 채 속으로 중얼거렸다.

그래도 공황식과 함께 나온 정도의 수장들을 봤을 때는 어느 정도 여유가 있었다. 자신이 이제껏 겨뤄봤던 이들에 비해 조금 낫긴 하겠지만 밀리지 않을 자신이 있었기 때문이다.

그래서 사비가 크게 문제를 일으켜도 자신이 나서면 원만하게 해결할 수 있으리라 생각했다. 강호는 어찌 됐건 힘의 우위에 따라 문제의 해결력도 비례하는 법이니, 본인이 당문 출신이라는 것을 적절히 활용한다면 큰 마찰 없이 사태를 해결할 수 있을 것이라 확신했다.

하지만 공우생이나 오왕들이라면 다르다. 사비가 저들의 화를 불러일으킨다면 막을 길이 없다.

상대는 육패. 그들이 당문을 안중에 둘 리 없었다.

그러나 상황은 당미량의 바람과는 전혀 다른 방향으로 돌아가고 있는 듯했다. 비록 사비가 모르고 그랬을지라도 사비는 분명 그들의 보금자리를 향해 가차없이 돌을 던졌고, 다가오는 그들을 향해서도 실실 웃음을 흘리며 자신이 그랬음을 당연하다는 듯 시인하고 있었다.

'휴우! 도대체 어쩌자고……?'

당미량은 일을 점점 크게 만드는 사비를 바라보며 짧은 한숨을 토했다. 역시 사비의 표정은 변함이 없다. 아니, 전보다 더욱 흥미로운 표정으로 두 눈을 빛내며 공우생을 향해 몸을 돌렸다. 그나마 위안을 삼을 수 있는 것은 사비가 이전까지 강한 적개심을 보이던 공황식에게서 관심을 돌렸다는 데 있었다.

"깜짝 놀랐어. 똥개가 그사이에 범 새끼가 된 줄 알고……."

"지금 뭐라고 했나?"

공우생은 의아한 눈을 들어 사비를 뚫어져라 응시했다.

말하는 투로 보아 원로전을 향해 거석을 던진 이가 분명한데 전혀 위축됨이 없는 것이 아무래도 이상했다.

또 사비를 향한 공황식의 반응도 그랬다. 사비가 비록 자신으로서도 절로 눈살이 찌푸려지는 거친 입을 지니긴 했어도 저 정도에 이성을 잃을 정도로 정신 수양이 덜된 공황식도 아님을 알기 때문이다.

"흠! 자초지종을 듣고 싶군!"

사비와 공황식이 대치 중인 중앙에 이른 공우생이 둘을 번갈아 쳐다보며 말했다. 뒤따르던 삼왕은 선린교 위에 날아 내려 흥미로운 눈길을 던질 뿐 더 이상 앞으로 나오지 않았다.

복인문의 눈에는 이채가 한가득이다. 그는 처음부터 사비를 알아봤지만 굳이 아는 척할 생각이 없었다.

'후후후! 미친 녀석. 덤빌 사람이 없어 검황을 건드리다니. 그래, 어디 네놈이 어느 정도나 버티는지 한번 보자꾸나!'

복인문이 게슴츠레한 눈으로 사비의 삼 장 근처에 이른 공우생의 뒷덜미를 바라보는 사이 그와 나란히 서서 호리병에 담긴 술을 홀짝거리던 마항산은 들고 있던 타구봉으로 등을 긁으며 딴청을 부렸다.

'일수불생과 탈혼광랑이 함께 다닌다는 보고가 있었는데…… 그렇다면 저자가 탈혼광랑?'

고개를 숙인 마항산의 눈이 잘게 흔들렸다. 역시 겉모습과 달리 그의 모든 관심도 사비의 일거수일투족에 가 있었던 것이다.

'아니! 그러고 보니 저놈은……!'

사비를 알아본 야왕 은강후가 속으로 침음성을 삼키며 눈을 빛냈다. 그 역시 앵화루에서 자신의 수하들을 짓이겨 놓고 멋들어진 별호까지 얻은 사비를 알아본 것이다. 하지만 그는 최대한 무심한 표정을 지으며 호수 쪽으로 몸을 돌리고 등을 보였다.

'흥! 교활한 영감탱이! 단강구에서 만나 배까지 빌려줬다고 하던데 이렇게 시치미를 뚝 떼다니!'

은강후는 사비와 공우생을 향해 의뭉스런 눈길을 던지고 있는 복인문을 보며 속으로 쓴 입맛을 다셨다.

방금 전까지만 해도 흑천의 정체가 밝혀지고 그들을 처리할 때까지는 서로의 이해득실을 따지지 말자고 굳게 약속한 인간이 벌써부터 다른 마음을 품고 있는 것 같아 기분이 착잡했다. 하지만 그것도 잠시, 은강후의 눈도 조금씩 다른 빛을 띠기 시작했다.

'후후후! 처음부터 네놈들과 나는 맞지 않았어! 이제 신도세가의 후예들도 나타났으니 네놈들과도 끝이다! 신도세가가 처리될 때까지만 참아주지. 그때까지만!'

은강후는 속으로 눈빛을 갈무리하며 생각을 하나둘 정리하기 시작했다.

흑천이 신도세가의 후예라는 것은 방금 전 집법원로회의에 참여했던 극소수만 아는 사실이고, 앞으로도 가급적 밝히지 않기로 서로 합의를 봤다. 사십 년 전 일을 들추어내어 괜한 의심을 사기 싫었기 때문이다.

하지만 그보다 더 큰 이유는 사십 년 전 일에 대한 회의감 때문이었다. 그때는 자신들이 하는 일이 정당한 일이고, 전 무림을 위한 일이라는 확신을 가졌었지만, 이후 그들 모두 그 사건의 악몽에서 벗어나지 못하고 있는 것이다.

만일 신도세가의 후대가 있으면 어떻게 하나?

그들이 음양마교와 손잡았던 일이 알려지면 어쩌나?

그리고 무엇보다 이름도 얼굴도 모르는 신비령주라는 이에 의해 사십 년 전의 사건이 주관되어졌다는 사실이 알려지면 그동안 일궈놓은 명성과 업적에 치명적인 타격을 입을 수도 있었다.

그래서 육패 모두 천하를 나눈 뒤에도 서로의 눈치를 볼 수밖에 없던 것인데…….

'짐승들만 믿고 설쳐 대던 만수관은 이제 없어졌고, 장왕은 이번에도 빠진 것으로 보아 아예 호북에서 벗어날 생각이 없는 모양인데… 그렇다면 이제 본 문에 대항할 수 있는 세력은 단 셋뿐! 물론 흑천을 상대한 후에는 아무도 남아 있지 않겠지만…….'

야왕 은강후의 눈이 빛났다.

개방의 정보력이나 신농방의 조직력, 그리고 강소공가가 보유한 절정고수들. 어느 곳 하나 만만히 볼 수 있는 곳이 아니지만, 흑천을 상대하면서 약화될 것은 명약관화하다.

설령 예상보다 흑천의 세력이 약하더라도 야문이 그렇게 만들 것이다. 은강후는 야문의 정보력이라면 충분히 가능하다고 봤다.

개방이 조금 걸리긴 했지만 돈으로 사고파는 정보 외에도 음성적인 정보까지 다루는 야문에 비하면 엄연한 차이가 있다.

'네놈들도 그렇게 생각하고 있을 테지만… 마지막 승자는 나다!'

은강후는 신도세가의 출현이 뛸 듯이 기뻤다. 어둠 속에 숨어 있는 적이라면 몰라도 온 천하를 집어삼킬 듯 이렇게 전면으로 급부상하는 적이라면 육패, 아니, 이제는 사패가 된 자신들의 상대가 될 수 없다.

더욱이 워낙 거칠게 움직인 까닭에 관부에서까지 주목하고 있는 상황이었다.

'흐흐흐! 모든 일이 유리한 쪽으로 흘러가고 있어!'

속으로 음침한 괴소를 삼키며 천천히 고개를 쳐든 은강후가 두 눈에 이채를 떠올렸다. 사비와 대화를 나누던 공우생이 어깨를 흠칫 떠는 것이 눈에 들어왔기 때문이다.

천지가 요동을 쳐도 눈 하나 꿈쩍하지 않을 공우생이 어깨까지 움찔 떨 정도라니.

'으음. 이제는 검황까지… 저 녀석만큼은 도무지 알 수가 없군! 도대체 왜지? 왜 저 녀석이 있는 곳에는 항상 큰 싸움이 벌어지는 걸까? 그리고 왜 저 녀석과 말을 섞는 인간들은 모두 하나같이 저런 반응을 보이는 거냐고?

은강후는 조금 더 앞으로 나가 사비와 공우생의 대화를 듣고 있는 복인문과 마항산의 곁으로 조심스레 발을 옮겼다.

"자네… 말이 지나치군!"

"왜 안 되는데? 뭐 찔리는 거라도 있어?"

"……"

공우생은 입을 꾹 다물었다. 좀 전까지 보였던 인자한 미소는 어디에도 보이지 않는다.

공황식을 비롯한 백천맹 수뇌부의 얼굴은 경악으로 굳어졌고, 사비의 손에 어깨를 빌려준 당미량도 안절부절못하기는 마찬가지.

"다시 말해보게!"

"뭐, 더 듣고 싶다면……."

사비는 어깨를 으쓱해 보인 뒤 다시 말을 이었다.

"당신은 새끼를 잘못 낳아도 한참 잘못 낳았어. 무인으로 키울 거면 겁쟁이를 만들지 말던가, 뒤에서 꽁수를 써댈 인간으로 키울 거면 거시기를 싹둑하고 환관으로 키우던가 해야지. 왜 이것도 저것도 아닌 놈으로 만들어논 거야? 이게 다 부모 잘못이라고! 감히 어디다 대고 흑화검성을 팔아! 에이! 승냥이만도 못한 새끼!"

"으음! 말에는 책임이 뒤따르는 법이지!"

공우생이 두 눈을 차갑게 빛내며 전신에서 가공할 기운을 끌어올렸다.

"허이구! 무섭네! 역시 그 아비도 똑같군. 왜 지랄맞은 기운은 흘려서 사람 피곤하게 하는 거야?"

사비가 펄쩍 뛰며 뒤로 물러섰다. 이에 그에게 어깨를 내어주었던 당미량도 자연스레 뒤로 물러났다.

그녀는 놀란 눈동자를 흔들며 사비를 뚫어져라 응시했다.

방금 전 송곳처럼 전신 요혈을 쑤셔오던 그 기운은 일반적인 내가 고수들과는 차원이 다른 가공할 투기였다. 자신은 피할 엄두도 내지 못했는데 사비는 자신까지 데리고 이를 가볍게 피했다는 것은 실력 차이가 나봐야 한두 초 정도이겠거니 여겼던 자신의 생각이 오판이었음을 반증하는 것이었다.

'이 사람! 어쩌면 소문대로 도황마제를 홀로 상대했을지도…….'

당미량의 추측은 더 이상 이어지지 못했다. 주변을 둘러쌌던 의천단 무인들이 공황식의 명을 받고 달려들었기 때문이다.

"좋지 않은 뜻을 품고 온 자임이 확실해졌으니 저자를 포박하라! 여의치 않으면 추살해도 좋다!"

공황식의 명이 떨어지자 의천단원들이 사비를 감싸 들어갔다. 하지만 수뇌부 중 누구 하나 말리는 사람은 없었다. 오직 담천자와 도상 대사만이 이맛살을 찌푸리며 다소 불편한 심기를 드러낼 뿐이었다. 하지만 나설 생각은 없었다. 사비의 말은 누가 봐도 죽으려고 작정한 발언이었기 때문이다.

"출진!"

슈슈슈슈우우웅—!

수십 개의 검이 모두 한곳을 향했다.

"이크! 하여간 애들 시켜서 떼거리로 덤비는 그 짓거리는 여전하군! 잠깐! 당가하고 원한 지고 싶지 않으면 좀 기다리지!"

"물러서라!"

공황식의 짧은 외침에 의천단원들의 몸이 일제히 뒤로 물려졌다.

날아들 때와 비슷한 귀신같이 빠른 몸놀림.

"으음! 도대체 무슨 짓을 하는 게냐?"

공황식이 얼굴을 일그러뜨리며 당황성을 터뜨렸다. 예상치 못했던 상황이 눈앞에서 펼쳐지고 있었기 때문이다.

"말한 그대로야. 당가와 원한을 맺고 싶지 않으면 물러서라고!"

사비는 하얀 이를 드러내며 씩 웃었다.

중인들의 시선이 천천히 그의 손이 닿은 곳으로 향했다.

사내치고는 희고 가는 목이다. 그 위로 사비의 손이 살짝 닿아 있었다. 어이없게도 당미량의 목을 움켜쥐고 협박을 하고 있는 것이다.

하지만 가장 어이없는 건 당미량이었다. 그녀는 거칠게 움켜쥔 사비의 손 때문에 움직이지도 못하고 입술을 잘근 씹으며 두 눈을 질끈 감았다.

'내가 사람을 잘못 본 건가?'

당미량은 사비의 대책없는 만용이 용기로 보이고, 상대를 배려하지 않는 안하무인의 행동이 스스럼없이 편하게 대하려는 의도라 생각했다. 하지만 지금 보니 그게 아니었다.

검황 공우생과 입씨름을 하면서도 어깨에서 손을 떼지 않던 이유가 자신을 볼모로 삼기 위해서였다니.

당미량은 참담한 심정을 금할 길이 없었다.

그때 공황식의 노한 음성이 그녀의 귓전을 때렸다. 그러나 마치 친자식을 인질로 잡힌 아비가 분한 기색을 감추며 타이르는 듯한 절제된 음성이기도 했다.

"그 친구를 놓아주게! 한때나마 동료였던 사람을 가지고 협박한다는 건 사람의 도리가 아니네! 그만 놓아주면 좋게 돌려보내 줄 의향도 있네."

물론 그럴 의향은 전혀 없다. 하지만 공황식은 그렇게 말해야 했다. 공우생이 보고 있고, 삼왕이 보고 있으며, 의천단원들과 수뇌부가 보고 있다.

그는 사비와 말을 섞으며 노화를 참지 못했던 추태를 만회할 수 있을 정도로 충분히 여유를 찾은 상태였다.

"하하! 누가 누구를 인질로 잡아? 너 정말 어떻게 된 거 아냐? 내 애기는 말이야!"

스팟!

느닷없이 당미량의 목덜미를 잡고 번쩍 집어 던진 사비가 허공으로 솟구치며 다시 외쳤다.

"쟤가 있으면 방해되니까 조금 기다려 달라는 얘기라고! 자! 덤벼!"

"산개!"

또 한 번 놀림을 받은 공황식이 발작적으로 외쳤다.

쌔쌔쌔애애액―!

의천단원들이 공중으로 부양한 사비를 중심에 두고 사방으로 흩어졌다. 하지만 그들의 검끝은 모두 사비를 향했다.

사비를 바라보는 그들의 눈에는 좀 전보다 더욱 진한 살기가 묻어나왔다.

'내가 걱정이 됐던 거야. 내가 다칠까 봐… 나를 피하게 하려고 그랬던 거였어!'

당미량이 서 있는 곳은 남궁덕천의 옆이었다.

좀 전의 대화로 미루어 가장 안전한 곳이라 생각했던 모양이다.

그녀의 두 눈동자가 세차게 떨리고 있었다.

반면 공황식이 나설 때, 몇 걸음 뒤로 물러서서 지켜보던 공우생은 주름진 미간을 좁히며 속으로 쓴웃음을 삼켰다. 양옆에서 자신을 비웃고 있을 은강후 등을 생각하니 사비를 향한 강한 살심이 솟구쳤다.

하지만 연륜으로 보나 상황으로 보나 자신이 나설 자리가 아니었다. 게다가 그는 좀 전의 일로 인해 사비에 대해 좀 더 탐색해야 할 필요성을 느끼고 있었다.

'만천대허경의 삼성 진기를 단 일 수로 흘렸다! 아니, 마치 빨려 들

어가는 듯한 느낌이었어!'

좀 전의 상황을 떠올려 보던 공우생의 얼굴이 더욱 진한 불신으로 물들었다.

'흡기나 흡혈을 취하는 마공들과는 차원이 다르다! 사악한 기운과 광명정대한 기운! 그렇게 서로 다른 두 진기가 섞여 있어! 그중에 하나는… 음양마교주의… 마… 령심공! 도대체… 누구냐? 넌!!'

사비를 향해 시선을 옮긴 공우생의 뒷짐 진 손이 부르르 떨렸다.

슈슈칵……!

사비의 하반신을 쓸어오는 검들의 기세는 가히 노도와 같았다.

쉴 새 없이 찌르고, 베고, 휘감아오는 장검들.

사비는 이를 근소한 차이로 피하며 위기의 순간들을 넘겨갔다. 하지만 시종일관 여유가 넘치는 표정으로 보아 그리 위태롭다는 생각은 하고 있지 않은 모양이었다.

"뭐부터 해줄까? 확… 지져 줄까? 아니면… 얼려줄까?"

사비는 입을 열면서도 두 다리만은 허공에서 춤을 추듯 교차시켰다.

처음 허공으로 솟구치고 지금까지 의천단원들이 퍼부어대는 공세를 피하며 한 번도 땅을 디디지 않은 신법은 가히 일절이었다. 하지만 장내의 어느 누구도 사비가 어떤 신법을 펼쳤는지는 파악하지 못했다.

끼리리릭!

사비의 양팔 관절이 조각조각 부서져 나간 사람처럼 기이하게 꺾이며 부챗살 모양으로 퍼지기 시작했다.

"저것은… 환우마하장법!"

사비의 무공을 알아본 공황식이 대경하여 소리쳤다.

"다시 봐! 이래도 이게 환우마하장법이야?"

푸파파파광—!

공황식의 외침을 들은 사비가 빠르게 양팔을 교차시키자 원호를 그리며 다가오던 의천단원 다섯이 꽃봉오리가 활짝 피는 꽃잎처럼 사방으로 쫙 퍼지며 날아가 박혔다.

사가권법(司家拳法).

그사이 사비의 권법이 환우마하장법과 사가권의 초식에 구분을 두지 않는 경지로 발전한 것이다.

"허! 그 나이에 벌써 초식을 버리고 승리를 구하는 무초유승(無招有勝)의 경지에 들어서다니……."

공우생이 짧은 탄성을 토하며 천천히 앞으로 나왔다. 여태껏 연원을 알 수 없던 사비의 무공이 방금 펼친 무공으로 인해 어렴풋이 짐작이 갔다.

'이 녀석의 진기는 셋! 아니면 그 이상이다. 천하에 서로 다른 진기를 하나로 만들 수 있는 심법은 없다! 오직 한군데 외에는…….'

공우생은 차갑게 가라앉은 눈으로 나직이 입술을 뗐다.

"물려라! 의천단은 저자의 상대가 되지 않는다!"

공우생의 말에 짧게 당황한 공황식이 의천단을 향해 눈짓을 했다. 이에 의천단은 기민한 속도로 사비의 곁을 벗어났다. 하지만 그들이 빠져나간 자리는 곧 다른 사람들로 채워졌다.

공우생과 삼왕.

비록 그 수는 의천단의 십분에 일도 안 됐지만 사비가 받는 중압감은 그 열 배를 넘고도 남음이 있었다.

"네가 이곳에 와 행패를 부리는 건, 누구의 의지더냐?"

"의지? 무슨 의지?"

공우생의 물음에 사비가 고개를 갸웃거렸다.

"나는 지금 네놈이 흑천과 어떤 관계인지를 묻는 것이다!"

공우생이 천둥 같은 외침에 중인들의 얼굴이 삽시간에 굳어졌다.

특히 사비를 에워싸고 있는 삼왕의 표정은 경악, 그 자체였다.

다른 사람들에게는 사비가 흑천의 주구냐는 물음으로 들렸지만, 흑천의 정체를 아는 그들에게는 신도세가의 후예가 나타났다는 소리로 들렸다.

'그렇군! 그래서 그토록 이해할 수 없을 정도로 강한 거였어! 도황마제를 상대할 정도로……!'

공우생 등의 사비를 바라보는 눈이 점점 붉게 충혈됐다.

십이제천에 속하는 절대고수 중 무려 넷이 사비를 향해 살심을 드러내는 것이다.

있을 수 없는 일, 믿기지 않는 일이 눈앞에서 펼쳐지고 있었지만 중인들은 사 대 일의 이 싸움이 너무도 당연하게 생각됐다.

어쩌면 사비와 공우생들의 표정이 너무도 당연하게 보였기 때문인지도 모른다.

하지만 사비는 그렇지가 않았다. 지금 그가 느끼는 압력은 이전의 그 어떤 것에도 비할 바가 못 되었다.

후우우웅……!

결국 사비는 그들이 쏘아 보내는 가공할 기운을 견디지 못하고 화류패기를 끌어올렸다.

쿠르르르!

그와 동시에 중인들이 모여 있는 선린교가 진동하기 시작했다.

"후후후! 의지라? 굳이 그런 거창한 게 듣고 싶다면……."

파파파팟—!

휘이이익!

사 인의 신형이 가공할 속도로 움직임과 동시에 사비도 지면을 박찼다. 아니, 보다 정확히 말하면 바람을 탔다고 해야 한다. 사비가 움직임과 동시에 장내에 있던 사람들은 그의 모습은 온데간데없고 한줄기 바람만 부는 기이한 현상을 경험했으니까.

"흑화검성의 의지라고 해두지!"

사비의 손이 조금씩 붉은빛으로 물들어갔다.

쿠아아아아앙—!

사위는 온통 암흑이었다.

아직 해가 질 시간도 아닌데, 선린교 주변에 모인 사람들의 눈에는 아무것도 보이지 않았다. 그것은 전신을 회전시키며 하늘로 솟구친 사비의 몸에서 발현된 현상이었다.

"우욱!"

"크윽!"

공우생 등의 신형이 사비를 중앙에 두고 멈춘 사이, 그들의 발밑 여기저기서 신음성이 터져 나왔다. 오 인의 진기가 서로 거세게 얽히며 가공한 압력이 되어 밀려갔기 때문이다. 이에 공황식이나 당미량 등 몇을 제외하고는 모두 얼굴이 백지장이다.

"모두 이십 장 밖으로 물러나시오!"

공황식이 주변을 향해 외치며 천천히 뒤로 물러서자 백천맹 수뇌부와 의천단원들은 약속이나 한 듯 일제히 뒤로 몸을 뺐다.

그사이 오 인이 끌어올린 진기가 서로에게 부딪치며 그들 주변의 공기가 일렁이기 시작했다.

후우우웅—!

사비의 전신을 감싸고 있던 음양혼신포가 삽시간에 가죽공처럼 부풀어 올랐다. 음양혼신포는 검은빛을 띠던 이전과 달리 붉은 광채를 뿜어내고 있었다. 하지만 붉은 안개는 사비의 주변 일 장에서 더 이상 퍼지지 못했다. 공우생 등이 쏟아낸 진기와 맞닿으며 기이한 음향과 함께 잔 진동을 일으킬 뿐이었다.

"이 영감탱이들이 미쳤나? 정말 해보자는 거야?"

사비는 화류패기를 더욱 끌어올렸다. 사 인의 머리에서 줄기줄기 뻗어 나오는 기운들을 보니 놓인 상황이 허투루 보이지 않았다.

쩌저저어엉……!

순간 장내에 모여 있던 사람들의 눈이 일순 굳어졌다. 사비가 끌어올린 화류패기가 조금씩 사 인의 진기를 밀어내고 있었기 때문이다. 하지만 그들의 놀라움은 사비를 직접 상대하고 있는 사 인에 비하면 아무것도 아니었다.

'이럴 수가! 어찌 혼자서 우리의 진기를 받아낸단 말인가?'

공우생의 노안은 경악으로 부들부들 떨렸다.

검황 공우생.

그의 별호 검황은 그냥 얻어진 것이 아니다. 평생에 걸쳐 수많은 사마외도를 굴복시키고, 난다 긴다 하는 무림명숙들과의 비무를 통해 얻은, 그야말로 피와 땀과 목숨을 걸었던 결실이다.

그런 자신의 진기를 아무 거리낌 없이 받아들이는 사비의 모습이 좀처럼 믿기지 않았다.

흑화검성 사군우와 도황마제의 죽음으로 인해 이 땅에 단신으로는 본인을 이길 자가 없다고 생각했던 공우생.

그로 인해 천하에 자신의 상대가 없다는 고독감과 허탈감이 그의 수련을 방해하는 심마로까지 나타났었는데.

그런데 지금 눈앞에 있는 사비는 자신의 그런 감정이 쓸데없는 착각이었음을 온몸으로 보여주고 있었다.

'이건 아니다! 아무리 정령신공을 익혔다지만… 우리의 진기를 한 몸으로 견뎌낼 수는 없어!'

공우생은 속으로 세차게 고개를 저었다.

공우생의 착각.

공우생은 사비가 만물에 담긴 진기를 모두 자신의 것으로 만들 수 있는 정령신공을 익히지 않았다면 결코 이러한 모습을 보일 수 없다고 확신했다. 하지만 그렇다고 자신을 비롯한 사 인의 진기를 받아낼 수 있을 정도까지라고는 보지 않았다. 자신은 물론이거니와 야왕, 걸왕, 농왕 또한 세상 어느 누구에게도 뒤지지 않는 무위를 지닌 인물들이었기 때문이다.

그러나 사비는 보란 듯이 이런 공우생의 확신을 깨고 있었다.

'가만! 저것은……?'

사비를 향해 꾸역꾸역 진기를 흘려보내던 공우생의 눈이 찰나지간 빛을 뿌렸다.

사비에게서 일어나고 있는 미세한 변화.

그것은 그의 몸이 아니라 그가 걸치고 있는 옷에서 시작되고 있었다. 자세히 살펴보니 대기 중에 뒤엉킨 서로 다른 기운들 때문인지 지닌 색까지도 알록달록한 색으로 변하고 있는 것 같았다.

'괘씸한 놈! 음양혼신포를 입은 게로군! 그렇다면……!'

공우생은 속으로 쾌재를 불렀다. 사비가 자신들의 진기를 받아내는 이유를 간파했다는 기쁨이다. 하지만 이는 반은 맞고 반은 틀린 것이었다.

'호오! 역시 요상한 물건이었군! 흑화검처럼 화류패기를 받을 수 있는 옷이었다니……!'

사비는 허공에 둥실 뜬 채로 양손을 가슴께로 올리며 고개를 내려뜨렸다. 음양혼신포에 기이한 힘이 튀어나오거나 한 것은 아니었다. 다만 공우생 등이 쏘아 보내는 진기를 구분할 수 있게 해주는 정도랄까. 다른 이들은 느끼지 못했지만 사비는 사 인의 진기와 닿은 음양혼신포의 부분들에서 미세한 변화를 감지하고 있었고, 그것만으로도 그의 얼굴에는 점점 여유가 번져 갔다.

그러나 십이제천의 소문은 역시 과장됨이 없었다.

사비는 처음 넷이 함께 다가오는 순간, 만근 거력이 전신을 짓누르는 느낌에 숨조차 쉬기 힘들었지만, 이는 사실 처음부터 예상할 수 있는 결과였다.

도황마제와의 싸움에서도 죽다 살아났는데, 하물며 도황마제와 더불어 삼황이라 불리는 검황에다가 야왕, 농왕, 걸왕이 합격을 하는데 무슨 수로 당해낸단 말인가.

그래서 어떻게든 기회를 보아 빠져나가야겠다는 쪽으로 생각이 기울어, 우선 거치적거리는 당미량을 처리한 후 홀가분하게 튀기로 마음먹었던 것이다.

'게다가 음양혼신포는 저 인간들의 기운을 흡수해 다시 흑화검으로 흘려주고 있어!'

사비는 음양혼신포가 부풀어 오름과 동시에 더욱 여유가 생기기 시작했다. 하지만 둘러싼 이들의 표정으로 보아 본인들의 체면을 생각해 전력을 다하지 않았기에 망정이지, 저들이 전력을 다한다면 제아무리 음양혼신포가 묘용을 지녔어도 힘들 것 같다는 생각이 들었다.

'어쩐다?'

사비는 속으로 고민하며 고개를 숙인 채로 주위를 힐끔거렸다.

아직까지는 기세 싸움.

본격적으로 싸움이 시작되면 더욱 몸을 빼기는 힘들 것 같았다.

그때였다.

"상대는 흑천의 후예! 일단은 이자를 제압하고 봅시다!"

공우생은 차마 죽이자는 말은 하지 못하고 사비를 제압하자는 말로 동료들을 독려했다. 하지만 이 외침을 들은 나머지 삼 인은 서로의 눈치만 살피며 감히 앞으로 나서지 않았다. 그저 염치없는 표정으로 얼굴이 붉게 물들 뿐. 자신들이 합공을 하다니. 이전까지 결코 생각해 본 적 없던 일이었다. 그것도 이제 갓 약관을 지난 애송이를 상대로 손을 쓴다는 게 영 내키지가 않았다.

'으음… 또! 그 기운이다! 정말… 환장하겠군!'

농왕 복인문의 주름진 눈이 푸들푸들 떨렸다. 다른 이들이 사비의 몸에서 뿜어져 나오는 화류패기를 별 어려움 없이 받아내는 것과 달리 그는 벌써부터 등줄기로 송골송골 땀이 맺히고 있었다.

신농지력(神農之力).

사비에게서 느껴지는, 자신으로서는 속수무책으로 느껴지는 그 힘은 분명 신농방에 전해 내려오는 전설의 힘이었다. 그렇지 않다면 자신이 이렇게 맥을 못 출 리가 없었다.

철그렁!

"발칙한 놈! 아량은 한 번으로 족하다!"

결국 더는 버틸 수 없던 복인문이 손에 들고 있던 쇠스랑으로 땅을 찍으며 몸을 날렸다. 다른 동료들에게 행여 약점을 잡힐까 두려웠기 때문이다.

팩!

쇠스랑이 허공을 가르며 천이 찢겨지는 소리가 터졌다.

"영감! 한 배까지 탄 사이에 이러기야!"

눈 깜짝할 사이에 코끝에 이른 복인문의 쇠스랑을 피하기 위해 옆으로 어깨를 튼 사비는 짐짓 서운하다는 투로 물었다.

"……."

하지만 복인문은 사비의 말에 대답할 생각이 없는지 곧바로 그의 하반신을 쓸어갔다. 쇠스랑의 세 날이 마치 거대한 독수리의 발톱처럼 사비를 움켜잡기 위해 요동치며 중인들의 눈을 어지럽혔다.

빠악!

사비가 오른쪽 다리를 번쩍 들어올리는 순간 사방으로 석편이 튀었다.

그리고 중인들은 일순 어리둥절한 눈을 했다. 분명 사비의 발이 복인문에 의해 두 동강이 나며 피가 튈 것으로 예상했는데 그가 여전히 멀쩡한 표정, 멀쩡한 두 다리로 떡하니 서서 복인문을 노려보고 있었기 때문이다.

"이런 식으로 나오면… 나도 더는 봐줄 생각 없어! 난 걸어온 싸움은 피하지 않는 성미라서 말이야. 후후후!"

사비는 한껏 여유로운 표정을 지으며 천천히 앞으로 나갔다.

"……."

복인문은 여전히 말이 없었다. 사비가 입을 열고 있는 사이에도 그가 끌어올리고 있는 화류패기에 더는 견딜 수 없을 정도로 극심한 고통이 밀려들고 있었기 때문이다. 자신은 뜨거워 죽겠는데 주변에 있는 이들은 멀쩡한 표정을 하고 있으니 더욱 미치고 팔짝 뜰 노릇이었다.

그사이 백천맹에 있던 무인들이 십이제천의 출현 소식을 듣고 삼삼오오 몰려들었다. 지시가 있을 때까지는 밖으로 나오지 말라는 말을 들었으나 검황같이 쟁쟁한 이들이 있다는 말을 듣고 그 말에 따를 사람은 아무도 없었다.

무림 최고수의 무위를 볼 수 있는 기회는 흔치 않았고, 백천맹에 모여 있는 무림인들은 자신들의 안목을 넓힐 수 있는 이 절호의 기회를 놓칠 생각도 없었다. 이들의 심리를 증명이라도 하듯 군중들의 수는 일 다경이 채 흐르기도 전에 수천이 넘어가며 선린교 주변에서부터 군자대로까지 빼곡히 메워갔다. 사비와 공우생 등의 험악한 분위기와는 달리 주변은 마치 잔칫상이라도 받아놓은 분위기였다.

"헛! 저 친구는……!"

"십이제천과 마찰을 일으켰다는 자가 사비 시주였다니… 아미타불!"

함께 전각 지붕으로 올라가 목을 길게 늘여 뺐던 유백과 무휴 대사가 사비를 발견하고 놀란 눈을 동그랗게 떴다.

유백은 사비가 다른 때와 달리 정색을 하고 있는 것을 보자 사태가 얼마나 심각한지를 능히 짐작할 수 있었다.

"으음! 추룡객, 이 인간! 분명 내게 먼저 데리고 오라고 했거늘… 어쩌자고 탈혼광랑을 저렇게 혼자 내버려 둔 거야!"

"방금 탈혼광랑이라고 했소? 그렇다면 저자가 삼신수 탈혼광랑이란 말이오?"

유백의 목소리는 귀를 곤두세우지 않으면 도저히 들을 수 없을 만큼 낮았지만, 탈혼광랑이라는 명호를 들은 중인들의 귀에는 전혀 그렇게 들리지가 않은 모양이었다.

전각 지붕 밑에서 고개를 길게 늘여 빼고 묻는 한 사내의 놀란 음성에 장내의 시선이 일시적으로 유백을 향해 집중됐다. 이에 유백은 잠시 당황 어린 표정으로 주변의 눈치를 살피더니 이내 고개를 끄덕이며 말을 이었다.

"그렇소! 저 사람이 바로 도황마제를 꺾고 흑화일심대와 백천맹 무인들을 구했던 그 탈혼광랑이오."

유백이 큰 목소리로 떠들자 이를 들은 공황식이 일순 눈살을 찌푸렸다. 유백이 사비가 백천맹에 도움을 준 은인임을 은연중에 알리려 한다는 것을 눈치챘기 때문이다. 하지만 아쉽게도 모인 이들은 사비가 누구를 구했는지보다 탈혼광랑과 농왕이라는 신구 절정고수의 대결에만 깊은 관심을 보이고 있었다.

"흠! 삼신수의 무공이 십이제천 못지않다는 소문이 사실이었나 보구려. 농왕을 상대로 저 정도까지 버티는 것을 보면……."

누군가의 뇌까림에 장내의 시선이 다시 사비와 복인문을 향했다.

말 그대로였다. 비록 복인문의 쇠스랑에 밀려 변변한 반격 한번 못하며 패색이 짙어 보이긴 했으나, 사비의 옷과 그의 주변에는 어떠한 혈흔도 발견되지 않았다. 무슨 수를 썼는지는 모르지만 복인문의 위맹한 공격을 아무 사고 없이 모두 받아냈다는 뜻이었다.

파파팍—!

땅 위에 세 줄기 고랑이 팼고, 사비는 몸을 거꾸로 뒤집으며 뒤로 팅

겨져 나갔다.

"하하하! 이 인간이 내가 밭으로 보이나? 왜 자꾸 괭이질이야?"

"네놈이 정녕 죽고 싶어 환장을 한 게로구나! 오냐!"

콰직!

복인문은 들고 있던 쇠스랑을 지면에 꽂고 앞으로 저벅저벅 걸어나

갔다.

우직! 우직!

그의 발끝을 따라 바닥에 깔린 청석들이 부서져 나갔다. 좀 전 공황

식이 보였던 신위보다 더욱 강맹해 보였는데, 이는 그의 독문무공이 쌍

강연환퇴(雙强連環腿)라는 퇴법인 까닭이다.

슈파악……!

사비 앞 삼 장에 이른 복인문의 두 다리가 느닷없이 공기를 가르며

연기처럼 흐려졌다.

사비는 눈앞을 어지럽히며 다가오는 복인문의 다리를 보며 두 주먹

을 불끈 쥐었다. 그가 쇠스랑 때와는 달리 전력을 다한 공격을 감행해

옴을 깨달았기 때문이다.

역시 복인문은 사비의 예상대로 이전보다 더욱 빠르고 다양한 공격

을 펼치며 사비를 쉴 새 없이 몰아갔다.

'괘씸한 인간들! 이번 기회에 내 무공을 살피겠다는 의도인가 본

데… 내가 네놈들 뜻대로 해줄 성싶으냐?'

복인문은 공우생, 야왕, 걸왕이 사비보다 오히려 자신의 동작에 더

신경을 쓰고 있음을 간파하고 속으로 쓴웃음을 삼켰다. 이에 자연스레

그의 공격은 느슨해질 수밖에 없었고, 선공을 빼앗기고 몰리던 사비는

점점 복인문의 압박에서 벗어날 수 있었다. 이런 상황을 모르는 사람

들은 복인문과 대등한 싸움을 벌이는 사비를 보고 눈이 튀어나올 정도
로 놀랐고, 특히 좀 전 사비에게 일장을 날렸던 팽가주의 놀라움은 더
욱 컸다.

'휴우! 저 친구가 아니었으면 큰 망신을 당할 뻔했군!'

팽가주는 남궁덕천의 옆에 서서 걱정스런 기색으로 사비에게 시선
을 고정하고 있는 당미량을 힐끗 쳐다보며 속으로 안도의 한숨을 내쉬
었다. 복인문의 모습을 보건대 자신이 만일 그와 싸운다면 제아무리
스스로를 높이 쳐줘도 십 초를 못 버틸 것 같았다.

반면 사비는 어떤가. 그는 지금 십 초가 아니라 벌써 오십여 초를 훌
쩍 넘기고 있었다. 전반적으로는 수세에 몰린 듯한 분위기였지만 간간
이 반격을 가하는 것으로 보아 결코 쉽게 끝날 싸움이 아니었다.

물론 사비 또한 자신이 밀린다는 생각은 전혀 하고 있지 않다. 그는
복인문의 양다리에서 뿜어져 나오는 양강지력을 막기 위해 화류패기를
끌어올렸고, 이를 복인문을 향해 조금씩 밀어 넣고 있었다.

'어디… 계속 그렇게 지랄해 봐! 그만큼 더 고통스럽게 될 테니까!'

사비가 복인문을 상대하는 모습은 청도 관제묘에서 사군우가 공손
천량을 상대하던 모습과 유사했다. 하지만 사군우가 공손천량의 전신
곳곳이 불에 그슬린 흔적을 남겼던 그때와 달리, 사비는 복인문에게 아
무런 흔적도 남기지 않고 있었다.

사비우의 전신에서 쏟아져 나와 복인문을 엄습하는 화류패기.

주변 어느 누구도 감지하지 못하고, 오직 당하는 대상만이 느껴야 하
는 참을 수 없는 뜨거움. 사비는 그 신비의 절대력 화류패기를 당하는
대상조차 이를 전혀 느끼지 못하게 만들 정도의 수준까지 올라간 것이
다.

'볼 수도, 느낄 수도 없는 힘……! 막거나 피한다는 것은 생각할 수
조차 없는 힘! 이게 화류패기다……!'

사비가 자신이 펼친 화류패기에 만족스런 웃음을 머금을 때였다.

'헛! 이것은……!!'

복인문은 갑자기 전신을 태울 듯 몰아치는 화류패기를 느끼고 이에
저항하기 위해 지닌 진기를 최대로 쥐어짰다. 하지만 그 강렬한 화기
는 이미 자신의 몸 내부로 급격히 스며들고 있었다.

복인문은 이 믿을 수 없는 현실과 견디기 힘든 고통에 고개를 세차
게 저으며 땅 끝을 차고 솟구쳤다.

"여기까지다! 연환파륜(連環波輪)!"

파파파파아아……!

복인문의 발이 노도처럼 휘몰아쳤고, 이를 막기 위해 휘둘러진 사비
의 손은 마치 바람에 나풀거리는 연산홍처럼 붉게 너울거렸다.

이를 본 중인들의 눈이 일순 휘둥그레졌다. 눈으로 잡히지 않는 빠
른 속도의 다리 공격, 그리고 그에 준하는 빠르기를 지닌 사비의 주먹
들. 인간의 싸움으로 불리기에는 너무 빠르고 현란했다. 앞에 선 이들
의 안면에 이는 따끔한 통증으로 미루어 가히 그 위력을 짐작하고도
남음이 있었다.

"으음……!"

"젠장! 구렁이라도 삶아 먹었나? 노인네가 이렇게 힘이 좋아도 되는
거야?"

복인문은 스물네 번에 걸친 발길질을 모두 막아낸 사비가 믿기지 않
는지 침음성을 삼키며 얼굴을 굳혔고, 사비는 짜증 어린 목소리로 뇌까
리며 욱신거리는 팔을 번갈아 꾹꾹 주물렀다.

휘이익……!

"젊은 나이에 정말 대단하군! 농왕의 쌍강연환퇴를 받아내다니! 어디 나하고도 한번 겨뤄보지 않겠나?"

싸움이 잠시 잠깐 소강상태로 접어든 사이, 마항산이 소맷자락을 펄럭이며 둘 사이로 날아 내렸다.

"마 방주! 이게 무슨 경우요?"

"흐흐! 미안하게 됐소. 복 방주가 싸우는 걸 보니 주먹이 근질거려서 도저히 못 참겠소이다. 적선한 셈치시구려."

복인문이 힐난조로 눈살을 찌푸리자 마항산이 봉두난발의 뒷머리를 벅벅 긁으며 멋쩍은 미소를 흘렸다.

"……."

짐짓 불쾌한 표정으로 입을 다물고 있던 복인문은 마항산의 간절한 표정을 보며 어쩔 수 없다는 듯 고개를 끄덕였다. 하지만 그는 속으로 얼마나 안도했는지 모른다. 온몸을 태울 듯 일렁이는 화기를 잠재우기 위해서는 시간이 필요했기 때문이다.

'윽! 진기가… 이어지지 않는다……!'

마항산을 앞에 두고 못 이기는 척 몸을 돌리던 복인문은 곧 속으로 신음성을 터뜨리며 그 자리에 움찔 멈췄다. 발산했던 진기를 거둬들였는데 뼛속 깊숙이 아련한 통증이 밀려왔다. 이는 내상을 입었을 때의 증상. 하지만 복인문으로서는 수긍할 수 없었다.

'그럴 리가 없다! 분명 모든 화기를 차단했거늘……?'

복인문은 마음을 진정시키기 위해 애쓰며 다시 걸음을 옮겼다. 좀 전까지의 상황을 빠르게 되뇌어봤지만 언제 내상을 입었는지 도무지 알 길이 없었다.

'이건… 무공이 아니다!'

복인문은 공우생과 은강후의 시선도 의식하지 못할 정도로 딱딱하게 얼굴을 굳혔다. 자신도 모르는 사이 화류패기가 전신 모공과 호흡을 통해 들어왔고, 그 화기가 사비의 공격 방법 중 하나임을 비로소 깨달은 것이다. 또한 내상도 생각했던 것보다 훨씬 심각했다.

"흐흐흐! 내 나중에 거하게 한잔 사지!"

복인문을 향해 헤벌쭉 웃어 보인 마항산이 사비를 향해 다시 몸을 돌리고 입을 열었다.

"들었지? 이제 나하고도 한번 손을 섞어보자꾸나! 받아랏!"

우르르릉……!

마항산은 입을 엶과 동시에 쌍장을 쭉 내밀었다. 이에 사비는 대답할 겨를도 없이 황급히 두 주먹을 들어올렸다.

콰앙!

귀청이 떨어져 나갈 정도로 요란한 폭음이 장내에 울렸다.

"쿨럭! 뭐 이런 거지발싸개 같은 노인네가 다 있어? 누구 마음대로 끼어들고 지랄이야?"

마항산과의 부딪침으로 인해 생긴 자욱한 흙먼지를 들이마신 사비는 콜록거리며 눈을 부라렸다. 하지만 마항산은 욕을 듣고도 전혀 아랑곳하지 않았다. 오히려 더욱 흥미로운 눈초리로 사비의 얼굴을 쳐다보며 기분 좋은 웃음을 흘렸다.

"어쭈! 용음십이수를 받아내? 어디! 그럼 이건 어떠냐? 으랏… 차!"

마항산은 왼손은 머리 위로 올리고 오른손은 허리춤으로 가져갔다가 쭉 내밀며 천둥성을 내질렀다. 방주들에게만 전해진다는 개방의 진산비기 강룡십팔장의 절초였다.

쿠오오오……!

마항산의 육장에서 한 마리 백룡이 튀어나와 사비를 향해 꿈틀거리며 날아갔고, 이를 본 사비는 두 눈을 좁혔다. 쌍강연환퇴를 받는 것도 쉽지 않았지만 마항산의 강룡십팔장은 가히 일절이라 불리기에 부족함이 없는 위력이 담겨 있었다.

더욱이 마항산은 처음부터 이 한 수를 위해 전력을 끌어올리고 있었는지 내력을 실어 날림에 전혀 주저함이 없다. 한시바삐 싸움을 끝내자는 공우생의 전음, 농왕이 처리하지 못한 사비를 자신의 힘으로 끝냈을 경우에 생기는 이점. 이 두 가지 이유가 다른 사람 앞에서 좀처럼 무공을 펼친 적이 없는 그의 게으른 손을 부지런하게 만든 것이다.

'끝났군! 네놈의 목숨! 그리고… 농왕의 명성!'

마항산은 굽이쳐 흐르는 급류처럼 사비의 하단전을 향해 쏜살같이, 그리고 구불구불 이어지는 자신의 장세를 보며 회심의 미소를 지었다.

퍼퍼어억—!

폐부가 찢기는 파육음.

"크윽!"

이미 예상했던 소리였으나 마항산의 눈에는 불신이 다분하다.

천천히 고개를 내린 마항산의 노안. 그 흔들리는 눈동자에 자신의 복부에 닿아 있는 누군가의 주먹이 보였다.

"이런 젠장 맞을 영감! 처음부터 그렇게 세게 나오면 어떻게 해? 그러니까 이렇게 힘 조절이 안 됐잖아!"

"……!"

낮게 깔리는 젊은 목소리에 마항산은 다시 고개를 들어올렸다.

최대한 미안한 표정을 지어 보이기 위해 애쓰는 사비의 얼굴이 보인다. 그 얼굴을 보고 있자니 절로 얼굴이 구겨졌다.

좀 전까지의 일들이 주마등처럼 스쳤다. 마치 꿈을 꾸듯 사비의 신형은 몽롱한 영상이 되어 자신을 향해 달려왔다. 동작 하나하나가 눈에 확연히 들어왔으나 도무지 막을 수가 없었다.

설명할 수 없는 무력감이 마항산의 전신을 휩쓸었고, 그 직후 사비의 주먹이 그의 배에 꽂혔다.

그러나 육체의 고통보다 괴로운 건 지금까지 이룩해 온 모든 업적이 일시에 허물어지는 자괴감과 농왕을 대신해 나선 자신의 성급한 판단에 대한 깊은 후회 때문이었다. 하지만 그것도 잠시, 마항산의 몸속으로 스며든 화류패기는 전신 혈관이 타 들어가는 고통으로 화하며 더 이상 아무 생각도 들지 않게 했다.

털썩!

마항산은 그 자리에 허물어지듯 주저앉았고, 장내는 이 경천동지할 상황에 놀라 어느 누구도 말을 잇지 못했다.

"크윽!"

쿵!

또 한 번 들린 고목 넘어가는 소리에 장내의 시선이 같은 방향으로 돌아갔다.

"허억! 노, 농왕까지!"

불신의 외침과 눈빛. 장내는 결코 눈앞의 현실을 인정할 수 없다는 의심의 눈초리로 가득 찼다.

마항산의 뒤에서 싸움을 관전하며 진기를 다스리기 위해 조식을 취

하던 복인문이 사비의 급습을 받고 마항산과 별반 다를 바 없는 상태
가 되어 고꾸라진 것이다.

　더욱이 복인문의 상태는 마항산보다 훨씬 심각했다. 몸속으로 침투
한 화류패기를 제어하기 위해 애쓰던 중 마령심기라는 극음의 기운까
지 침투했기 때문이다.

　"먼저 덤빈 건 당신이었어."

　쓰러진 복인문을 내려다보며 짧게 속닥인 사비가 이내 씩 웃으며 뒤
로 물러났다.

　"비겁한 놈!"

　"암습을 하다니!"

　슈슈슈슉―!

　백천맹 무인들이 분기탱천하여 몸을 날렸다. 하지만 화류패기와 마
령심기를 동시에 끌어올린 사비는 결코 이들의 접근을 허락치 않았다.

　"암습? 이 쉐이들이… 내가 네놈들 같은 줄 알아?"

　푸아아앙!

　사비의 몸에서 붉고 파란 섬광이 동시에 뿜어져 나왔다.

　"아악!"

　"사, 사술이다!"

　아무런 초식도 펼치지 않고 그저 화류패기와 마령심기만 끌어올렸
을 뿐이지만, 그와 이 장 거리에 이르렀던 이들이 하나같이 괴성을 지
르며 사방으로 나가떨어졌다. 어떤 이는 피부와 옷이 시커멓게 타서,
또 다른 이는 하얀 서리가 가득 낀 전신을 사시나무 떨 듯 떨며.

　하지만 사비가 이들에게는 복인문이나 마항산에게 보냈던 진기에는
한참 못 미치는 힘을 실어 보냈기에, 모두 놀란 표정을 한 채 비틀비틀

일어날 수 있었다. 그렇다고 해서 놀라 벌떡벌떡 뛰는 심장이 가라앉지는 않았다.

　그들은 자신들을 바라보는 사비의 눈에서 야차처럼 차가운 광망이 인다고 느끼며 몸서리를 쳤다.

오백 년 전.

　최치원(崔致遠)은 시리도록 밝은 달을 바라보다가 천천히 눈을 내렸
다. 창밖으로 아득하게 펼쳐진 망망대해가 그의 시야로 들어왔다. 잔
잔한 바다 물결에 달빛이 반사되며 파도의 하얀 포말과 함께 부서지고
있는 모습이 마치 자신인 양 최치원은 파도가 자신과 같다는 생각이
들었다.
　"한때다, 한때야. 모두 자연으로 돌아갈 것이고, 다시 나고 이어가기
를 반복하다가 소멸되겠지. 어찌 권력과 출세에 연연하는고."
　그는 천천히 손을 내밀며 안타까운 어조로 중얼거렸다. 그것은 자신
을 향한 안타까움이었다.

가을바람 애처로이 부는데

秋風惟苦吟

세상에는 날 알아주는 이 적다네.

世路少知音

창밖에는 삼경의 비가 내리고

窓外三更雨

등불 앞의 마음은 벌써 만 리 고향으로 가 있네.

燈前萬里心

"돌아가자. 어차피 신분의 굴레를 벗어던지지 못할 바에는 내 나라에 가서 최선을 다하며 살아보자."

최치원은 객점을 빠져나왔다.

어느새 한 점 구름에 모습을 감춘 달 때문인지 시위는 더욱 어둑어둑해져 있었다.

터벅터벅 걸음을 옮겨 그가 당도한 곳은 청도에서 조금만 가면 나오는 고운포(孤雲浦)라는 곳이었다.

최치원은 고운포의 해변을 거닐며 나직이 입을 열었다.

"중원은 문물뿐만 아니라 도가와 유가 사상에 있어서도 비약적인 발전을 이룩한 곳. 하지만 아쉽게도 정치나 무공은 그런 발전에 미치지 못하지. 이는 중원의 문물이 최고라는 아집과 독선 때문이야."

최치원은 씁쓸한 웃음을 머금고 천천히 고개를 돌렸다.

장대한 체구를 지닌 누군가가 등 뒤에 서서 자신을 노려보고 있었다. 최치원을 쏘아보는 눈빛이 달빛에 번득이며 빛을 뿜었다.

눈빛에 담긴 정광을 본 최치원은 눈빛의 주인이 일견하기에도 범상치 않은 인물임을 알아봤다. 아니, 처음 고운포에 온 순간부터 범상치 않은 인물이 있음을 알고 있었고, 따지고 보면 좀 전의 말도 그를 염두에 두고 한 말이었다.

"보아하니 중원인은 아니신 것 같은데. 그 말씀은 중원의 무학이 변방의 무학들보다 떨어진다는 뜻이오?"

사내의 굵은 음성이 천둥처럼 해변을 휩쓸었다. 최치원의 발언을 향한 못마땅한 기색이 깃들어 있었다. 하지만 의미 모를 간절함도 깃들어 있었기에 정중함은 잃지 않고 있었다.

이를 들은 최치원이 입가에 미소를 머금고 천천히 고개를 저었다.

"그런 뜻은 아니오. 단지 더욱 발전할 수 있는 길들을 쓸데없는 고정관념과 편견의 벽으로 막고 있는 것이 아쉬웠을 뿐."

"으음. 이제 보니 신라인이셨군. 실례했소이다."

사내는 고소를 머금고 이내 몸을 돌렸다. 신라인들이라면 중원과 왕래가 빈번한 인간들, 그 반면에 자신들의 문물에 매우 자존심이 강한 사람들이기도 했다.

지금 최치원이 하는 말도 그런 쓸데없는 자존심에 기인한 것일 뿐이라는 게 그의 생각이었다.

"역시 당신도 다른 중원인들과 마찬가지의 한계를 지니고 있구려. 그런 사고방식이라면 지금 당신이 고민하고 있는 그 벽은 결코 뛰어넘을 수 없을 것이오."

"무공도 모르는 자가 어찌 그리 광오한 말을 일삼는 것이냐?"

최치원이 씁쓸한 어조로 중얼거리자 사내가 고개를 획 돌리며 버럭 고함을 질렀다.

사내는 자신의 고민을 알고 있는 듯한 최치원의 말이 귀에 거슬렸다. 최치원이 무공을 익히지 않았음을 알고 있기 때문이다. 하지만 그는 최치원의 말마따나 자신의 한계를 넘기 위해 고민하고 있는 것만은 엄연한 사실이었다.

"물론 당신이 익힌 칼질은 할 줄 모르오. 하지만 상대를 제압하고 내 의지대로 만들 수 있는 것도 무공의 범주에 들어간다면… 나도 조금은 할 줄 알지."

"헛소리!"

사내는 고개를 세차게 저으며 눈살을 찌푸렸다. 최치원의 말이 너무도 어이없게 들렸다. 하지만 최치원은 담담한 표정으로 천천히 입술을 뗐다.

"당신에게 확인시켜 줄 의향도 있소."

"으음!"

사내는 신음성을 삼켰다. 여태껏 자신을 향해 이토록 강한 자신감을 보였던 사람은 만난 적이 없다. 하물며 일초 반식의 무공도 모르는 최치원 같은 일반인이라면 더 말할 필요도 없었다.

하지만 최치원에게는 다른 사람에게서는 느껴보지 못한 특별한 뭔가가 느껴졌다. 물론 무공을 익힌 사람들의 기도는 아니었다. 하지만 자신의 눈빛과 투기를 받아내는 것만으로도 그가 일반인들과는 다른 인물임에는 틀림없었다.

"으음! 나는… 신도무적(申屠無敵)이라 하오. 본명은 아니지만 중원 고수들 중 내 십 초를 받아낸 자가 없어서 불리게 된 이름이오."

"좋은 이름이오. 하지만 실력은 그 이름값만 못한 것 같소. 하하하!"

"말씀이 과하시구려!"

　최치원이 피식 웃으며 말하자 신도무적이 눈썹을 꿈틀했다. 최치원
이 일부러 자신을 도발한다는 생각이 들었지만, 이상하게도 마음을 다
스리려 하면 할수록 자꾸 노기가 치밀어 올랐다.

　최치원. 십이 세의 나이에 당으로 유학을 와 빈공과(賓貢科)에 급제
하고 율수의 현위로 지내다가 이 년 후 절도사(節度使) 고변(高騈)의 막
하로 들어가 토황소격문(討黃巢檄文)으로 천하에 명성을 떨쳤던 그는
이민족이라는 출신 성분의 한계를 극복하지 못하고 신라로 돌아가는
길이었다. 또한 최치원은 자신을 신도무적이라 소개한 사내에 대해 들
어본 적이 있었다.
　한줄기 빛이 번득이면 상대는 고혼으로 사라진다는 광명비검(光明飛
劍)의 절대고수 신도무적. 앞에 선 사내가 신도무적이라는 사실을 알
면서도 최치원이 도발한 까닭은 그가 신라인을 멸시하고 있다는 느낌
때문이었다.
　종리권(鍾離權)이라는 신선에게 도법을 배운 최치원이었지만 아직
그의 나이는 스물아홉. 한 줌의 혈기까지는 없애지 못한 모양이다.
　최치원이 입가에 미소를 지우지 않고 천천히 입을 열었다.
　"그럼 중원 무학을 견식해 볼 기회를 주겠소?"
　"됐소이다! 난 검을 함부로 뽑지 않소. 하지만 검을 뽑고 난 후에는
결코 손속에 사정을 두지 않지. 그러니 관둡시다."
　"하하하하!"
　신도무적이 한 손을 들며 말하자 최치원이 크게 웃었다.
　"왜 웃으시오?"
　"당신이 넘어야 할 벽은 하나가 아닌 것 같소."

“…….”

신도무적은 잠시 입을 다물었다.

최치원은 자신을 조롱하고 있었다. 비록 그의 뜻이 그렇지 않더라도 자신에게는 그렇게 들렸다. 신도무적은 최치원이 무인으로서의 자존심을 건드리고 있다고 생각했다.

“좋소이다! 십 초요! 다른 사람들과 똑같은 대우를 해주지. 십 초 안에 당신을 베지 못하면 내가 진 것으로 하겠소!”

신도무적이 입을 열며 자세를 고쳐 잡았다. 이를 본 최치원이 나직한 음성으로 말했다.

“일 초! 당신은 결코 그 이상을 펼칠 수가 없을 것이오.”

“후후후! 시작합시다!”

신도무적은 실소로 대답을 대신했다. 대답할 필요성을 못 느꼈기 때문이다. 문득 최치원은 그저 남들과 다른 독특한 기운을 지닌 인간에 지나지 않는다는 생각이 머리를 스쳤다.

인간.

그도 검에 맞으면 피가 튀고 살이 찢겨질 인간에 불과한 것이다.

쉬이익……!

신도무적의 검에서 바람이 일었다. 검풍을 감출 수 있는 경지는 이미 예전에 지났지만, 지금의 검풍에는 신도무적의 내력이 실려 있어 그 자체만으로도 엄청난 위력을 지니고 있었다.

‘죽이지는 않겠지만… 교훈은 줘야겠지!’

신도무적은 검에 실었던 진기의 구 할을 다시 거둬들이며 피식 미소를 머금었다.

스슷!

“……”

신도무적의 귓가로 바람 빠지는 소리가 들렸다. 처음에는 환청이라 생각했다. 육편이 잘라지는 소리는 아니라고 해도 옷깃이 잘리는 소리는 이런 게 아니니까. 하지만 그 바람 빠지는 듯한 소리 외에 다른 어떠한 소리도 들려오지 않았다.

“으음!”

신도무적은 경악에 찬 눈빛으로 고개를 들어올렸다. 최치원이 잔잔한 미소를 보내고 있었다. 신도무적은 그 미소가 마치 자신을 향해 보내는 비웃음으로 보였다.

“분명 베었는데…….”

신도무적은 최치원의 옷자락을 벴다. 그를 해칠 생각은 없었으니까.

하지만 그는 최치원의 옷자락은커녕 그의 그림자조차 베지 못했다. 자신이 검을 휘두르는 순간, 최치원은 이미 아득히 멀어져 있었기 때문이다. 분명 보이는 모습은 지척인데 자신이 평생 달려도 닿을 수 없는 거리에 놓여 있는 것 같았다.

자신의 검이 닿을 수 없는 거리.

무공간(無空間).

신도무적은 그 어떤 것도 침범치 못할 공간이 자신과 최치원의 사이를 가로막고 있다고 느꼈다. 그리고 이 단 한 번의 출수를 통해 신도무적은 자신이 결코 최치원을 벨 수 없음을 직감했다.

“으음!”

신도무적은 침음성을 삼키며 세차게 고개를 저었다. 이대로 물러설 수는 없었다. 아직 아홉 번의 공격을 할 기회가 남아 있기 때문이다.

신도무적은 검을 꾹 쥐며 최치원을 응시했다.

그는 여전히 자신이 공격하기 전의 그 자리에 서 있다.

'이번에는!'

신도무적이 찰나지간 눈을 빛내며 검을 휘두르려는 순간이었다.

"……!

신도무적의 검끝이 부르르 떨렸다.

손이 움직이지 않았다. 손가락 마디부터 손목, 팔, 어깨를 연결하는 신경이 마비가 된 듯 그의 뜻을 따라주지 않았다. 아니, 보다 정확히 말하면 최치원을 베라고 명령을 내려야 할 그의 뇌가 전혀 움직이지 않고 있었다.

그래서 그는 휘두를 수 없었다. 그저 망연자실한 얼굴로 최치원의 미소 띤 얼굴을 바라볼 뿐.

'베, 벨 수 없다!'

신도무적은 최치원의 왼쪽 늑골 부위의 기문혈(期門穴)을 목표로 삼고 있었다. 하지만 검을 뻗으려는 순간, 최치원은 살짝 오른쪽 어깨를 틀어 기문혈을 두 치가량 뒤로 물렸다. 자신의 검로를 미리 예측하고 있지 않다면 도저히 할 수 없는 행동이었다.

'믿을 수가 없군.'

신도무적은 속으로 고개를 가로저으며 이번에는 왼손 엄지와 검지 사이에 있는 호구혈로 목표를 바꿨다. 하지만 그가 결정을 한 순간 최치원은 슬며시 왼손을 뒤로 빼며 뒷짐을 졌다. 워낙 자연스러워 이를 인지하고 있는 상태에서도 전혀 이상하게 생각되지 않는 행동이었다.

하지만 신도무적은 아직까지는 물러설 생각이 없었다. 그에게 있어 최치원이 보이는 모습은 사술에 지나지 않았다. 설령 최치원이 자신의 검로를 미리 예측한다고 해도 이는 그가 자신과 같은 속도와 힘을 지녔을 때나 위협으로 작용할 수 있다고 몇 번을 되뇌었다.

신도무적은 의지대로 움직이지 않는 팔을 휘두르기 위해 입술을 질끈 깨물었다.

'반드시 자른다! 휘둘러야 한다! 어서!'

휘이익……!

신도무적이 팔을 휘두르기 위해 전력을 다하는 사이, 최치원이 천천히 앞으로 한 발을 내밀었다. 이는 신도무적에게 있어 그저 얼굴로 불어오는 한줄기 미풍에 지나지 않았다. 하지만 그 미풍으로 인해 신도무적의 얼굴이 경악으로 일그러진 것은 그야말로 순식간이었다.

'마, 막을 수가 없다!'

최치원은 신도무적을 향해 느릿한 걸음으로 다가왔다. 이를 본 신도무적은 전신을 부르르 떨며 움직이지 못했다.

턱!

최치원의 오른손이 자신의 좌측 어깨에 닿자 신도무적은 두 눈을 부릅뜨고 그 자리에 털썩 무릎을 꿇었다.

"져, 졌소! 깨끗이!"

신도무적은 힘없는 음성으로 패배를 시인했다.

자신의 어깨에 후끈한 열기. 뜨거웠다. 미치도록 뜨거웠다.

당장이라도 바닷물에 뛰어들어 가 물이라도 끼얹고 싶을 정도로 뜨거운 열기였다. 하지만 신도무적은 그렇게 하지 못했다. 자신을 담담한 표정으로 응시하고 있는 최치원이 이를 허락하고 있지 않았기 때문이다.

"당신은… 누구요?"

놀라울 만한 정신력이었다. 신도무적 본인은 그렇게 생각지 않았지만 최치원이 보기에 신도무적이 이 상황에 말을 뱉었다는 것은 놀라운 일이었다.

최치원은 문득 신도무적의 소문이 그가 지닌 투지와 능력에 비해 턱없이 부족하다는 생각이 들었다.

"고운(孤雲)이라고 하오."

"고운이라……."

신도무적이 되뇌는 사이 최치원의 머리 위로 달을 가렸던 구름이 바람에 움직이기 시작했다.

"가르쳐 주십시오."

"그럴 능력이 없소. 그리고 난 당신 말대로 무공을 익히지 않았소. 그런 내가 어찌 당신 같은 고수에게 무공을 가르친단 말이오."

최치원은 무릎을 꿇고 간절히 청하는 신도무적을 보며 빙긋이 미소 지었다.

새벽 동이 터오고 있었다.

고운포의 해변에 무릎을 꿇고 신도무적이나 최치원이나 밤이 지나고 여명이 될 때까지도 움직이지 않고 있었다.

신도무적은 최치원이 자신의 한계를 뛰어넘어 설 수 있게 해줄 스승이라 생각하고 계속해서 그에게 사부가 되어줄 것을 청하고 있던 것이다. 하지만 최치원은 요지부동이었다.

"내가 감당치 못한 그것이 무공이 아니라면 뭐란 말입니까?"

"그저 바람이라오. 잡을 수도 없지만 어디에도 얽매이지 않고 떠도는 바람을 보여줬을 뿐이오."

"바람이라……."

신도무적은 최치원의 말을 곱씹으며 다시 고개를 들었다.

"그럼 그 바람을 일으키는 방법을 가르쳐 주십시오."

"당신에게는 이미 광명비검이라는 훌륭한 무학이 있지 않소? 내가 지닌 잡스러운 것은 당신을 더욱 혼란스럽게 할 뿐이오."

"……."

쿵!

신도무적은 말없이 모래에 머리를 찧었다. 이를 본 최치원이 눈살을 살짝 찌푸리며 한숨을 내쉬었다.

"휴우. 당신은 결코 익힐 수 없을 것이오. 하지만 당신 청이 간절하니 이것을 주겠소. 만일 익히지 못하겠거든 이곳에 그냥 놓아두고 가시오. 따로 인연이 있는 자가 있을 것이니."

최치원은 품속에서 서책을 하나 꺼내 내밀었다. 이를 본 신도무적이 눈을 빛내며 그 책자를 받아 들었다.

"고, 고맙습니다. 이 은혜 반드시 갚겠습니다."

신도무적이 연신 머리를 조아리자 최치원이 씁쓸한 웃음을 지으며 천천히 입을 열었다.

"당신의 벽은 당신의 마음과 머릿속에 있소. 그것을 부수지 않으면 이것은 결코 무용지물일 뿐이요. 내 한마디 충고하자면 그 고정관념을 부수게 되면 보다 나은 무공을 깨달을 수 있을 것이오. 포용이오. 대자연을 모두 담을 수는 없지만 아무것도 거부하지 않고 받아들일 수 있는 대해와도 같은 마음을 지니게 된다면 그런 날이 올 것이오."

최치원은 말을 마친 뒤 곧바로 걸음을 옮겼다.

신도무적은 표표히 사라져 가는 최치원을 보며 중얼거렸다.

"포용력. 대자연을 모두 담을 포용력을 쌓으라고?"

최치원이 사라지자 신도무적은 천천히 고개를 내리고 최치원이 주고 간 비급으로 시선을 던졌다.

"화류패공(火流敗功)이라!"

잠시 후 신도무적은 급하게 책장을 넘기기 시작했다. 하지만 얼마 안 있어 그의 얼굴에는 실망의 기색이 역력해졌다.

"당신은 익힐 수 없는 무학을 주었구려."

툭!

신도무적은 미련없이 화류패공의 비급을 땅바닥에 내려놓았다.

화류패공이라는 이 무공은 분명 최치원이 자신의 어깨에 손을 얹었을 때 사용했던 무공일 것이다. 하지만 익힐 수 없는 무학이기도 했다. 이 책의 내용대로라면 자신의 몸을 불태워 그 화기를 공력으로 승화시키라는 얘기였다.

신도무적은 걷기 시작했다.

"그래. 어쩌면 이런 비급보다는 내 스스로 열 수 있는 화두를 던진 것인지도 모르겠군!"

신도무적은 고개를 끄덕였다.

포용력. 모든 만물을 포용할 수 있는 마음.

운기토납술을 통해 대기 중의 기운을 흡수하는 기존의 무학을 버리고 자신만의 무학을 만들라는 뜻일 것이다.

"그렇군! 모든 만물에 깃든 정령(精靈)의 기운을 흡수할 수 있는 방법. 그 방법이 있을 거야."

신도무적의 입가에 미소가 번졌다.
이후 그는 강소성 운태산(雲台山)으로 들어가 이십 년 후에 나온다.
정령신공(精靈神功)이라는 희대의 절학을 손에 쥐고.

*   *   *

나라에 현묘한 도가 있으니 이를 풍류라 한다. 풍류의 근원은 신사에 상세히 실려 있으며, 실로 삼교(유불선)를 포함하고 있으니 이를 따르면 모든 사람이 교화된다. 집으로 들어오면 부모에게 효도하고 나가서는 나라에 충성하니 이는 노사구(공자)의 가르침이요, 무위로 일하고 말없이 행함은 주주사(노자)의 종이며, 악을 짓지 않고, 오로지 선을 받들어 행함은 축건태자(석가모니)의 화이다.

國有玄妙之道 曰風流 設敎之源 備詳神史
국유현묘지도 왈풍류 설교지원 비상신사

實內包含三敎 接化群生 且如入則孝於家
실내포함삼교 접화군생 차여입즉효어가

出則忠於國 魯司寇之旨也 處無爲之事
출즉충어국 노사구지지야 처무위지사

行不言之敎 周柱史之宗也 諸惡莫作
행불언지교 주주사지종야 제악막작

諸善奉行 竺乾太子之化也

제선봉행 축건태자지화야

— 난랑비서문(鸞郞碑序文) 중

『풍류비공』 6권으로 이어집니다

무한 상상 · 공상 세계, 청어람 신무협&판타지

최강의 다모와 신선풍의 사신, 최악의 악동을 한꺼번에 만나게 될 것이다!

불선다루(不善茶樓) / 송진용 지음

그곳에 그놈이 있다! 악몽(惡夢)의 시작이다!

『불선다루』 (不善茶樓)

〈선량하지 않은 찻집〉이란 뜻의 괴이한 다루는 지독한 흙바람 속에서 삐거덕거리며 용케 버티고 서 있다. 세상 사람들이 〈누런 구렁이 고개〉라고 부르는 높은 언덕 위에 외롭고 쓸쓸히 서서 바람이 잠잠해지기를 기다리는 것이다.

"내, 내, 내가 요괴의 소굴에 들어왔나 보다."

**악몽(惡夢)은 이제부터다! 무법자들의 지옥!
불선다루를 침범한 자 진정한 악몽이 무엇인지 알게 되리라!**

무한 상상 · 공상 세계, 청어람 신무협&판타지

혁신적이고 참신한 도전을 하는 자만이
찾아낼 수 있는 특별한 재미!!

「Go! 武林 판타지」조회수
최단기간 1백만 Hit!!

『우화등선』
(羽化登仙)

우화등선(羽化登仙) / 촌부 지음

'도를 얻은 사람일수록 어수룩한 바보와 같이 보인다.'
 - 노자(老子)

'도를 얻은 사람은 아이와도 같다.'
 - 장자(莊子)

자연지도(自然之道)를 깨닫고 탈각(脫殼)을 이뤘지만
이제부터는 인간지도(人間之道)를 익히기 위해 평범해야만 한다!
동글동글 귀여운 소년이 된 순진무구한 선인 청명(淸明), 하계로 내려오고,
그로부터 시작된 결코 평범할 리 없는 평범 · 무난 인생 도전 & 수행기!
평범해지는 것도 결코 쉬운 일은 아니로구나!!

순진무구한 선인의 결코 평범하지 않은 평범 & 독특한 인생 수행기!